ROSETTA ET ANAÉ

De la même autrice

Venise aux deux visages, Dorval Éditions, 2008 ; City Poche, 2018. Prix de l'académie des belles-lettres et beaux-arts du pays de Caux, 2009

L'Appel des rizières, Dorval Éditions, 2009

La Dame de Courbépine, Dorval Éditions, 2010

La Perle de Naples, Dorval Éditions, 2011

Alix de Rochechouart, Dorval Éditions, 2012. Coup de cœur du Nontronnais 2012

Le Petit Prince de Rome, Dorval Éditions, 2013

La Demoiselle du mas du Roule, City Éditions, 2014 ; City Poche, 2016

La Dame de la villa Saphir, City Éditions, 2015 ; De Borée, Terre de Poche, 2023

L'Oubliée de la ferme des Brumes, City Éditions, 2016 ; De Borée, Terre de Poche, 2021

L'Insoumise de Carennac, City Éditions, 2017 ; City Poche, 2021

Les Amants maudits de Venise, City Poche, 2018

Un été d'orage, City Éditions, 2018 ; De Borée, Terre de Poche, 2022

Les Sœurs de Biscarrosse, City Éditions, 2019 ; City Poche, 2022

L'Ombre de Rose-May, Calmann-Lévy, 2020 ; De Borée, Terre de Poche 2024

Les Petits Papiers de Marie-Lou, Calmann-Lévy, 2021. Prix Saint-Estèphe 2022

L'Odyssée de Clarence, Calmann-Lévy, 2022

Les Fantômes de Marianne, Calmann-Lévy, 2023

Les Carnets de Laurel, Calmann-Lévy, 2024

Corinne JAVELAUD

ROSETTA ET ANAÉ

Roman

CALMANN LEVY
territoires

CALMANN LÉVY
ÉDITEUR DEPUIS 1836

Calmann-Lévy, 2025

COUVERTURE
Maquette : Le Petit Atelier
Photographie : © Aleksandra Machowska/Arcangel Images

ISBN 978-2-7021-9268-9

Avertissement

Toute ressemblance avec des faits et des personnages existants ou ayant existé serait purement fortuite et ne pourrait être que le fruit d'une pure coïncidence.

À mes lectrices, à mes lecteurs,
À la pétillante Charlène.

Marche avec des sandales
jusqu'à ce que la sagesse te procure des souliers.

Avicenne (philosophe persan né en 980)

1

Les yeux de Rosetta sécrétaient des larmes sous l'effet de l'air froid chargé de particules fines. Elle ferma un instant les paupières avant d'enfouir le bas de son visage dans son écharpe en mohair. Son carré auburn faussement décoiffé balayait les épaulettes de son manteau long camel et une drôle de moue s'affichait sur ses lèvres pâles tandis qu'elle avançait sous les arcades de la rue de Rivoli. À son côté, sa fille de quatorze ans, Anaé, grande liane à la chevelure crantée encadrant de près le vert velouté de son regard. La tête penchée, l'oreille collée à son smartphone comme à un coquillage, la jeune fille s'échinait à capter l'appel de sa copine sous l'œil de sa mère, captivée par ses mimiques. Ses mots trahissaient son impatience, et Rosetta savait qu'aussitôt raccroché sa fille guetterait le feu vert pour filer avec ses amies. La nuit estompait déjà le peu de lumière du ciel. L'hiver l'effrayait. Des meutes de passants anonymes pullulaient jusqu'à la place du Palais-Royal, à croire que ce premier samedi des soldes de janvier avait attiré tout Paris ! Un trop-plein d'excitation animait le rayon accessoires de mode de la Samaritaine, où Anaé tira sa mère par le bras. Un monde « à devenir fou », comme disait Rosetta qui observait la gesticulation autour des espaces dédiés aux créateurs sous une chaleur étouffante. Elle, qui n'aspirait qu'au calme de son trois-pièces niché dans une rue voisine, se laissa guider parmi « les incontournables », selon Anaé, où maroquinerie et foulards rivalisaient d'originalité tout en mettant en avant une dimension pseudo-écologique dans un souci d'image.

Anaé, qui accordait une attention particulière à la mode, se précipita tel un cyclone vers une collection de sacs en cuir souple décorés de strass et de rivets. Sa mère vit dans ses gestes la copie conforme de ses propres manies, ce qui la fit sourire. Depuis le retour à la « normalité », après que les épisodes de confinement liés à l'épidémie de Covid avaient plongé la jeune fille dans une tristesse infinie, Rosetta avait établi de nouvelles règles de sortie pour éviter de l'enfermer dans un moule infantilisant et l'aider à acquérir un libre arbitre. Il fallait la jouer fine avec cette génération insaisissable, si réticente à toute forme d'autorité. La mère monoparentale l'avait compris, contrainte de jouer le double rôle depuis que Richard, le père d'Anaé, avait tourné le dos à la vie de famille. Elle n'avait plus vu la couleur de sa pension alimentaire depuis que son ex avait jugé plus épanouissant de s'adonner au commerce équitable en Afrique plutôt que de se préoccuper de sa fille unique. Cet insatiable aventurier, dénué de sens du devoir, n'était doué que pour conquérir, un « asocial » du genre à détester la contrainte, qu'il voyait comme une absurdité, ne jurant que par les grands engagements planétaires. Sa fille se plaisait à le magnifier dans un décor de pirogue, gardant le souvenir de sa voix basse et de sa chevelure châtaine bouclée – une vaine illusion. Quand Anaé confiait ses rêveries à sa mère, tout le poids haineux du regard de cette dernière à l'endroit de Richard transpirait, démolissant aussi sec le piédestal sur lequel sa fille l'avait placé. Combien d'ennuis lui avait-il causés du temps de leur union ? « Un couillon capricieux incapable de garder un sou en poche, s'irritait Rosetta en levant les yeux au ciel, les jours où son humeur fluctuait dans le mauvais sens, ce qui incitait Anaé à s'interrompre. As-tu déjà vu ton père sacrifier le moindre de ses plaisirs personnels pour ton éducation ? » renchérissait-elle alors que le visage de sa fille s'altérait, un changement à peine perceptible suivi d'une expression plus joyeuse.

Élève studieuse et méritante, Anaé savait se faire apprécier, ce qui n'empêchait pas sa mère de s'interroger sur la méthode éducative à mettre en œuvre. *J'aurais dû, je n'aurais pas dû* – difficile de prendre les bonnes décisions pour éviter de s'enfermer dans le piège de la possessivité ou de transmettre ses peurs à sa progéniture. Et difficile aussi de ne pas être submergée par le trop-plein du quotidien.

Anaé avait donc négocié un compromis avec sa mère : une séance de shopping avec ses copines à condition d'être rentrée avant dix-neuf heures. Sur le clignement de paupières approbateur de Rosetta, elle tourna les talons au bras de Marie et Léa, venues les rejoindre au niveau du rayon de la maroquinerie de la Samaritaine. Les deux adolescentes arboraient des piercings multiples aux oreilles, ce que Rosetta avait refusé à sa fille, arguant que ça commençait toujours comme ça et qu'on finissait le corps transpercé par ces horreurs, ce qu'elle regretterait forcément un jour.

Rosetta resta un instant immobile en regardant les adolescentes rejoindre les escalators du magasin dans des éclats de rire et des taquineries. Un pli sévère lui barrait le front, trahissant des pensées peu enthousiastes. Les filles, silhouettes haricot vert dans leurs pantalons seventies avec leur brin d'innocence et de candeur, ne risquaient-elles pas d'éveiller des pulsions sexuelles ?

Arrête de délirer, se dit Rosetta, mais elle jeta un coup d'œil alentour comme si une force obscure guettait tapie dans le noir. Elle ne vit que des clients excités par la course aux soldes. Une ombre traversa néanmoins son regard et elle se mordit la lèvre. Depuis qu'elle était malmenée au lycée et sur les réseaux sociaux par une bande d'individus sans foi ni loi, Anaé luttait, puisait dans sa force combative pour éloigner ses détracteurs et Rosetta vivait dans l'inquiétude. Pourtant, Anaé masquait son malaise et refusait de vivre sous cloche. Question de dignité.

Tout avait commencé par des histoires de gosses. Rosetta voyait bien que l'humeur de sa fille avait changé parce qu'un soi-disant camarade se moquait d'elle en l'affublant de surnoms péjoratifs en raison d'une légère myopie qui l'obligeait parfois à froncer les sourcils, rien de méchant, mais la jalousie avait probablement fait le reste, puisqu'elle était excellente élève et attirait un peu trop l'attention sur elle. Mine de rien, ces brimades avaient alerté Rosetta qui, tout en relativisant ces agissements hostiles, avait mené son enquête sur les réseaux sociaux de sa fille et constaté qu'avec son obsession de popularité Anaé s'était attiré des *followers* indésirables. Mme Martilière, le nez rivé sur l'écran, avait découvert les commentaires immatures en dessous des images postées par sa fille, chevelure éclatante, pupilles fatales, corps parfaitement galbé, moulé dans une combinaison à se damner. D'où sortait-elle cette tenue ? Rosetta tombait des nues. Les propos qui s'affichaient rabaissaient Anaé et la réduisaient à un objet sexuel : « Tu vas y passer... », « Viens, on va jouer ! » ou encore : « Je me la taperais bien ! » Cela poussait trop loin, Rosetta devait mettre un terme à cette déferlante. Une indicible émotion l'avait parcourue en imaginant cette faune malsaine prête à bondir des ténèbres. Sa fille ne méritait pas ça. C'était injuste, cruel. Rosetta avait l'impression qu'une écharde lui avait été plantée dans la chair, un corps étranger impossible à extraire. Le soir même, elle avait abordé le sujet avec sa fille. Anaé avait enfoui sa tête dans ses paumes.

– D'où est-ce que tu sors cette combi ? avait-elle lâché en lui mettant l'image sous les yeux.

– Tu m'espionnes ? pleurnicha-t-elle.

– Je suis ta mère, au cas où tu l'aurais oublié, et je vois bien que tu ne mesures pas les conséquences de cette publication... Je ne t'ai jamais autorisée à porter ce genre de tenue.

– C'est Marie. On a parié ! hoqueta Anaé.

– Ça m'étonnerait que les parents de Marie la laissent avoir des vêtements comme ça. Je sais que son père est strict. Alors ne me prends pas pour une bille.

Un silence embarrassant s'ensuivit. Si Rosetta avait su tous les petits trafics qui se tramaient dans le dos des parents de Marie… Voilà à quoi songea Anaé avant de s'effondrer, rattrapée par la peine que ses bourreaux lui infligeaient.

– Je ne suis pas là pour t'enfoncer mais pour te soutenir, ma chérie, la rassura sa mère en lui caressant le crâne. Si tu me racontais tout depuis le début ?

Elle dut encore insister pour la convaincre de soulager sa conscience. La jeune fille articulait difficilement, confiant la répulsion qu'elle éprouvait à l'égard de plusieurs individus qui se déchaînaient contre elle. Il lui fut pénible de révéler qu'elle avait été filmée en cours à son insu par un garçon de sa classe, qui depuis cet épisode ne fréquentait plus le lycée, mais diffusait la séquence sur les réseaux sociaux sous divers pseudos.

– Celui qui est à l'origine des surnoms péjoratifs ?

– Oui, et le chef de la bande, un certain Jordi V, a flashé sur moi en voyant la vidéo. Il m'a abordée à la sortie du lycée et je l'ai rembarré.

– Et maintenant il cherche à se venger, compléta Rosetta en faisant le rapprochement avec les contenus injurieux publiés sur le profil de sa fille.

Cyberharcèlement, harcèlement scolaire, le processus était hélas bien enclenché.

Afin de lutter sans tarder contre cet engrenage, Rosetta avait contacté le proviseur du lycée de sa fille et obtenu un rendez-vous. L'homme à la stature imposante surmontée d'une barbe hirsute la reçut dans son bureau. Il lui apprit que ce Jordi V, identifié comme un délinquant, déjà incarcéré pour trafic de stupéfiants, faisait l'objet de nouvelles plaintes et aurait dû être placé sous surveillance.

– Comment ça, « aurait dû » ? répéta Rosetta, choquée par ces propos. Et il continue d'agir en toute impunité ?

– Il n'est pas scolarisé chez nous, vous comprenez, madame Martilière. Notez que nous avons pris les mesures qui s'imposaient pour interdire à ce voyou de stationner devant notre établissement, mais il est impossible de mettre en place une surveillance prolongée.

– Il expose ma fille à de graves dangers, il faut que ça s'arrête ! s'emporta-t-elle, agacée par le proviseur qui semblait prendre cet appel au secours à la légère. Si je comprends bien, vous me dites que votre responsabilité n'est plus engagée ! C'est une honte ! Vous savez combien d'affaires de harcèlement se terminent en suicide ?

– Heureusement, nous n'en sommes pas là, madame Martilière. Votre fille a-t-elle été victime de violences physiques ?

– Elle ne m'en a pas parlé, mais vous savez comme moi qu'il n'y a qu'un pas avant le passage à l'acte.

– Calmez-vous. Nous appliquons les procédures habituelles dans ce genre de situation. Les agissements de Jordi sont intolérables, je vous l'accorde. Si nous avions les moyens d'agir mieux, nous le ferions, toutefois, c'est à la justice d'intervenir.

– En attendant, la sécurité de ma fille n'est plus assurée quand elle arrive et quand elle repart de votre établissement. Que proposez-vous ?

– Je ne suis pas sûr de m'être fait bien comprendre. En dehors de l'enceinte de l'établissement scolaire, nous n'avons aucun moyen de sanctionner cet individu.

– Vous n'allez rien faire pour empêcher la violence ? Si vous refusez d'agir, vous vous rendez coupable de non-assistance à personne en danger !

– Je ne suis pas la justice…

– Et le supplice moral de ma fille, vous y pensez ? souffla-t-elle, au bord des larmes, en sentant l'entretien virer au cauchemar.

– N'exagérez pas ! Au lycée, nous subissons tous des pressions permanentes, sans parler des difficultés de recrutement des enseignants, des grèves, des manifs. Qui a envie d'exercer notre métier aujourd'hui ?

– Quoi ? vous cherchez vraiment à vous faire plaindre alors que je viens vous parler du cas de ma fille. C'est une affaire qui doit être traitée par les autorités administratives, et jusqu'à preuve du contraire, vous êtes concerné ! Il faut faire ouvrir une enquête par la brigade des mineurs ou je ne sais quoi. La hiérarchie, c'est vous ! Vous devez savoir quoi faire !

Elle avait pris une longue inspiration, l'air horrifié, ses joues ayant viré au rouge pivoine. C'était à se demander si ce type la prenait au sérieux. Visiblement, elle menaçait sa tranquillité, aussi lui opposait-il ses jérémiades. Elle aurait pourtant eu de quoi se lamenter, elle aussi. Cela faisait des jours et des jours qu'elle souffrait de douleurs hépatiques dues à l'angoisse. Frappée de plein fouet par les effets de la crise sanitaire, la compagnie aérienne qui l'employait comme assistante commerciale allait bientôt procéder à son licenciement économique. Avec son ancienneté, elle perdait un job en or où tout le monde l'appréciait et elle savait qu'elle ne retrouverait jamais d'équivalent. Ses ongles s'enfoncèrent dans les accoudoirs du fauteuil, elle tremblait de rage, envisageant déjà de rédiger une lettre au recteur de l'académie.

Le chef d'établissement se contenta de hocher la tête en ajoutant qu'il ne fallait pas tant se compliquer l'existence, qu'Anaé, élève brillante, était promise à un bel avenir, que les choses se tasseraient d'elles-mêmes. « Dans la vie, tout est provisoire, madame Martilière », déclara-t-il. Son conseil : veiller à ce qu'Anaé rentre aussitôt au domicile après les cours.

Écœurée, Rosetta était sortie de l'entretien plus déprimée qu'auparavant. Encore aujourd'hui, elle bouillait de rage, maudissant son impuissance. À deux doigts de pleurer, elle prit le métro et se retrouva pressée au milieu des voyageurs jusqu'à la station Pont-Neuf. De retour dans son appartement, elle s'effondra sur le canapé avec un bloc-notes et un crayon, sans même se donner la peine de défaire la martingale de son manteau de flanelle. Décidément, les rayons de soleil devenaient rares dans sa vie. Le miroir lui renvoyait l'image de ses cheveux qui rebiquaient sur ses joues creusées de fatigue, et elle traînait ce pantalon informe qui dissimulait un léger surpoids dont elle ne parvenait pas à se débarrasser. Et pour cause, elle s'empiffrait de cochonneries sucrées qu'elle refusait à sa fille, à croire que c'était le seul plaisir qu'il lui restait. Pour ne rien arranger, elle avait renoncé à tout entraînement physique depuis son dernier épisode de lombalgie, exception faite du yoga du visage censé retarder le relâchement des traits. Elle payait cher sa cinquantaine : jambes enflées, empâtement de la taille et des hanches. Elle avait l'impression que tout pouvoir de séduction l'abandonnait. Dans le même temps, le processus inverse s'opérait chez Anaé dont la silhouette se sculptait de jolies formes rebondies. Bientôt, elle jouirait de la plénitude d'un corps féminin dans toute sa splendeur. Pour l'heure, l'arrondi de son menton et la douceur de sa voix un rien singulière la différenciaient du troupeau juste ce qu'il fallait pour lui attirer de pernicieux admirateurs. Quand bien même Anaé sortait à peine de l'enfance, ses objectifs de perfection physique la rendaient dépendante des conseils distillés sur les réseaux sociaux. Elle faisait feu de tout bois, bercée par le chant de ces « influenceuses » expliquant la mécanique des sourcils durs et épais en vantant des marques de cosmétique ou les bienfaits des kits d'injection pour les lèvres. Malgré les mises en garde de sa mère contre la toxicité de la perpétuelle quête de popularité par le biais de ces artifices (qualifiée de vanité déplacée par Rosetta), l'adolescente ne vivait qu'à travers l'avis de ses copines. Mission impossible que de chercher à l'affranchir de ces diktats devenus la norme en matière de beauté chez les adolescentes.

Le regard sombre de Rosetta se perdait dans un univers qu'elle seule voyait. Dehors, la nuit avait envahi les rues. Installée dans son canapé, elle ressassait le déroulé de cet entretien avec le proviseur, réfléchissait à la lettre qu'elle enverrait au recteur, sans trouver les mots. Elle se frottait le front, cherchant à se convaincre qu'il y avait là une issue possible pour continuer de vivre sans cette menace qui mettait sa fille en péril. La tête baissée, le visage crispé, elle griffonnait différents arguments, se renfrognait, recommençait. Le temps passa, Rosetta constata qu'il était plus de dix-neuf heures et qu'Anaé n'était pas rentrée. La nervosité la gagna, elle se leva, se dirigea vers la fenêtre et fixa les lumières de la ville, réverbères, feux de circulation, saupoudrés de quelques rares flocons de neige. Elle jeta un nouveau coup d'œil à sa montre. En relevant la tête, elle remarqua que le verre de la fenêtre lui renvoyait son image en transparence. Elle portait la même tenue que ce jour où elle s'était rendue chez le proviseur, pantalon confortable et pull sans artifices, et le gris de ses racines commençait à apparaître. Cependant, son reflet ne semblait plus avoir d'importance.

Une poignée de minutes s'écoula à tenter de capter des bruits, à étouffer une toux anxieuse puis le silence reprit sa place. Rosetta n'avait plus du tout la tête à sa lettre. Jamais Anaé n'avait désobéi, ou au moins prévenait-elle toujours en cas de retard, mais après de nombreuses tentatives infructueuses pour la joindre sur son portable, l'inquiétude l'étreignait. Elle ressentait aussi un brin de colère contre elle-même. En tant que mère, n'était-elle pas responsable ? La naïveté et le côté influençable de sa fille, sa beauté lunaire, offerte, lui apporteraient plus de peine qu'autre chose. Sans oublier ses audaces vestimentaires pour épater ses copines (sa mère la soupçonnait de se changer en douce dès qu'elle avait le dos tourné). Mais que cherchait-elle au juste ? de la reconnaissance ? Et si sa fille disparaissait sans laisser de traces ?

2

Le bruit de ferraille de l'ascenseur sur le palier mit fin à ses sombres pensées. Rosetta sursauta. La silhouette en contre-jour d'Anaé apparut dans l'embrasure de la porte d'entrée. Elle avait la mine défaite, un petit sac de cosmétiques d'une marque bien connue pendait de son avant-bras. Son allure étrange, un peu vacillante dans ses *combat shoes* noires, ses cheveux châtains décoiffés, un coin de kleenex dépassant de la poche de sa doudoune blanche au col remonté, l'ensemble alarma sa mère dont le soulagement fut vite balayé par la colère.

– Où étais-tu ?

– Ça vaaaaa... J'ai qu'une demi-heure de retard, marmonna la jeune fille en levant les yeux au ciel.

– Tu vas me parler sur un autre ton ! Et ce n'est pas ce que nous avions convenu, se raidit Rosetta. Tu aurais pu prévenir.

Anaé jeta un regard oblique à sa mère. Elles se jaugèrent de manière indulgente. Prisonnière de ses contradictions, la jeune fille se fit une place parmi les brouillons chiffonnés sur le canapé. Elle peinait à articuler une parole, à bâtir un récit même abrégé de ce qu'elle venait de vivre.

– Ça ne sert à rien, lâcha-t-elle soudain en désignant du menton les lettres froissées dont elle devinait le destinataire. Tu n'y peux rien, personne n'y peut rien !

– Tu es sûre que ça va, ma chérie ?

Une ombre passa dans les yeux d'Anaé qui fondit en larmes. Des sanglots indomptables. D'un geste vif, elle tira le kleenex de sa poche pour s'essuyer les joues tandis que sa mère l'attirait contre elle.

– Je suis là pour te soutenir quoi qu'il arrive. Je ne laisserai pas ce crétin bousiller ta vie, si c'est bien de cela qu'il est question.

La jeune fille se dégagea de l'étreinte de sa mère, oppressée par une vision qui la glaçait : Jordi la tirant par la taille, ses tatouages complexes débordant d'un peu partout, une lueur sadique dans les prunelles. Son cœur battait à tout rompre. Le silence régna quelques instants, puis Anaé reprit contenance et fixa sa mère :

– Jordi V et sa bande nous ont suivies tout l'après-midi, dès que tu as eu le dos tourné, à croire qu'ils nous filaient déjà auparavant. Je ne m'en suis aperçue qu'en sortant de la Samaritaine, dans la rue de la Monnaie. En fait, je l'ai reconnu à sa façon de héler ses copains et ça m'a stressée d'un coup.

– Mais tu étais avec tes amies, à ce moment-là ?

– Oui et alors ? Tu crois peut-être que ça les arrête ? Il s'est rapproché et n'a pas arrêté de m'insulter devant tout le monde, poursuivit-elle, des trémolos dans la voix. Je t'assure, maman, il n'y a aucun moyen de lui échapper ! Que je sois seule ou avec mes copines, c'est pareil. Et ta lettre n'y changera rien.

Rosetta ne sut qu'ajouter, elle secoua la tête en signe de désapprobation. Elle prit la main de sa fille, dégagea les cheveux de son visage et la sentit si affolée qu'elle la serra dans ses bras. Anaé s'y blottit en tremblant. Son buste était raidi de stress comme si un corset l'enserrait. Il se passa un long moment avant que la présence réconfortante de sa mère n'ouvre une autre brèche. Anaé poursuivit d'elle-même :

– Il m'a fait du chantage…, dit-elle en se dégageant des bras de Rosetta. Si je refusais de le suivre dans sa BM, il menaçait de publier de nouvelles vidéos filmées à mon insu qu'il avait gardées sous le coude. Marie et Léa sont montées avec moi. Dans la voiture, il m'a fait boire de la bière et son pote me filmait en douce. J'avais peur qu'il me drogue, ça a failli virer au drame. Heureusement, Marie a eu le réflexe d'envoyer un message à son père. Il était dans le coin et il a intercepté la voiture.

– Je n'en reviens pas de ce que tu me racontes, trembla Rosetta sidérée. Qu'est-ce qui s'est passé ensuite ?

– Le père de Marie s'est mis à crier et Jordi est descendu de la bagnole. Entre-temps, des passants s'étaient arrêtés près de nous et on en a profité pour sortir avec mes copines.

– Il n'y avait pas de policiers dans le coin ?

– On a entendu une sirène, mais je pense qu'il était trop tard pour les arrêter en flagrant délit. Enfin, je ne sais pas, dit-elle en se tenant le crâne.

– S'en prendre à des collégiennes de quinze ans… il faut vraiment être lâche. Rassure-moi, il n'a levé la main sur aucune d'entre vous ?

– Non.

Sous les néons du lampadaire, les traits creusés d'Anaé lui apparurent davantage. Son expression angoissée à elle seule était un appel à l'aide.

– J'espère que ça ne va pas empirer les choses. Si le père de Marie porte plainte contre Jordi, imagine ce qu'il serait capable de faire…, gémit Anaé.

– On croirait entendre le discours de terreur de ton proviseur ! Enfin, ma chérie, voyons… il est important d'agir pour sortir de cette emprise.

– Mais Jordi est imprévisible. Il connaît mon trajet entre le lycée et la maison. Qu'est-ce que tu crois ? Qu'on va placer un flic à chaque carrefour pour me protéger ?

– Et si on ne fait rien, alors ? La prochaine étape, ce sera quoi ? Les coups ? Déjà, tu vas commencer par supprimer tous tes profils sur les réseaux sociaux, au moins pour quelque temps… Tu m'entends ? Fini TikTok, Snapchat et toutes ces conneries. Vous vous croyez hors d'atteinte, les filles, mais bon sang, ne soyez pas si naïves, s'irrita-t-elle. Cette surexposition sur vos profils vous rapportera plus d'ennuis que de bonheur ! Tes photos, là, avec paupières nacrées et crop top, c'est du pain bénit pour les harceleurs.

Ce Jordi est un genre de sauvage qui considère tes images comme une provocation.

– Je vois que tu as tout épluché, maman, déclara calmement Anaé en dézippant sa doudoune.

Rosetta demeura un instant silencieuse avant d'acquiescer en la regardant droit dans les yeux.

– Tu ne te rends pas compte du danger. Tu es une proie ! D'ailleurs, tu la vois bien, aux infos, cette violence, elle peut te tomber dessus à tout moment, si tu ne fais pas attention. Tu dois tout contrôler, la vérité est ainsi et pas autrement.

Anaé la laissa enrager. Dans son esprit, ce n'était pas une honte de revendiquer ses goûts et sa liberté sur les réseaux sociaux. Sa mère raisonnait vraiment comme une boomeuse un peu aigrie. Elle choisit pourtant de la rassurer, elle n'avait certainement pas besoin d'un nouveau conflit dans sa vie.

– Je sais tout ça, maman, mais même si je supprime mes profils, mes images continueront de circuler par les captures d'écran, les partages.

– Si tu le dis. En attendant, il est urgent de te mettre à l'abri et de suivre mes instructions. Crois-moi, il y a d'autres raisons de souffrir dans la vie que de laisser ces crétins devenir la cause de ton malheur, assura Rosetta en allant jusqu'à la fenêtre pour tirer la tringle des doubles rideaux. Je t'assure que je la trouverai, moi, la solution, avant que cette histoire ne vire au drame.

Anaé se mit à triturer une de ses mèches de cheveux et envoya valser ses chaussures. Elle espérait que les prières de sa mère seraient entendues.

3

Anaé ne se promenait plus sur les quais de la Seine sans jeter des coups d'œil en arrière, toujours prête à sauter dans un bus, la main enfoncée dans une poche, au cas où il lui faudrait dégainer son smartphone pour donner l'alerte. Tout devenait douloureux et compliqué. Se sentir dépossédée de sa liberté, comme si un piège se refermait sur elle, l'exact opposé des aspirations des filles de sa génération.

« Ta liberté, nul ne pourra te la retirer ! » Le slogan de sa mère, rudement mis à mal, attendait patiemment des jours meilleurs. La période ne semblait guère plus propice à Rosetta. Quand bien même la confusion régnait dans son esprit, elle avait remanié mille fois sa lettre au recteur de l'académie, pris soin de laisser germer l'essentiel dans sa tête, élaboré les paragraphes en recoupant les informations. Elle insistait sur les preuves, les témoignages, bref, veillait à toucher la corde sensible de son interlocuteur. Si elle estimait que le courrier avait « gagné sa chair », il n'obtint véritablement son approbation que deux jours plus tard, après une énième relecture. Daté, signé, elle l'expédia avec le sentiment de jeter une bouteille à la mer. Après quoi sa vie se résuma à un vide sidéral, d'autant qu'elle se savait condamnée à suivre bientôt le mouvement de licenciement de masse de la compagnie aérienne *low cost* qui l'employait depuis si longtemps qu'elle n'en comptait plus les années, ni les changements de direction et de localisation. Elle était bien consciente que l'occasion de prendre un nouveau départ s'offrait à elle, peut-être loin du manège parisien, pour mener une vie qui lui ressemblait davantage. Elle avala une boule de vanille nappée de sauce chocolat en y réfléchissant sérieusement, debout dans sa cuisine, savourant la glace qu'elle laissait fondre avec délice sur son palais. Une grande partie d'elle-même se sentait exclue du remue-ménage de la grande ville, et cela bien avant les derniers événements. Un an plus tôt déjà, si cet emploi ne l'avait pas retenue, et si elle n'avait craint de menacer la stabilité de la vie de sa fille, elle aurait volontiers envisagé un changement radical, pour se prouver à elle-même sa capacité d'entreprendre, au plus près de la nature, loin des grèves et de l'insécurité de la capitale gouvernée par la loi du profit. C'était presque curieux de constater combien elle se sentait déjà détachée de ce mode de vie citadin. Elle avait toujours admiré ceux qui larguaient les amarres pour conjurer le sort. Désormais au pied du mur, rien ne la retenait, pas plus sa vie sentimentale, inexistante depuis le départ du père de sa fille, que ses amitiés bancales, réduites au cercle de ses relations de travail, dont elle se désolidarisait de plus en plus. Quant à Anaé, son quotidien devenait incertain, hostile. C'était tout juste si elle ne s'excusait pas de vivre sous cette pression permanente. À force de se replier sur elle-même, Anaé s'étiolait.

Les vacances de printemps furent accueillies avec joie par la mère et la fille, et le train à destination de Périgueux via Bordeaux s'ébranla parmi les blocs de béton verticaux de la banlieue parisienne, laissant les soucis des deux femmes derrière elles. Au fil du voyage, le vent repoussa le rideau de grisaille, allégeant le ciel d'un poids vertigineux. Anaé, ravie de jeter l'ancre en Périgord pour deux semaines, se décontractait. Son soulagement était plus prononcé que d'habitude puisqu'elle mettait ainsi le danger à distance. Réinvestir une demeure au parfum d'été donnait à la vie une nouvelle saveur au moment où pointaient les premières pousses de la belle saison. De quoi recharger les batteries. Rosetta, n'ayant jamais cessé de travailler depuis la fin de ses études, réalisait à peine qu'elle était définitivement libérée de ses contraintes professionnelles. C'était une vision d'elle-même difficile à abandonner, pour elle qui suivait le même chemin que ses parents, qui s'étaient tués à la tâche dans leurs fonctions de juristes pour une entreprise de bureautique. Enfin, pas tout à fait. Ils s'étaient écrasés à bord d'un petit avion de tourisme dont on avait retrouvé les débris dans les Corbières. Il avait fallu des heures aux médecins légistes pour identifier les corps. Le drame remontait à dix ans, du temps où elle vivait encore avec Richard. Depuis, Rosetta angoissait dès qu'elle franchissait les portes d'un aéroport, le comble pour une employée de compagnie aérienne.

En cette mi-avril déjà douce et fleurie, les prairies offraient à la vue leur verdure et leurs bourgeons ; la nature s'imposait et éveillait chez Rosetta et sa fille assez de souvenirs d'insouciance pour apaiser la meurtrissure. Derrière la vitre du compartiment, elles avaient de toute évidence des fourmis dans les jambes, prenant un malin plaisir à se suggérer des balades bucoliques sur des chemins familiers en oubliant tout le reste. Quand elles furent enfin à l'air libre, l'azur les revigora plus vite qu'elles ne l'auraient cru, mais c'était sans compter sur le comité d'accueil planté sur l'esplanade de la gare de Périgueux, un cortège d'agriculteurs avec quelques leaders derrière une banderole « Faites Labour pas la guerre ! ». « Ah mince, une insurrection de croquants ! » plaisanta Rosetta qui n'ignorait pas les troubles actuels du monde agricole.

Leur bus stationnait à l'arrêt, à deux pas. Le chauffeur au large sourire et parfum d'*after-shave* les accueillit.

– Bonjour, mesdames. Grosse manif autour de Périgueux ! Des tracteurs bloquent les routes. Je vais prendre la déviation mise en place, annonça-t-il en chargeant leurs effets dans la soute à bagages.

Du coin de l'œil, la mère et la fille échangèrent un regard entre résignation et amusement, en espérant pouvoir atteindre leur village du Périgord blanc[1] sans encombre.

---

1. Nom donné au Périgord central en raison de son calcaire et sa roche. Périgueux en est la capitale.

– Il paraît aberrant de ne pas pouvoir vivre de son métier ! schématisa Rosetta en grimpant à bord du bus après que le chauffeur leur eut résumé les raisons de la colère agricole de ces derniers jours.

– Et la grogne continuera tant que le gouvernement les ignorera ! intervint un passager au premier rang.

– La misère s'aggrave, les éleveurs sont en train de crever sous le fardeau administratif imposé par la politique agricole commune ! renchérit une voix rocailleuse.

Les yeux des nouvelles venues balayèrent l'assistance en quête de places disponibles, tandis que certains voyageurs les dévisageaient sans vergogne. Anaé repéra deux sièges côte à côte sur la gauche, où elles s'installèrent. Ouf ! Les vacances commençaient, au diable les soucis des autres ! Le bus démarra et s'engagea sur l'avenue entre les bâtiments de la ville. Se laisser prendre dans le hasard des carrefours avec le vif plaisir d'apercevoir un repère, voir se profiler les dômes byzantins de la cathédrale Saint-Front sur les bords de l'Isle, donnait l'impression d'échapper au temps. L'architecture prenait ici des allures de ballerine délicate, si bien qu'Anaé dégaina son smartphone pour filmer. Ses yeux verts brillaient sur le selfie pris au passage devant la tour de Vésone et ses énormes pierres sculptées. Les travaux de fouille toujours en cours autour de ce vestige gallo-romain d'un temple dédié à une divinité celte lui rappelaient son voyage en Italie. Son imagination l'entraînait loin. Elle envoya directement la photo à Marie et Léa. Les smileys reçus en retour lui confirmèrent leur ravissement.

Puis elle leva la tête vers sa mère qui fixait l'écran en silence. Moins oppressée qu'à Paris, Rosetta songeait que, désormais, rien ne pourrait leur arriver de fâcheux, un espoir auquel elle s'accrochait comme à une bouée. Elle le tenait de ses souvenirs d'enfance à l'époque où elle empruntait à vélo ces petites routes familières desservant les hameaux des coteaux boisés du Périgord blanc au milieu de vastes zones agricoles. En ce lieu, sa vie se résumait à des plaisirs de vacances, balades et baignades dans la rivière, des sensations au goût de paradis. Jamais rien de contrariant, ce qui lui donnait le sentiment de flotter entre deux vies en suspens. D'un seul coup, elle se fichait des facilités offertes par la modernité parisienne qu'elle n'avait que trop embrassée et replongeait dans un rêve lointain. Dans les traits de sa fille, elle se revoyait au même âge, d'autant qu'Anaé portait la veste en jean rebrodée que sa mère avait tant aimée dans les années 90, sur une jupe plissée pastel, assortie d'une paire de sneakers bigarrées et d'un microsac en bandoulière. Un style coloré que partageait la mère, avec son cardigan jaune solaire sur un jean droit et des mocassins.

Après avoir évité un barrage filtrant d'agriculteurs en colère dans le paysage périurbain de l'agglomération, le chauffeur ralentit dans un virage. Au-delà, il semblait que la campagne se vidait davantage de ses habitants, privés de services publics. Les cours de ferme inanimées trahissaient le malaise du monde agricole et l'abandon de la terre, à l'exception de quelques granges et étables équipées de panneaux photovoltaïques se gorgeant de soleil, reflétant un changement générationnel. Quelques hangars à claire-voie, anciens séchoirs à tabac devenus des icônes, meublaient les recoins de territoire. Seuls des champs de fraises émergeaient entre les bois, une économie qui occupait la région sans faiblir. Le bus poursuivit son trajet en marquant quelques arrêts supplémentaires avant d'arriver au village et de longer le parc de la chartreuse de leur cousine Laurence. Rosetta n'eut que le temps d'entrevoir au premier étage un volet mal accroché qui claquait contre le mur de pierre, elle en déduisit que le vent s'était levé. Le bus les déposa un peu plus bas, près de l'épicerie d'Albert Jeanfoutre, où elles ne furent que deux à descendre. Elles n'eurent aucun mal à faire rouler leurs légers bagages jusqu'au portail en fer forgé qu'elles franchirent pour emprunter l'allée menant à leur résidence secondaire, aux pierres séculaires beige et ocre, délaissée depuis plus de huit mois. Rosetta plongea la main dans son sac pour en sortir son trousseau de clés en se réjouissant de cette douce odeur de gazon fraîchement coupé par Amadeu, le jardinier attitré de sa cousine Laurence Dampeyre, qu'elle mettait à contribution pour de menus travaux. Le stress de la capitale sembla l'abandonner dès lors que la porte s'ouvrit en grand sur les tomettes en pierre naturelle. Anaé le comprit au sourire que sa mère lui adressa. Une odeur familière et rassurante imprégnait la maison, elles échangèrent un sourire de connivence en déposant leurs valises en bas de l'escalier.

Anaé s'empressa d'ouvrir les volets. À la clarté retrouvée, ses yeux se posèrent sur des magazines en papier glacé et des livres de mots croisés éparpillés sur la console de l'entrée, telle une invitation à l'oisiveté, tandis que sa mère enchaînait déjà des gestes machinaux et volontaires : remise en route de l'eau, du gaz, de l'électricité, sans se défaire de cette légère appréhension d'un possible dysfonctionnement. Elle s'était toujours sentie vulnérable face à ces mécanismes de la vie courante, même si, avec le temps, elle les apprivoisait un peu mieux. « Tu te renforces », aurait dit son père, grand bricoleur du sol au plafond, qui avait, quelques années avant sa mort accidentelle, lui-même réalisé une partie de la maçonnerie, menuiserie, plomberie, isolation, chauffage. Seuls les revêtements et peintures refaits depuis peu collaient pleinement à leurs goûts du moment. Le bleu se déclinait en larges rayures sur le papier peint du living, plusieurs fauteuils aux lignes rebondies sur un tapis damier terra cotta rehaussaient un décor sobre sublimé par l'élégance d'un canapé en velours arrondi. Un cache-pot suspendu en macramé twisté où s'épanouissait une plante exotique avait été réalisé par Anaé, qui avait mobilisé tous ses talents de précision, au service de cet art auquel elle s'était formée seule pendant ses vacances. Ce souvenir en évidence lui évoquait des moments apaisés. La cloison verrière, digne d'un atelier d'artiste, faisait entrer la lumière à grands flots dans la cuisine. Le carrelage de la crédence criait l'amour du rose pastel dont Rosetta avait aussi repeint les pieds de sa table en bois.

Tout respirait l'été dans cette maison. À l'étage, de la clarté s'infiltrait en haut de l'escalier par le carreau d'une fenêtre. Sur la droite se trouvait la chambre d'Anaé, où elle déposa son sac sur la table d'appoint ronde en métal avant de se laisser tomber à la renverse sur le lit. Elle retrouvait tout ce qu'elle aimait, car sa mère l'avait laissée choisir : sa tête de lit en cannage, sa lampe en métal au look rétro qu'elles avaient chinée dans une brocante d'Excideuil, une commode à tiroirs en bois naturel. La déco s'improvisait un brin plus chic dans la chambre de Rosetta, attenante à la sienne, une pièce au parquet de bois patiné avec son grand miroir doré, habillée de rose et bleu sombre sur les murs. Toutes les deux adoraient le fauteuil en rotin avec son grincement caractéristique. Le dressing en bois et cannage fut bientôt rempli par les effets de Rosetta, qui souffla un instant, prise d'un léger trouble face à la coiffeuse en marbre et métal, héritée de sa mère dont les gestes routiniers de lissage de ses cheveux blonds à l'aide de sa brosse en corne à long manche lui revinrent de plein fouet. Ce cadre authentique, aussi émouvant qu'un tableau, la ramenait dix ans en arrière, auprès de ses parents qui lui manquaient tant, mais elle s'efforça de revenir au présent et de chasser au loin ce qui appartenait au passé. Elle pensa à sa fille, à ses chances de réussir son année scolaire en dépit des épreuves qu'elle traversait. Après tout, il s'agissait de la dernière ligne droite ; dans deux mois, tout serait terminé.

4

Deux jours suffirent pour évacuer cette espèce de tristesse nerveuse et améliorer son sommeil. Anaé semblait avoir laissé à la porte les souvenirs encombrants, sous ce doux parfum de nature flottant dans les airs. Le recul lui apportait une vision plus nuancée de la situation, ce qui rassurait Rosetta, pour qui il ne fallait pas se complaire dans l'abattement. Elle remerciait le ciel d'avoir eu la prévoyance de s'investir chaque année dans une installation d'ores et déjà confortable. Rosetta appréciait par-dessus tout la vue sur la prairie en fleurs débordant de vie. Ici, le vrombissement des moteurs parisiens laissait la place au chant de la nature, intimidant de beauté, qui désembrumait les esprits pour les ramener à l'essentiel. Cette pause, vécue comme une nécessité, prouvait à quel point l'être humain, soumis aux pressions de la société, pouvait être l'instrument de son propre malheur.

S'il y avait bien un rituel auquel elles ne dérogeaient pas, c'était celui de leurs visites à leur cousine, de quatre-vingt-dix printemps, qui était également leur plus proche voisine.

Elles se traitaient avec une estime et une tendresse qui allaient au-delà du simple lien familial. Laurence représentait une vraie tranche de pays dans sa chartreuse aux volets bleus le long de laquelle explosait un ballet de boutons de roses saumon. Dans le parc s'épanouissaient de beaux arbustes autour d'un pigeonnier isolé, coiffé d'une toiture pyramidale. So chic ! Dans sa veste en mohair de couleur vive et son pantalon noir en velours côtelé, l'œil gris encore vif, le visage aux plis profonds piqueté de taches brunes et les cheveux ramenés en un chignon fourni d'une blancheur éclatante, Laurence apparut sur sa vaste terrasse escortée par son chat Crocus. Ses traits s'illuminèrent en apercevant Rosetta et Anaé.

– Ah, mes cousines ! s'écria la nonagénaire en plaquant les mains sur ses joues dans un geste trahissant l'émotion d'une femme qui recevait peu de visites. Entrez ! Entrez ! Déjà les vacances de printemps ! Je ne vous attendais pas si tôt !

Après les embrassades d'usage, Laurence les guida d'un pas alerte dans son allée où le temps s'était arrêté depuis longtemps. À l'intérieur de la maison, des cadres accrochés au mur dénotaient un goût prononcé pour les représentations d'oiseaux, d'insectes, de poissons. Anaé aimait bien cette harmonie improbable avec la nature, comme elle le racontait à ses copines dans un texto. « La Préhistoire, tu veux dire ? » avait répondu Léa avec un smiley levant les yeux au ciel.

Ce besoin de s'entourer d'images se confirmait avec des aquarelles de fermes croquées sur le vif et d'autres gravures botaniques remplaçant les traditionnels portraits de famille.

La vieille dame aurait eu le bourdon, si elle avait dû déambuler sous le regard de tous ses défunts, envolés depuis plus d'une décennie. Le reste de son intérieur était celui d'une maison de notable de province, avec son mobilier ancien, une table basse aux pieds chantournés où s'empilaient magazines et journaux, ainsi que des objets chinés chez des brocanteurs, et quelques œuvres d'art héritées de son père, un ponte de la finance et collectionneur averti, se plaisait-elle à préciser à qui voulait l'entendre. Un écran plat encastré dans le mur et un poêle à bois nouvelle génération constituaient les seules touches de modernité. Laurence ne se plaisait que dans cet environnement, bien qu'elle n'eût plus personne de son âge autour d'elle, une véritable hécatombe : « Les vieux, ça tombe comme à Gravelotte ! » comme elle disait. Qui plus est, l'idée de finir dans un *gagatorium*, même haut de gamme, la terrorisait. Cela revenait sans cesse dans ses conversations, de manière brutale, une véritable obsession. Heureusement, elle s'estimait encore capable de faire face au quotidien, soutenue par son aide ménagère Armelle et son jardinier.

– Alors, quoi de neuf à Paris, mes cousines ?

– Je suis licenciée, rétorqua Rosetta en fronçant les sourcils.

Curieuse, Laurence plissa le front et laissa Rosetta dévider son flot d'émotions. Tout y passa : l'atmosphère devenue irrespirable au bureau, le choc au moment de l'annonce du licenciement, puis la perspective du vide qui l'avait d'abord angoissée.

– Des indemnités ? demanda Mme Dampeyre qui ne perdait pas le nord.

– Oui, et heureusement pour nous deux, car il ne faut pas compter sur Richard.

– Tu vas te ressaisir après une petite pause, la réconforta sa cousine avec bienveillance.

– C'est ce que je me suis dit, assura Rosetta, agacée par l'attitude de sa fille, le nez rivé sur son smartphone depuis le début de la conversation.

Elle lui jeta un regard noir en aboyant le mot : « Déconnexion ! » Avec un soupir, l'adolescente plongea son téléphone dans sa poche de treillis devant l'air amusé de Laurence qui leur proposa thé ou café. Sans attendre, la vieille dame s'éclipsa dans la cuisine pour y chercher tasses, soucoupes et cuillères, bientôt suivie de Rosetta, toujours prête à aider. Déjà hissée sur la pointe des pieds pour scruter le fond de son placard, la nonagénaire pesta en constatant que l'aide à domicile ne l'avait pas réapprovisionnée en gâteaux secs.

– Faut tout lui dire à celle-ci ! Y a vraiment que pour passer l'aspirateur qu'elle se débrouille…

Cette pointe de férocité amusa Rosetta, qui rassura Laurence avec un sourire, un café suffirait à cette heure-ci.

– Ah, la cuisine ! Il est loin, le temps où je préparais des terrines de foie de canard. Qu'est-ce que l'on change dans la vie, tout de même ! s'apitoya-t-elle. Maintenant, la boucle est bouclée et je laisse mes cocottes en fonte à Armelle. Elle revisite mes recettes. Je ne vais pas lui réclamer de la cuisine rustique de l'entre-deux-guerres, ni de la sauce rouilleuse, bien que je n'aie rien contre un quartier de dinde conservé dans une toupine ou un cou d'oie farci, mais bon…

Ces mots ravivaient la mémoire que Rosetta gardait de ces tablées familiales de jadis, où l'on dégustait les spécialités du terroir. Agapes et beuveries se succédaient, nécessitant parfois plusieurs jours pour se remettre. Au mieux à présent, elle se contentait d'une omelette à l'oseille ou aux cèpes et de produits de saison.

– Je ne vais pas jouer la vieille rabat-joie, lâcha Mme Dampeyre sur un ton fataliste en ajustant son filtre dans la cafetière, mais tout de même, il n'y a encore pas si longtemps, on faisait bonne chère dans les auberges, aussi bien que chez soi, mais tout se perd… La transmission ne se fait plus vraiment, à moins bien sûr de se rendre dans un établissement étoilé, releva-t-elle en illustrant son propos avec ses plus récentes expériences.

– Jamais je ne me suis lancée dans des plats très élaborés, avoua Rosetta. J'ai préféré laisser les conserves artisanales à ma mère, de son vivant. Enfin, l'ère des femmes cuisinières est révolue !

– Moi, je reste vieux jeu. En cuisine, tout est question de lenteur et de patience. Les chefs à grande calotte blanche n'ont pas le panache des grand-mères d'autrefois.

Grand-mères que je n'ai pas eu la chance de connaître, songea Rosetta en observant Anaé venue les rejoindre à la cuisine.

– Et toi, ma chérie, tu prendras un café aussi ? demanda Laurence sans même tourner la tête vers elle.

L'intéressée acquiesça en esquissant un sourire timide. Elle s'avança vers la table, tira une chaise et s'y laissa tomber, l'air abattu.

– Pour ma fille aussi, le chemin est chaotique, ne put s'empêcher d'insinuer Rosetta en repérant dans les prunelles d'Anaé une lueur sombre, qui détonnait avec sa bonne humeur des jours derniers.

Après tout, les pensées importunes et inquiétantes étaient difficiles à contenir pour elles deux, aussi s'ouvrit-elle à Laurence du harcèlement scolaire dont Anaé était victime.

– Ne te fatigue pas, j'ai compris. J'ai vu des reportages sur ces jeunes harcelés qui en arrivent à des actes extrêmes, parce que personne ne fait rien contre leurs bourreaux. Tout ça, c'est dégueulasse, énonça la vieille dame avec dédain. Quelle société ! Même en l'observant de loin, je n'y comprends plus rien.

– Oui, nous vivons dans une jungle sans foi ni loi. Et personne vers qui se tourner, c'est bien ça le plus triste.

Anaé sentait la prévenance de Laurence à son égard, son sourire enveloppé de bienveillance, mais la nonagénaire était loin de s'imaginer combien la violence et la perversité décuplées sur les réseaux sociaux fracassaient la jeunesse d'aujourd'hui. Peu importe, son indulgence à elle seule était un réconfort.

– Hashtag balancetonporc, metoo et compagnie, c'est bien comme ça que vous dites maintenant pour dénoncer les agressions sexistes ?

– L'idée est née dans un café new-yorkais, acquiesça gentiment Anaé en réprimant un sourire amusé.

– Eh bien, au moins, on ne se consume plus dans la honte et le silence, c'est déjà ça. Il était temps qu'on s'en prenne aux sales habitudes de cette société patriarcale. Mais toi, ma petite, plus concrètement, tes tortionnaires, qui va les réduire en cendres ?

– J'ai rencontré le proviseur et j'ai écrit au rectorat… Ça n'a servi à rien, souffla Rosetta d'un ton désabusé.

L'absence de père n'arrange rien, songea Laurence en leur épargnant sa réflexion. Être belle, bien portante, intelligente et débrouillarde n'empêchait pas de souffrir… Mais jamais elle ne se serait permis de leur prodiguer des conseils. Elle avait abdiqué depuis longtemps. Dans cette société où régnait désormais l'insécurité, il lui paraissait impossible d'établir une véritable interaction sociale. À défaut de pouvoir suivre le mouvement de ce monde où tout allait si vite, elle, qui comprenait à peine les sinuosités du langage d'aujourd'hui dont les jeunes journalistes usaient sur les chaînes d'info, s'efforçait coûte que coûte de rester éclairée, de cultiver contre vents et marées sa propre opinion. Ce n'est pas qu'elle attachait tant d'importance à l'actualité, mais durant la mauvaise saison, elle s'occupait ainsi, les yeux rivés sur l'écran, à regarder ce qui se passait ailleurs. Ce minimum d'exigence envers elle-même lui permettait de rester un peu dans le coup ! Elle n'était pas du genre à tricoter des bonnets pour l'hiver ni à se meubler l'esprit avec des feuilletons stupides ! Armelle, son aide ménagère, avait tenté de la jeter dans l'océan surpeuplé d'Internet en lui inculquant quelques bases. Depuis, elle se dépatouillait à l'instinct, ironisant sur son sort, comme elle disait, aussi à l'aise que si elle explorait l'Amazonie en solitaire. En réalité, elle revendiquait son appartenance à un monde disparu, ce qui amusait Rosetta, qui, de quarante ans sa cadette, se sentait parfois tout aussi larguée qu'elle.

– Moi, Paris, je n'aurais pas pu m'y habituer. Autrefois, j'étais aussi heureuse de m'y rendre pour aller au théâtre ou voir des expos que pressée d'en repartir, affirma celle qui avait exercé le métier de libraire à Périgueux jusqu'à l'âge de la retraite.

Laurence observa le joli visage d'Anaé sous la masse de ses cheveux en songeant qu'elle-même, au même âge, sortait tout juste de la guerre mais pas des privations. À l'époque, l'éducation sauvait, aidait à témoigner de ses convictions. D'autres tracas préoccupaient la jeunesse d'aujourd'hui, des tracas aux contours beaucoup plus flous. Le monde avait tellement gagné en complexité que toute certitude vacillait.

Les effluves corsés du café emplissaient la cuisine chaleureuse où dominaient le bois et la pierre. Après avoir pris connaissance d'un texto, Anaé sembla d'humeur plus enjouée, comme si le contenu du message lui donnait envie de se raconter.

– Mon lycée nous a envoyé une assistante sociale pour évaluer ma situation, dit-elle à Laurence. Mais au lieu d'être soutenues, on a eu l'impression d'être jugées. La médiatrice a estimé que je n'étais pas tellement à plaindre, puisque certaines filles se font carrément casser les dents par leurs prédateurs.

Que fallait-il en déduire ? Qu'elle n'était pas à l'abri de subir ce genre de sévices ?

Laurence poussa une exclamation de stupeur tandis qu'elle s'apprêtait à servir le café. Anaé décrivait un vrai carcan destructeur qui n'était pas sans exhumer le souvenir des maux endurés pendant les années de l'Occupation. L'époque actuelle, bien que différente, n'était pas exempte de persécuteurs.

– Je ne sais pas grand-chose sur Jordi V, mon tortionnaire. Et ça rend les choses encore plus angoissantes. Il n'y a pas mieux que l'ignorance pour fabriquer la crainte.

– Oui, c'est très juste, acquiesça la nonagénaire en portant sa tasse de café à ses lèvres d'une main tremblante. Mes pauvres petites..., poursuivit-elle. Et l'assistante sociale, qu'a-t-elle dit d'autre ?

– Elle a voulu s'assurer que je prends les bonnes décisions. Elle m'a mis le doute. Je n'ai pas apprécié cette intrusion sur notre territoire, c'est tout juste si elle n'a pas fouillé dans la chambre d'Anaé. Elle m'a parlé de l'usage de la drogue chez les ados, l'air de dire qu'on trouvait facilement des produits illégaux dans les poches des gamines. J'ai encaissé sans sourciller, mais j'avais envie de hurler : « Ma fille ne se drogue pas ! » Cette espèce de suspicion m'a agacée au plus haut point. À croire que c'était Anaé, la responsable de tout ça.

– Mais c'est de la perversité !

– D'autant qu'elle a scruté chaque pièce de l'appartement. Je ne voyais pas où elle voulait en venir à part nous chercher des torts à moi et à ma fille. Tu parles d'un soutien ! Elle m'a rebattu les oreilles sur l'importance de minimiser les agissements harceleur d'Anaé. D'ailleurs, j'ai bien senti qu'elle-même ne croyait pas à sa mission ! Elle m'a parlé d'un projet collectif dans l'esprit du « vivre ensemble » mais les jeunes tyrans en question se foutent pas mal de ce genre d'initiative et ont déserté l'école depuis longtemps. J'étais deux fois plus paumée quand elle est repartie et je me demandais bien ce qu'elle écrirait dans son rapport.

– Complètement à côté de la plaque ! renchérit Anaé, les yeux au ciel, en dégainant son smartphone au signal d'un SMS. Ils veulent surtout que ce harcèlement ne fasse pas de vagues. En fait, le copain de Jordi était dans ma classe au début de l'année, le genre mielleux et sournois. Le truc, c'est qu'il me filmait sous la table pour le montrer à ses copains. Et puis un jour, il n'est plus du tout venu en cours.

– Et les parents ? demanda naïvement Laurence.

– Une famille aux liens affectifs délabrés. Ils vivent dans l'exclusion, et la violence est sans doute leur seul mode d'expression. Ils n'ont aucun ascendant sur leur fils, soupira Rosetta. Aucune valeur éducative. Ce Jordi a hérité de la précarité psychologique de ses parents sans repères…

Rosetta se tut, interrompue dans sa diatribe par un geste de Laurence. Cette dernière posa sa main sur l'avant-bras de sa cousine avec un sourire un peu navré, désignant du menton Amadeu, par la fenêtre, qui se dirigeait vers la maison. Il fallait suspendre cette conversation.

Le jardinier, petit homme râblé, veste élimée, pantalon de coutil, godillots en cuir crottés, s'avançait d'un bon pas vers la porte vitrée. Laurence s'empressa de lui ouvrir, il porta la main à sa casquette pour saluer ces dames, essuya méticuleusement ses souliers pour ne pas souiller le revêtement en damier noir et blanc. Sur son visage aux traits empâtés, buriné par le soleil du Périgord, se dessina un sourire avenant. À son bras pendait un panier rempli des premières gariguettes de la saison, charnues et odorantes.

– Formidable ! applaudit Laurence en s'extasiant sur la précocité des fraises tandis que le vieux garçon, un brin plus jeune que Rosetta, expliqua non sans fierté que ses plants placés sous un double tunnel, sans chauffage artificiel, donnaient déjà.

Laurence s'empara du panier qu'elle mit sous le nez d'Anaé.

– Sens-moi ça ! Et des grosses en plus ! Allez, goûte !

– Un délice ! confirma Anaé en savourant le fruit légèrement acidulé.

– Un vrai rayon de soleil, approuva Rosetta dès qu'elle en eut fait autant.

– Il s'agit d'une vieille tradition. À l'origine, la fraise sauvage poussait dans les sous-bois. Et puis, les sols et l'exposition au soleil ont donné des idées à certains. Je suis sûr, mesdames, que vous êtes loin d'imaginer le nombre de tonnes de fruits que les fraisiculteurs produisent chaque année, questionna-t-il en déplaçant son regard de Rosetta à Anaé.

Amadeu fit durer le suspense. Laurence se réjouissait de ce brin de légèreté dans la conversation, qui en avait bien besoin.

– Huit mille tonnes, entre la culture du printemps et la remontante d'été et d'automne ! énonça-t-il triomphalement.

Tout en versant le contenu du panier dans l'évier, Laurence se mit à parler producteur, consommateur, marchés locaux, comme si cela constituait le piment de la vie. Une certaine sérénité émanait de ses mots ; son ton avait quelque chose de rassurant. Elle tendit une tasse de café à Amadeu sans lui demander son avis. Il avala aussitôt une gorgée du breuvage en enchaînant sur des considérations météorologiques. Il se plaignait qu'en début de saison la tonte de la pelouse revenait plus souvent qu'à son tour. « Les pâquerettes repoussent dès que j'ai le dos tourné », plaisanta-t-il.

Les Parisiennes s'en fichaient. L'herbe, et surtout les pâquerettes, elles trouvaient cela esthétique. Rosetta et Anaé échangèrent un regard de connivence, signalant qu'il était temps de rentrer, les jours de vacances se comptaient désormais sur les doigts d'une main. Avant de s'éclipser, Rosetta sollicita l'aide du jardinier : elle envisageait d'aménager un voile d'ombrage sur sa terrasse ainsi que des jardinières rectangulaires, rien d'urgent, mais un coup de main serait le bienvenu. Il promit de passer la voir dès le lendemain.

*
* *

Rosetta, debout dans sa cuisine, touillait son café, le corps enveloppé dans un peignoir noir, les cheveux encore humides après sa douche. Derrière ses rideaux entrouverts, elle fut étonnée de voir Amadeu arriver à cette heure matinale, dans la brume qui recouvrait la campagne tel un voile.

– J'ai une petite minute, donc je passe comme promis ! dit-il, l'œil brillant d'un éclat singulier, en ôtant sa casquette qui plaquait sur son crâne ses rares cheveux gris.

En dépit de la fraîcheur, il portait un short et un tee-shirt, avec aux pieds des bottes en caoutchouc dont elle n'avait aucun mal à imaginer le bruit quand il marchait.

Elle l'invita à entrer, sentant sur elle son regard scrutateur aspirant à pénétrer les secrets, tandis qu'elle fouillait dans un tiroir pour en extirper la somme convenue pour l'entretien du parc. Puis ils sortirent sur la terrasse, où elle lui expliqua ses projets de fixation d'un voile d'ombrage et d'aménagement du coin barbecue : elle hésitait encore entre un hamac et un fauteuil suspendu pour donner un peu d'originalité au salon de jardin en résine recyclée. Toute seule, elle désespérait de jamais en venir à bout et voulait savoir ce qu'il en pensait.

Des lubies de Parisien à la campagne, songea Amadeu en gardant son sérieux. Pourquoi pas un tipi sous les arbres pendant qu'on y était…

– Techniquement parlant, tout est réalisable. Mais un hamac, c'est périlleux. Ça menace de basculer…

– Je sais que vous êtes bricoleur, du genre à bâtir une église avec quatre grains de sable. Pour le reste, j'en fais mon affaire !

Il la rassura. Rien de plus facile de nouer des cordes si elle optait pour le hamac. Il lui installerait aussi ses jardinières rectangulaires, ayant bien noté toutes ses instructions. Puis son attention s'échappa vers l'horizon, comme si ses idées étaient déjà à mille lieues.

– Dites voir, ces terrains du côté de la Monnerie qui bordent l'ancienne voie ferrée, ils vous appartiennent, pas vrai ? s'enquit-il en la fixant avec intensité.

– Euh… oui, pourquoi ?

– Ils sont sans doute éligibles à l'IGP[1], idéaux pour la fraisiculture, si l'idée vous venait de vous lancer.

Elle analysa ses mots, incrédule, et lâcha un petit rire nerveux.

– Un peu de sérieux, Amadeu, vous me voyez vraiment dans la fraise ?

– Riez ! C'est noble, la fraise ! On a bien évolué depuis l'époque où La Quintinie, le jardinier de Louis XIV, l'a introduite au potager de Versailles ! Un peu plus tard, il y a même eu un botaniste qui portait un nom tout à fait prédestiné : Amédée François Frézier, dont les plants ont abouti au Jardin royal à Paris…

– Ah, mais je ne dis pas le contraire.

– La technologie n'a cessé de se développer. Aujourd'hui, on récupère les données collectées par des sondes placées dans le sol, pour connaître avec précision les besoins agricoles.

1. IGP : Indication géographique protégée attestant le lien avec l'origine des produits agricoles.

Rosetta afficha une expression indifférente. L'historique de la fraisiculture était bien le cadet de ses soucis, et elle se moquait pas mal que son terrain soit éligible à une quelconque appellation. L'air agacé, elle resserra les pans de son peignoir et détourna le regard. Il faisait frais et la perspective de retourner bientôt à Paris lui grignotait lentement le moral.

– Amadeu, vous voyez à peu près ce que j'attends de vous, n'est-ce pas ? reprit-elle.

– Je vais veiller à ce que tout soit fini pour votre retour à l'été, ne vous inquiétez pas.

Elle le remercia. Ils se serrèrent la main et, dès qu'il eut le dos tourné, elle se rendit compte qu'elle avait oublié de lui dire que certaines des gouttières de la maison avaient dû se fissurer à cause des orages… Ça aussi, il savait faire.

5

Le retour à Paris fut d'autant plus âpre que l'été semblait s'être déjà installé en Périgord. À regret, elles avaient pris le premier train du matin, l'esprit lourd de conjectures sur leur sort à venir, au moment de traverser les masses grisâtres des banlieues : des barres de HLM, qui succédaient aux pavillons et leurs bouts de jardin aux feuillages opulents, à l'exubérance des centres commerciaux, un spectacle qui se reflétait sur la mine des voyageurs maussades.

Dans la gare Montparnasse, des délégations de femmes militantes scandaient des slogans : « Oui aux femmes solidaires ! » *Encore un débat autour des clivages*, songea Rosetta, mal à l'aise, d'autant qu'une envie de revanche flottait dans l'air, s'élevant des gorges des manifestantes. Sur le boulevard inhospitalier, la pluie menaçait et des sirènes de pompiers résonnaient dans une cacophonie assourdissante. En fouillant machinalement dans son sac, Rosetta crut avoir perdu ses clés. Son cœur fit un bond dans sa poitrine.

– Je suis pourtant certaine de les avoir mises dans ma pochette ! ragea-t-elle.

– Maman, si tu les avais rangées, elles y seraient encore...

Rosetta sentait les larmes prêtes à surgir. Ce retour à Paris générait décidément trop de stress. Son visage rouge et essoufflé sauta aux yeux d'Anaé qui, de sa voix rassurante, murmura à l'oreille de sa mère :

– Ne t'en fais pas, j'ai mon double au pire des cas.

Un peu plus tard, à l'appartement, elles firent réchauffer au micro-ondes un plat de pousses de soja à la viande hachée, acheté chez le traiteur en bas de la rue. En rentrant, Rosetta avait déversé le contenu de son sac à main sur la table du salon et retrouvé ses clés enfouies sous un fatras de papiers... Elle s'était traitée de folle et s'en voulait de réagir avec autant d'émotion. Pourquoi se laissait-elle perturber par son étourderie ? Elle redoutait tant la rentrée scolaire du lendemain, craignant ce que sa fille devrait endurer. Elle posa un regard doux sur Anaé :

– Est-ce que tu veux que je t'accompagne au lycée ?

– Mais non, ça ira, je t'assure ! fit la jeune fille en refusant de laisser paraître son angoisse.

Rosetta ne ferma pas l'œil de la nuit. Les bruits assourdis du boulevard lui faisaient l'effet d'une armée s'avançant pour la cerner, prête à faire feu. Au matin, elle devina sans mal l'appréhension de sa fille, mais ne jugea pas nécessaire de revenir sur le sujet. Anaé avala un bol de céréales, une salade de fruits et un jus d'orange, en feignant la bonne humeur.

« Sois sage », murmura maladroitement la mère, qui aurait voulu lui faire comprendre qu'elle n'était pas seule.

Rosetta eut un frémissement à la commissure des lèvres qui se changea bientôt en un sourire radieux. Anaé l'imita. Elle devait affronter les épreuves à sa manière. Cependant, même en rasant les murs dans sa tenue passe-partout, pantalon noir, veste en jean et Doc Martens irréprochables, elle ne passerait pas inaperçue. La mère serra fort la main de sa fille, apposa un baiser sur sa joue et décela une lueur de force et de résolution au fond de ses yeux, peut-être liée à la joie de revoir ses copines et de les entendre raconter les détails croustillants de leurs vacances. Deux stations de métro la séparaient du lycée, et cent mètres à pied…

Seule dans l'appartement, Rosetta se mit à réfléchir. L'année scolaire tirait sur sa fin. En tant que mère, il lui incombait de faire en sorte que la rentrée prochaine épargne à sa fille ces douleurs sourdes et permanentes. Le temps avait filé trop vite, elle revoyait sa fille sautiller sur son lit tout en jouant avec des ballons de baudruche dans sa robe vert pâle, fière des couronnes de pâquerettes épinglées dans sa chevelure. Cette époque lui semblait à la fois si proche et infiniment éloignée. Dans la chambre d'Anaé, elle examina les photos et cartes postales punaisées au-dessus de son lit. Des souvenirs émergeaient en désordre dans sa mémoire ; le plus souvent, des détails d'une vie sans histoires sous des ciels d'azur, l'été, au bord d'une piscine ou sous la brume lors d'une croisière sur le Rhin. En gros plan, Anaé avec son sourire enjoué, en aucun cas déstabilisée, même dans les pires moments, comme ce jour où elle avait glissé en courant sur le sol mouillé du bateau et s'était retrouvée avec plusieurs points de suture au menton… Anaé, si douce, l'accompagnait partout, sans jamais lui causer de souci, très vite autonome et peu craintive à l'idée de rester seule. Elle ne recevait que des compliments à son sujet. Rosetta n'était pas peu fière de cette enfant précoce et débrouillarde. C'était le bonheur de sa vie que de construire avec elle une relation profonde. Et puis, elle n'aurait su dire à quel moment exactement, la machine s'était grippée. Anaé avait commencé à se préoccuper un peu trop de son apparence, peut-être à mesure que son père s'était retranché derrière une attitude distante. Quand Rosetta avait exposé à Richard combien il se désintéressait de sa fille et mégotait sur ce qu'il leur versait, il avait riposté avec sécheresse, avançant des arguments illogiques en trouvant le moyen de contester l'incontestable. C'était un rugueux et personne ne le changerait. Si les yeux de Rosetta trahissaient son incertitude face à l'avenir, elle n'avait à cœur que de voir sa fille de nouveau marteler le trottoir avec fierté.

Un changement radical devait s'opérer dans leur vie. Assise au coin du lit d'Anaé, Rosetta ferma les paupières. Cette idée semblait au-dessus de ses forces. Elle songea à cette citation de Paul Valéry, inscrite sur le fronton du Trocadéro : « Ami, n'entre pas sans désir. » Le désir, où était-il ? Qu'espérait-elle au plus profond d'elle-même ? Un avenir meilleur en s'éloignant de Paris ? Une autre vie, moins de crispation, s'épargner le coût exorbitant de la location de cet appartement qui ne se justifiait plus, oublier l'atmosphère du métro sans cesse perturbé par ses grèves, ses risques d'attentats, se dégager de l'étau du « marche ou crève » ? Elle se souvint de l'époque où elle courait tout le temps, menacée par le signal sonore du RER, la porte prête à se refermer, compressée entre les voyageurs, parfois asphyxiée par les odeurs nauséabondes. Elle courait pour conduire sa fille à la crèche, courait en baskets dans les rues avec son air ridicule… Le passé avait laissé ses cicatrices, et il ne tenait maintenant qu'à elle de décider ce qu'elle voulait pour l'avenir.

Trouver un lycée à Périgueux pour Anaé ne devrait pas poser de problème vu son brillant dossier. Quant à ses aspirations personnelles, celles qu'elle n'osait avouer, vivre plus près de la nature, pour cultiver des fleurs, des tomates, le moment était peut-être venu de les écouter. Sa tête, percutée par une multitude d'idées pas si folles, projetait déjà un déménagement. Elle en parlerait avec sa fille le soir même.

*
* *

À la sortie du lycée, Anaé n'avait pas résisté à la tentation de marcher pour rentrer chez elle, afin de sentir les battements sourds de la ville. La journée s'était bien passée. Elle zigzaguait entre les voitures sous le bruit des klaxons du boulevard encombré. Déjà la nuit tombait, alors qu'il était à peine dix-sept heures. Son prof de maths absent, elle avait quitté l'établissement bien avant Léa et Marie, scolarisées dans une autre section. En Périgord, elle s'était sentie si libre de ses mouvements dans une parfaite insouciance, qu'elle en avait repris une assurance réconfortante. Elle refusait de revenir en arrière, refusait de se laisser submerger par la peur. Le sentiment d'effroi qu'elle impliquait lui paraissait ridicule, presque exagéré. À aucun prix, elle ne se serait sacrifiée pour quelques idiots sur sa route.

Alors que tout semblait se dérouler sans anicroches, elle se crispa soudain et sentit son sang se glacer dans ses veines. Jordi V, encapuchonné, affublé d'une saharienne, sortit de la pénombre d'un porche et lui barra le chemin dans une rue peu fréquentée. Ses pupilles brillaient d'une lueur haïssable, un sourire goguenard s'affichait sur sa face.

– Tu vas me suivre et sans broncher !

Impossible de s'enfuir. La main de Jordi s'abattit sur son postérieur. Elle se sentit suffoquer tandis qu'il l'enlaçait avec violence en l'entraînant sous une porte cochère, où personne ne les verrait.

Hurle, se répétait-elle, mais aucun son ne sortit de ses lèvres. Les yeux d'Anaé s'embuèrent de larmes. Elle essaya de saisir son portable qui s'était mis à sonner dans le fond de sa poche.

– Si tu bouges, je te pète le poignet ! menaça-t-il.

Se ressaisissant, elle lui administra un violent coup de genou dans les parties et prit ses jambes à son cou. Le temps qu'il reprenne ses esprits, Anaé était déjà loin. Haletante, elle atteignit le hall de son immeuble en un temps record.

Elle se réfugia au dernier étage, les jambes flageolantes, au bord de la crise d'angoisse. Demain, c'est sûr, elle s'armerait. Elle se voyait déjà lui crever les yeux. Sur le palier, elle tenta de s'apaiser dans le noir. La scène qu'elle venait de vivre tournait en boucle dans son esprit. Même respirer lui réclamait un effort. Son cerveau ne fonctionnait plus normalement et un laps de temps indéterminé s'écoula. Quand l'étau se desserra un peu, elle fondit en larmes.

*
* *

Quelques minutes plus tard, Rosetta bondit du fauteuil et se précipita au-devant de sa fille en retard.

– Tu aurais pu répondre au téléphone. Tu sais à quel point je suis inquiète !

En voyant le sourire figé sur les lèvres d'Anaé, sa mère sentit que quelque chose n'allait pas, mais elle ne voulait pas la brusquer.

La lumière du plafonnier illuminait la chevelure crantée de la jeune fille, mise en valeur par son chemisier blanc à petites fronces. Le tourbillon d'émotions qui lui labourait la poitrine se calma au contact maternel. Anaé passa en revue sa journée au lycée, concentrée, s'obstinant à rester positive. Elle mentit, la tête tournée vers la fenêtre aux rideaux encore ouverts, en prétendant qu'elle avait pris le métro bondé pour rentrer et qu'une panne avait interrompu le trafic. Elle ne voulait surtout pas contaminer sa mère avec ses émotions négatives, d'autant que les discours qu'elle lui tenait au sujet de son prédateur l'épuisaient. « Fais confiance à tes ressources et montre-toi convaincante. » L'autosuggestion, la méthode Coué, voilà qui était infaillible pour surmonter une difficulté ; c'était le père de Léa qui en avait parlé et il paraissait savoir ce qu'il disait. Côté pères, ses copines étaient plutôt bien loties.

Au cours du dîner, Anaé fut trahie par sa façon inhabituelle de picorer dans son assiette, qui contenait pourtant son plat préféré, des spaghettis aux légumes d'été. Pâlotte, elle mâchonnait ses courgettes sans conviction. Rosetta n'était pas dupe, mais elle hésitait encore à cuisiner sa fille. Anaé adopta une nouvelle stratégie pour détendre l'atmosphère, attirant l'attention sur ses cours sur un ton enjoué, tout en affichant un sourire factice, mais, n'y tenant plus, Rosetta l'interrogea :

– Bon, qu'est-ce qui se passe ?

– Une fête chez Léa, samedi, dit Anaé. Je me demandais comment obtenir ta permission d'y aller.

Rosetta avait beau connaître les parents de Léa qui vivaient dans un splendide cinq-pièces d'un immeuble cossu du XVIIe arrondissement, regorgeant de plantes et de bibliothèques – une famille *a priori* bien sous tous rapports, le père haut fonctionnaire, descendant de l'élite économique –, elle hésitait. Les pensées se bousculaient dans sa tête. Et si certains mauvais éléments s'incrustaient à la soirée ? Est-ce que l'alcool allait couler à flots ? La drogue ? Il était si facile de se procurer toutes sortes de choses, de nos jours. D'un autre côté, elle ne voulait pas risquer une dispute avec sa fille. Si elle lui interdisait de sortir, Anaé l'aurait mauvaise. De plus, une mère n'était pas censée mettre sa fille sous cloche pour la protéger, ni manifester une possessivité ridicule. Son refus ressemblerait à une punition puisque ses meilleures amies du même âge seraient de la fête. Elle accepta donc à contrecœur, bien décidée à téléphoner aux parents de Léa dès le lendemain.

6

– Ce n'est pas convenable, un point c'est tout ! s'était emportée Rosetta, le regard désapprobateur, reprochant à sa fille sa jupe moulante et le haut trop échancré dévoilant un décolleté désarçonnant.

Anaé avait fini par céder et se changer. Elle avait revêtu un grand pull à capuche qui tombait sur son jean. La colère se lisait sur son visage au maquillage excessif – trop d'ombre à paupières et de rouge à lèvres qu'elle n'avait pas estompé.

– De quoi je vais avoir l'air, moi ? fulmina-t-elle, tremblant de rage, les yeux en larmes.

– C'est ça ou tu ne sors pas, tu m'entends ? lui intima Rosetta en l'agrippant par les épaules.

Jamais elle ne lui avait parlé sur ce ton, mais elle campa sur sa position.

– Tu as juste peur que j'existe sans toi ! Regarde-toi, tu n'as plus de vie !

– Ça suffit, Anaé ! Tu n'as que quatorze ans, je te rappelle, alors calme-toi ! Tu ne te rends même pas compte de la convoitise que tu peux inspirer ! Tu crois que je n'ai pas vu les hématomes sur ton bras ? Ils ne sont pas tombés du ciel, répliqua Rosetta.

– C'est rien du tout. Et puis c'est très bien, ça me fait comme un tatouage, puisque tu refuses que j'en aie.

Une toux sèche secoua la mère. Quel degré d'autorité devait-elle imposer ? Elle ne savait plus. Anaé restait bloquée dans une sorte de déni, peut-être pour ne pas laisser l'angoisse s'imposer. Au signal d'un SMS, elle enfila son blouson. Le père de Léa faisait la tournée de ramassage des copines. Le texto était de lui, il l'attendait dans sa voiture en bas. « Salut », fit Anaé à sa mère, presque désinvolte, avant de claquer la porte, laissant derrière elle un parfum de dépossession.

Rosetta était abasourdie. Ce « tu n'as plus de vie » était insupportable dans la bouche de sa fille. Anaé avait touché une corde sensible. Pourtant, Rosetta ne pouvait pas lui donner tort. Sa vie ressemblait à un naufrage, et son immobilisme la rendait malade. Sa seule perspective était ce projet de s'installer en Périgord, ce dont elle n'avait pas encore débattu avec sa fille. Quelle serait sa réaction ?

Son regard balaya les lignes épurées de son ameublement moderne. Son expression grave accentuait sa ride du lion, tandis qu'elle se mordillait l'intérieur des joues. Elle avait mis un temps fou à trouver cet appartement jugé idéal. Elles y avaient vécu heureuses, mais désormais, il lui sortait par les yeux. Elle mit un peu de musique pour se détendre, le concerto pour piano numéro 2 de Rachmaninov, se servit un verre de vin, puis deux, et alla s'allonger sur la méridienne. Elle était si triste. Elle dîna sans appétit. Elle avait bien repéré un film dans la salle de cinéma la plus proche, mais elle n'eut pas le courage de sortir. Elle aurait été incapable de se concentrer sur quoi que ce soit.

*
* *

Anaé, qui avait dormi chez Léa, rentra comme convenu le lendemain matin. Elle affichait un air boudeur et à demi endormi en embrassant la joue de sa mère. Rosetta évita les questions, mais essaya de faire en sorte qu'elle ait envie de lui parler de sa soirée. Force était de constater que la complicité n'était pas revenue :

– On s'est bien foutu de moi, avec ma tenue, lâcha-t-elle avec une pointe d'ironie.

– Je ne t'ai pas interdit de porter ta minijupe à carreaux, que je sache. Tu as fait comme tu l'as bien voulu, alors ne va pas dire que je suis à l'origine d'une humiliation, s'il te plaît. Tu sais, les bons résultats scolaires n'excusent en rien les comportements déplacés, tança la mère qui s'alarmait de ce nouveau côté provocateur de l'adolescente.

Sans doute agissait-elle simplement comme toutes ses copines, mais ces dernières bénéficiaient de la figure d'autorité du père et cela faisait toute la différence.

– J'ai pris une décision, déclara Rosetta d'un ton qui sous-entendait *que tu le veuilles ou non*. Nous allons déménager, il le faut.

– Comment ça, déménager ? réagit aussi sec l'adolescente.

Rosetta déglutit, les yeux plongés dans ceux de sa fille. Elle devait faire face, l'instant tant redouté était arrivé. Elle avait anticipé que la pilule aurait sans doute du mal à passer. Paris était dans l'ADN d'Anaé, elle regretterait ses copines, la vie culturelle, les petits restos qu'elle affectionnait, les boutiques…

– Je te parle d'un nouveau départ pour nous deux. On en a pas mal bavé ces derniers temps. Je ne dis pas que la laideur du monde disparaîtra, mais l'éloignement nous permettra de reprendre notre vie en main. De toute façon, on ne peut plus continuer comme ça.

– Ça ne pourra pas être pire que maintenant, approuva Anaé, contre toute attente.

Sa réaction s'expliquait en partie par le fiasco de sa soirée chez Léa. Elle avait bu un mauvais cocktail qui lui avait tourné la tête en observant de jeunes invités tourner autour de ses copines sexy et picoleuses qui se déhanchaient sans complexe sur du R'n'B'. L'attitude odieuse des gars posant leurs sales pattes sur les filles l'avait choquée. Elle ne s'était pas sentie à sa place. Pis, elle s'était sentie souillée, car un des gars, le visage éclairé d'un sourire salace, avait fait allusion aux vidéos d'elle diffusées sur les réseaux, ce qui l'avait poussée à finir la nuit claquemurée dans l'une des chambres de l'appartement, un casque sur les oreilles.

Rosetta, qui ignorait tous ces détails, éprouva un grand soulagement en découvrant que sa fille n'était pas hostile à leur déménagement. Nul doute que leur vie serait plus douce en Périgord, où elle envisageait de s'installer dès la rentrée prochaine. Elle sembla plus émue qu'elle ne voulut le laisser paraître.

– Pour le coup, Périgueux, ça va me changer ! s'exclama Anaé, qui avait deviné sans mal leur destination.

Une étincelle avait jailli dans son regard, comme si cette nouvelle réconfortante effaçait déjà l'étiquette qui lui collait à la peau, les mauvais traitements qu'elle endurait. Depuis bientôt un an, il ne s'était pas passé un jour sans qu'un geste ou un mot lui rappelle une photo ou une vidéo qui circulait sur elle.

Rosetta serra sa fille dans ses bras en lui murmurant qu'elle comptait plus que tout à ses yeux, que bientôt elle pourrait dire adieu à toutes les rumeurs qui pesaient sur sa vie. « Ne t'inquiète pas, nous veillerons l'une sur l'autre », lui glissa-t-elle dans le creux de l'oreille.

*
* *

Tandis que les cartons s'empilaient par vagues successives dans l'appartement, la perspective du changement les rendait plus combatives au quotidien. Rosetta avait comparé les offres des déménageurs et avait arrêté son choix sur un pro dont la visite technique l'avait convaincue. Ce déménagement était aussi l'occasion de se débarrasser de frusques inutiles, de souvenirs que ni l'une ni l'autre n'avaient envie de conserver. Le choix parmi les bibelots des étagères fut plus délicat. En cas d'hésitation, elles profitaient d'un carton pas encore tout à fait rempli pour y glisser telle ou telle chose. Elles esquissèrent des grimaces face à l'amoncellement hétéroclite d'objets contenus dans les malles poussiéreuses de la cave, un exercice de tri stressant mais indispensable, obligeant à analyser les besoins. La déchetterie de la porte des Lilas accueillit le surplus à bras ouverts ! Elles passèrent aussi beaucoup de temps à emballer les appareils électroménagers pour le voyage, à protéger la vaisselle, les vases, et Rosetta assuma en plus toutes les tracasseries administratives, formulaires pour la compagnie d'assurances, les impôts, l'électricité, la banque, la poste...

À la fin de ce parcours du combattant, quand Anaé eut étiqueté tous les cartons, Rosetta aperçut ses larmes, qu'elle mit sur le compte de la fatigue. Mais la jeune fille était angoissée à l'idée de partir, cela remuait trop d'émotions, d'autant que son père, au cours de leur dernière entrevue, n'avait rien trouvé de mieux à dire que c'était une pure folie que de s'enterrer au fin fond de la cambrousse. Rosetta l'avait laissé déballer ses arguments avant de le rembarrer. Il n'était pas le mieux placé pour juger. Et puis, de quoi se mêlait-il ? Lui qui ne gérait plus le quotidien depuis des années ! « Parce que c'est une vie d'être sans cesse sur le qui-vive ? Je te laisse moisir dans tes convictions ! » avait tancé la mère. Finalement, il avait lâché : « Je vous préviens, c'est tout », et Anaé l'entendait encore. Et puis, en triant ses affaires, la jeune fille avait retrouvé des cadeaux de Léa et Marie, ses deux meilleures copines depuis la maternelle, auprès de qui elle se sentait en sécurité, soutenue par leur douceur et leur empathie. Elles lui manqueraient, ne serait-ce que pour les confidences auxquelles elles s'adonnaient sans cesse, comme de vraies sœurs, ce qu'aucune d'elles n'avait. « Elles viendront passer quelques jours pendant l'été », la rassura Rosetta qui préféra ne pas en rajouter, croyant que sa fille allait pleurer pour de bon. Mais rien. Anaé se mordit seulement la lèvre inférieure. Rassurée, Rosetta préféra se concentrer sur le positif : les cartons étaient finis et Anaé venait d'être acceptée dans un lycée respecté de Périgueux, en raison de ses excellentes notes et des commentaires élogieux de ses professeurs.

7

Au village, le camion de déménagement stationné devant chez les Martilière n'avait pas échappé à l'œil de Laurence, mais elle n'avait appris l'installation définitive de ses cousines qu'à la visite d'Anaé, venue lui annoncer que l'air de Paris leur était devenu irrespirable. La visite de la jeune fille, reconnaissable entre mille dans sa robe à bretelles pailletée garnie de petits volants effrontés, lui mit le cœur particulièrement en joie. Ses cousines devenaient à l'année ses plus proches voisines !

– Vous verrez, vous allez vous plaire. J'en suis convaincue. Et puis vous êtes déjà à moitié adoptées au village. Ce n'est pas comme si vous étiez des étrangères. Mignonne comme tu es, tu ne tarderas pas à te faire des amies ! Qu'est-ce que je suis contente, conclut-elle en battant des mains.

Derrière ses lunettes à grande monture, son expression traduisait un mélange de satisfaction et d'anticipation sur les futurs moments de partage et de complicité avec ses cousines.

Anaé lui rendit son sourire joyeux avant de la suivre dans sa cuisine étincelante. La vieille dame lui remplit un panier de tomates, œufs, framboises, fromage de pays, pain, tout le nécessaire pour improviser un petit pique-nique avec sa mère, puisque l'épicerie d'Albert Jeanfoutre était fermée.

– Ce ne sera pas dur de s'adapter. Maman et moi, on est déjà amoureuses de la maisonnette ! Et puis normalement, ici, on est tranquille, même si on oublie de verrouiller sa porte. Maman ne me répétera plus sans cesse de faire attention. En plus, le silence ne me dérange absolument pas, ajouta la jeune fille en contemplant la campagne environnante.

Heureusement ! songea Laurence. *Parfois il règne même un fichu silence de mort par ici.*

– Est-ce que tu sais pourquoi l'épicerie-bar est fermée ?

– Ah, cet Albert Jeanfoutre ! Un farfelu ! Il fait comme ça lui chante. Et ne t'avise pas de faire la moindre remarque s'il te vend des produits périmés. Ça m'est arrivé, une fois. Son pain d'épices avait dépassé d'un an la date de péremption. Il a haussé les épaules et m'a répondu : « Puisque c'est comme ça, je le mangerai moi ! » Je n'aime pas dire du mal des gens, mais avec lui je fais volontiers une exception. Il a dû rester trop longtemps au soleil, ça lui a liquéfié le cerveau. Quant à son fils, Grin-Grin, qui l'aide dans ses tournées, tu t'en feras ta propre opinion !

Anaé pouffa de rire. Elle avait déjà eu affaire à Grin-Grin à plusieurs reprises et s'était retenue de se moquer de son air ahuri. Le garçon se comportait étrangement, jamais sans une bière ou un cornet de frites à la main. Nul doute que son taux d'alcool dépassait le seuil toléré par le code de la route lorsqu'il faisait sa tournée des villages.

Anaé prit congé non sans avoir remercié Laurence. Cette dernière la regarda s'éloigner avec tendresse. Son petit air d'indépendance, son côté masculin dissimulé sous tant de féminité, apportaient le brin de fraîcheur et de jeunesse qui manquait à cette maison. « Petit soldat », murmura-t-elle entre ses lèvres, se revoyant au même âge, s'accommodant de ce que les tickets de rationnement pouvaient lui offrir. À l'époque, on ne parlait pas encore de résilience pour guérir de ses blessures émotionnelles...

Pour son dîner, Laurence se contenta du velouté de haricots préparé par Armelle, un genre de brouet dans lequel la cuillère tenait debout. On « taillait la soupe », comme le disait jadis son père qui y trempait volontiers des morceaux de pain. Elle faisait de même, laissant la mie et la croûte s'imbiber longuement non pour des questions de denture, la sienne étant encore acceptable, mais par goût et par fidélité pour la tradition périgourdine. De toute façon, elle mangeait peu et finissait rarement son assiette, d'autant que ce soir-là, malgré la prise de Doliprane, ses jointures la tiraillaient. Elle pesta de devoir utiliser un casse-noix pour dévisser une bouteille. L'arthrose, cette inflammation chronique et silencieuse des poignets et des doigts dont elle rendait responsable les changements de météo, poursuivait sournoisement ses ravages. Toutefois, elle refusait de se plaindre, car d'autres à son âge étaient bien plus mal lotis qu'elle. Même s'il ne faisait pas bon vieillir, ses traitements se limitaient à un cachet pour la tension le matin et des compléments alimentaires pour protéger la rétine. Certains jours, une autre douleur, à l'âme, celle-ci, venait la titiller. Comment aurait-il pu en être autrement ? La plupart de ceux et celles qu'elle avait aimés étaient partis là d'où l'on ne revenait pas. Dans ces moments-là, elle relisait quelques aphorismes d'Alphonse Allais, du genre : « Partir c'est mourir un peu, mais mourir c'est partir beaucoup » ou bien : « La mort est un manque de savoir-vivre. » Elle s'était établi toute une liste de citations qui l'aidaient à apaiser ses inquiétudes. Elle se réservait la meilleure pour la fin, de Montesquieu, qui n'avait « jamais eu de chagrin qu'une heure de lecture n'ait dissipé ». Rien de mieux que les nourritures spirituelles pour régénérer son mental, elle en savait quelque chose en tant qu'ancienne libraire dans une rue idéalement située au cœur de la cité médiévale de Périgueux. Il ne s'écoulait pas un jour sans qu'elle furette parmi les boiseries encaustiquées de sa bibliothèque aux volumes reliés de cuir. Le vélin usé lui faisait l'effet d'une caresse sous les doigts, une vraie présence, un autre monde facile à atteindre en tendant le bras. En entrant dans cette pièce, accessible par trois marches, qui tenait également lieu de salon, les yeux étaient inévitablement attirés par la collection familiale, des volumes sur l'histoire de la littérature française, les œuvres de Diderot, Rousseau, Voltaire, des classiques qui avaient dû hanter les nuits de son père et de son grand-père. Au fil des étagères, on déviait sur les livres qui l'avaient faite, du Simone de Beauvoir, Marguerite Duras, Nathalie Sarraute, et certains des titres qu'elle avait chaudement recommandés à ses clients tout au long de sa carrière de libraire. La littérature était très tôt devenue un besoin, et le tourbillon de ces échappées sur le monde valsait dans sa tête, inarrêtable. Si les livres constituaient une porte vers des horizons lointains, sa collection n'en faisait pas moins la part belle à la littérature du Périgord et à ses auteurs, parmi lesquels Montaigne, Brantôme, La Boétie, Eugène Le Roy, Maine de Biran, ainsi qu'une femme de lettres du Périgord un peu oubliée : George de Peyrebrune, par deux fois couronnée par l'Académie française, qui avait ouvert le chemin de la création féminine. Les pauvres rétines de Laurence auraient désormais été bien en peine de déchiffrer ce fameux roman qu'elle avait découvert jeune, *Les Ensevelis*, dont l'histoire retraçait l'éboulement des carrières de Chancelade qui avait englouti nombre d'habitations. Toutefois, elle connaissait si bien tous ces livres que leur seule présence la rattachait aux émotions qu'ils avaient éveillées jadis.

Après sa soupe, s'ennuyant ferme devant sa télé, elle retourna dans son refuge, grimaça en se cognant le gros orteil contre le chat tigré recroquevillé au pied du canapé Empire au centre de la pièce. Un miaulement plaintif se fit entendre. Bon sang, ses pauvres yeux ! Et pauvre Crocus par la même occasion… Elle se laissa tomber avec lassitude.

– Excuse-moi, lâcha-t-elle en caressant la fourrure soyeuse du félin avant de l'attraper pour le poser sur ses genoux.

Avec cette chaleur, et surtout ce vent brûlant venu du Sahara (annonce faite par les météorologues), ses jambes ne la portaient plus. Derrière le volet à demi tiré, le parc laissait entrevoir un liseré de pelouse couleur coquille d'œuf, ratatiné par le trop-plein de lumière. Seuls les coussins d'hortensias bleus semblaient bien s'en sortir. Les branches de son bouleau, quant à elles dépourvues de feuilles, appelaient au secours en s'étirant vers le ciel sous un thermomètre affichant encore trente-sept degrés à cette heure tardive. Les coins baignés d'ombre ne changeaient rien à l'affaire. Un véritable sauna ! Même les oiseaux restaient muets. À se demander où ils avaient trouvé refuge. Laurence regrettait leurs chants mélodieux qui honoraient la vie. Au mieux, maintenant, on pouvait croiser un chat errant sur la terrasse dans un silence de plomb. À ce rythme-là, même les murs épais de la chartreuse ne parviendraient plus à maintenir le frais très longtemps. Le matin, un peu avant l'aube, alors qu'elle dormait encore, Amadeu venait arroser les vasques de géraniums, le thym, le basilic et les pieds de tomates. Cela ne la réveillait pas, elle avait toujours eu le sommeil lourd, et sans recourir aux somnifères !

8

En dépit de la chaleur accablante, les déménageurs avaient déposé cartons et mobilier sans effort dans les moindres recoins de l'habitation et des dépendances. Anaé avait lorgné avec envie les tatouages sur leurs biceps tandis qu'ils s'affairaient. Si les deux femmes s'étaient senties d'attaque pour commencer le rangement le soir même, l'épuisement les avait gagnées plus vite que prévu. Le lendemain et les jours suivants, les mains et l'esprit furent continuellement accaparés par des détails pratiques, se résumant souvent au choix du meilleur endroit où placer leurs effets. Quand leur besogne fut accomplie, une question autrement plus importante se posa.

– Urgence absolue, acheter une voiture ! Ici, impossible de faire sans. En attendant, nous sommes condamnées à faire nos courses à l'épicerie, ma chérie. La fameuse boutique des Jeanfoutre ! lâcha-t-elle avec un petit rire nerveux tandis qu'Anaé scrollait sur son smartphone.

Dans le bourg, à deux pas du commerce, Anaé fit remarquer à sa mère cette odeur agressive de peinture fraîche provenant de l'épicerie relookée en vert céladon et jaune coquille d'œuf. Point névralgique du village, la belle façade rénovée grâce à des subsides publics attirait l'œil des passants. Sur le trottoir, face au monument aux morts, deux chaises bistro sous un parasol publicitaire se tenaient prêtes à accueillir le quidam que la soif aurait tenaillé. Rosetta poussa la porte vitrée, qui s'ouvrit dans un cliquetis, et prit de plein fouet le braillement d'une musique d'ado inondant la boutique. Dans un renfoncement, derrière sa caisse enregistreuse, Albert Jeanfoutre pestait contre une guêpe qui avait échoué dans sa canette de bière. Il leva un œil sur ses nouvelles clientes, modula le volume de sa radio et répondit à peine à leur bonjour. Un brin épaté par la sophistication citadine s'exprimant à travers leur panoplie d'accessoires d'été, cabas de courses en maille et bijoux bohème, il se fit la réflexion que, cette année, les Parisiennes arrivaient de bonne heure.

Des aménagements récents dans sa boutique permettaient une innovation : en plus de la traditionnelle épicerie, il proposait des articles divers allant du siège pliant aux lunettes de soleil, en passant par une sélection de livres de poche aux tranches jaunies d'humidité, au-dessus du présentoir de *Sud-Ouest* déjà vide.

– Qu'est-ce qu'il vous faut ? lâcha Jeanfoutre qui avait déjà remis le nez dans son journal.

Elles échangèrent un regard dubitatif, et Rosetta sortit de l'un des deux cabas une liste qu'elle lui tendit avec un sourire avenant. Il la décrypta comme s'il s'agissait d'une énigme tandis qu'Anaé faisait grincer le tourniquet de cartes postales où le Périgord préhistorique, les bastides, la vallée de la Dordogne et la cathédrale Saint-Front s'affichaient en kaléidoscope.

– Compliqué, les fruits, avec cette chaleur... Ça ne se conserve pas, commenta Albert Jeanfoutre pendant que Rosetta cherchait à vaincre sa répugnance devant le rayonnage de fruits et légumes – citrons verts fripés dont on n'aurait pas parié sur le jus, laitues avachies, courgettes molles dont on devinait la texture piquante –, si bien qu'elle décida de se rabattre sur de la salade de fruits en boîte.

– Ah, le pain, j'oubliais ! Pas possible non plus, faut le commander la veille.

– C'est bon à savoir, rétorqua Rosetta plutôt conciliante, en songeant que les conditions s'annonçaient presque idéales pour entamer un vrai régime.

Anaé dénicha un pain de mie et des gâteaux dans un rayon en vérifiant les dates de péremption, ainsi que quelques boîtes de conserve, tandis qu'Albert enfilait son tablier et s'apprêtait à découper dans la meule de cantal bleuie, à la croûte gris jaunâtre épaisse.

– Faites voir le cantal ? C'est du vieux ? s'enquit Rosetta

– Ouais.

– Attendez ! l'arrêta-t-elle alors que la lame allait s'abattre sur la pâte. Du jeune, vous n'en avez pas ?

– Nan. Ici, tout le monde prend du huit mois d'affinage. Et puis, vous savez, les goûts et les couleurs... Si je devais m'amuser à sonder tout le monde..., glissa-t-il sur un ton de reproche.

– Bon, donnez-moi du Babybel.

– Faudrait savoir, râla-t-il, le couteau à la main.

La dèche, songea Rosetta en réglant l'addition qu'elle jugea plutôt salée pour du lait, des pâtes, quelques conserves et produits de première nécessité et d'hygiène, ce qui la conforta dans l'idée d'acquérir une automobile au plus tôt. Dehors, elle plissa les paupières sous le soleil tandis que sa fille chaussa ses Ray-Ban. Une odeur écœurante de gaz brûlé provenant du moteur Diesel de la camionnette du fils de l'épicier avait envahi l'atmosphère. De l'autre côté de la rue, Grégoire, le fameux Grin-Grin, bedonnant à souhait dans son tee-shirt noir défraîchi, casquette militaire à grande visière sur le crâne, jeta une œillade dans leur direction, subjugué par la grâce de la jeune fille sortie du magasin, dont le short effiloché laissait entrevoir les cuisses fuselées. L'harmonie de sa silhouette, jusqu'à ses pieds délicats chaussés de ballerines à lanières, emplit le jeune homme d'admiration. Il s'était ramolli d'un seul coup, à deux doigts de laisser échapper le cageot de pêches qu'il s'apprêtait à charger à l'arrière de sa camionnette pour la tournée des villages.

– Oh lala c'est quoi ce gugusse? murmura Rosetta en attardant son regard désapprobateur sur ce garçon, tandis que sa fille faisait profil bas derrière ses lunettes.

Le front d'Anaé s'était couvert de sueur. C'était tout juste si elle n'avait pas été prise d'un malaise au beau milieu de la rue principale du village où battaient des volets sous un vent chaud. L'attitude du garçon avait ravivé l'oppression enfouie depuis leur départ de Paris, faisant resurgir l'image de son agresseur Jordi V. Elle crut même entendre sa voix, mais elle serra les dents.

– Vous les vendez, vos pêches ? interpella Rosetta tandis qu'Anaé accélérait le pas en ignorant la conversation.

– Non, c'est une commande, je dois les livrer, mais je peux vous en réserver pour après-demain, si vous le souhaitez.

Le ton était courtois. Son regard dévia vers l'adolescente déjà loin. Rosetta accepta sa proposition d'une livraison à domicile et se hâta de rattraper sa fille, dont elle saisit le bras une fois arrivée à sa hauteur.

– Calme-toi ma chérie, dit-elle en voyant que l'attitude du garçon avait suffi à déclencher la panique. Allez… ça va le faire, ajouta-t-elle un peu maladroitement d'un ton faussement enjoué pour tenter de la consoler.

Quelques oiseaux sillonnaient le ciel. Anaé hocha la tête à la remarque de Rosetta. Le regard dans le vide, elle replaça une mèche derrière son oreille. Sa mère avait sans doute raison, mais cela n'empêcha pas un frisson de lui courir le long des vertèbres. Quand Rosetta se retourna machinalement, Grin-Grin les scrutait encore, le dos appuyé à la portière de sa camionnette.

– Je propose que nous déposions les courses à la maison avant d'aller chez le garagiste à la sortie du village, suggéra-t-elle.

Elle espérait seulement que celui-ci ne profiterait pas trop de son inexpérience en matière d'automobiles. La dernière fois que Rosetta avait pris le volant remontait à leurs vacances sur l'île de Beauté un an auparavant. Elle se moquait éperdument de la marque du véhicule dont elle ferait l'acquisition, mais lorsqu'elle reconnut en exposition au garage ce même modèle de Toyota qu'elle avait déjà pris en main en Corse, elle crut à un signe et le patron n'eut aucun mal à la lui vendre après un petit essai.

– Bravo, maman ! jubila Anaé à la fin de la transaction, ravie des perspectives que leur offrait l'automobile.

9

Amadeu était venu trouver Rosetta en chapeau de paille et chemise en jean aux manches retroussées. La Parisienne l'avait félicité sur la qualité de son travail d'aménagement du coin barbecue. Il avait accepté les compliments avec satisfaction.

– Si je comprends bien, vous vous installez définitivement ? Ça va vous changer de la capitale, ajouta-t-il en s'efforçant de dissimuler comme il le pouvait son petit air moqueur.

Elle n'avait pourtant rien décelé de désobligeant dans ses propos. Le jardinier était peu après revenu à la charge sur cette histoire d'éligibilité de son terrain à la culture des fraises. Cette fois, il avait même expliqué que cette qualité de sol léger, sablonneux, avait permis à ses parents de développer l'exploitation à partir des plants qu'ils produisaient en récupérant ceux qui se formaient le long des stolons[1].

1. Stolon : tige aérienne qui s'enracine en produisant de nouveaux pieds.

– Attendez une minute, dit-elle en posant une main sur son bras pour l'interrompre.

Elle s'absenta et revint un instant plus tard avec une enveloppe du montant prévu pour sa prestation, qu'il enfourna dans sa poche de jean, avant de reprendre :

– À l'époque, la période de récolte était plus courte qu'aujourd'hui. On mettait les plants de fraisiers en place au mois de septembre en raison de la pluviosité. Maintenant, le climat a changé… Et les variétés ne sont plus les mêmes non plus : charlottes, cirafines, maras des bois en variétés remontantes. Sous serre, bien conduites, elles ont toujours un bon rendement.

Elle y vit une invitation à visiter leur exploitation familiale à deux pas d'ici. Pourquoi pas ? Cela lui permettrait de découvrir en quoi consistait la profession, et cela partait d'un bon sentiment, elle lui en fut reconnaissante, d'autant que marcher un peu lui ferait le plus grand bien.

– Même s'ils ont largement dépassé l'âge de la retraite, mes parents emploient plusieurs salariés, dont des saisonniers ramasseurs, poursuivit le jardinier.

Sa conversation était une source intarissable d'informations, allant de la façon de conditionner les fraises en barquette jusqu'à l'usage de pesticides, mais c'était avant tout sa manière bien à lui de lui faire découvrir qui il était.

À l'entrée du site, un tracteur avait déboulé sur un chemin de terre, évitant de justesse le chien au pelage multicolore du propriétaire de l'exploitation. Un mouvement d'air salutaire se fit sentir alors qu'on avoisinait les vingt-sept degrés. Les hommes au travail donnaient à voir différents aspects du métier, suant comme des bœufs en traquant les indésirables, pucerons et araignées, tandis que d'autres ramassaient la production. Grâce aux informations d'Amadeu, Rosetta s'incorporait plus aisément que par son simple regard à cette communauté. Il vantait la capacité d'adaptation de chacun à toutes les normes et consignes. Tout semblait couler de source. Une employée rougeaude qui avait levé le nez sur les visiteurs en profita pour s'éventer avec un *Sud-Ouest* de la veille qui dépassait de la poche de sa blouse.

– Juste ce qu'il faut d'azote pour la nutrition des végétaux, énonça Amadeu tandis qu'ils s'approchaient d'un fraisiculteur en train d'analyser la qualité de la terre autour des racines.

– C'est du charabia pour moi, répliqua Rosetta. Et il y a des jeunes que le métier intéresse dans le coin ?

– Il s'agit d'un travail éprouvant où l'on ne compte pas ses heures. Moi, j'aide mon père. Il bosse encore sept jours sur sept à plus de soixante-dix ans, et je ne parle même pas de toute la paperasse administrative. Les procédures sont de plus en plus tordues pour les agriculteurs, grimaça-t-il.

– Je suis prête à vous céder mes parcelles, si vous êtes intéressé, proposa Rosetta qui avait cru comprendre qu'il convoitait ses terrains.

– Élargir le domaine, je n'en vois plus le sens. Quand mes parents auront lâché l'affaire, je ne poursuivrai pas.

Planté à côté d'eux, le chien multicolore réclamait des caresses. Amadeu s'accroupit et laissa ses doigts courir dans son pelage. L'animal bascula par terre, impatient de se faire gratter le ventre.

Rosetta eut soudain l'impression de se perdre dans ses pensées. Elle se revit gamine, quand sa mère confectionnait des confitures de mûres ou de la gelée de coings au goût suave et incomparable. Elle était très appliquée et portait un vif intérêt aux produits du terroir. Son regard tendre et admiratif sur la restauration haut de gamme, qui se développait en Périgord en remettant au goût du jour la tradition des confitures d'antan, lui avait laissé penser qu'un jour peut-être elle oserait franchir le pas pour se lancer dans sa propre affaire… Mais la vie en était allée autrement. Elle s'était parfois prise à rêver d'une reconversion afin de jouer sa propre partition, bien qu'il y eût beaucoup de contraintes à surmonter. En tant qu'ancienne assistante commerciale, l'aspect administratif ne rebuterait pas Rosetta ; compulser la paperasse, cela la connaissait ! Si elle décidait de se lancer dans l'exploitation d'une parcelle, il lui faudrait participer à des stages de formation, trouver un local, un peu de personnel. Loin d'être un handicap, le fait de ne rien y connaître la stimulait, lui donnait envie de repousser ses limites. Elle n'allait quand même pas passer le reste de sa vie en tongs, à combler une solitude grâce à la lecture et aux réseaux sociaux, surtout après avoir condamné ces derniers ! Reprendre une activité impliquait une vie sociale, des rendez-vous, des rencontres, et puis cet Amadeu qui cherchait à l'alpaguer, peut-être fallait-il y voir un signe…

– Vous rêvez, Rosetta ?

Les yeux de la femme s'étaient agrandis au fil de sa réflexion. Brusquement ramenée à la réalité, elle serra ses poings dans les poches de son bermuda et laissa passer quelques instants, silencieuse. Amadeu la fixait, pensif... D'où lui venait cette soudaine impression qu'elle pourrait entrer dans la case de ces reconvertis qui, depuis la pandémie, s'étaient mis au vert pour exploiter un lopin de terre ? Il émanait d'elle une autorité, une prestance en dépit de son allure décontractée, telles qu'on en trouvait chez les chefs d'entreprise.

– Je vous encourage à..., dit-il d'une voix onctueuse.

– À quoi donc ? demanda-t-elle sans comprendre.

Une compétition n'allait-elle pas s'engager entre eux si elle décidait de se lancer dans ce métier ? À moins qu'il ne la considère comme une débutante, tout juste bonne à demander ses conseils.

Il ne répondit pas à la question, secouant sa tête en signe de déni, avant de conclure :

– Nous en reparlerons.

Il sembla gêné, consulta sa montre, accaparé par ses multiples activités de fraisiculteur, jardinier et bricoleur. Rosetta rentra, la moiteur sur sa peau lui donnait envie de se plonger dans la Vézère. Elle et Anaé pourraient s'y rendre en voiture, un vrai luxe et une pensée formidablement apaisante.

*
* *

Poivrons, aubergines en persillade et merguez grillaient sur le barbecue en diffusant leurs odeurs prometteuses.

Sous le voile d'ombrage de la terrasse, le couvert était dressé sur la table en céramique. Anaé portait son bikini blanc à ficelles qu'elle n'avait pas quitté depuis leur retour de la baignade dans les eaux fraîches de la Vézère. Elle avait tenté en vain de dompter ses cheveux humides aux frisottis incontrôlables. Ses pupilles flamboyaient de leur vert reptilien. Un calme absolu régnait, si l'on exceptait les insectes perturbateurs venus s'inviter au festin malgré les gobelets en polystyrène où macérait la citronnelle, déposés çà et là. L'escapade près de la rivière aux profondeurs marbrées avait été apaisante, la caresse bienveillante du vent dans le feuillage des arbres apportait sa voix rafraîchissante. Un paradis sur terre. À chacun de leurs gestes s'échappaient encore quelques effluves d'ambre solaire dont elles s'étaient soigneusement enduites après le bain, pour leur séance de bronzage. Enroulée dans un paréo noué à son cou, Rosetta déposa d'autres coupelles de citronnelle sur la table et s'assit en bâillant. « Saine fatigue », murmura-t-elle en caressant la joue de sa fille avec tendresse, même si celle-ci scrollait sur son smartphone sans tenir compte de la présence de sa mère.

– Tu sais, je vais me renseigner auprès de la chambre d'agriculture au sujet de la fraisiculture. J'ai visité l'exploitation des parents d'Amadeu, cela me donne des idées. À une toute petite échelle bien sûr, mais il serait amusant de cultiver si notre terrain est éligible.

– Bonne idée, maman ! affirma l'adolescente après une courte réflexion. Avec une page Instagram, tu pourrais capter de la clientèle et avoir des tas d'abonnés grâce à tes barquettes de fraises et tes superconfitures comme celles de mamie ! Le côté campagne, ça marche du feu de Dieu sur les réseaux sociaux. On ferait du rétromarketing ; tu sais, c'est une sorte de bulle rassurante qui surfe sur la nostalgie, le retour aux émotions de l'enfance, poursuivit-elle en jetant un œil à la cuisson des merguez sur le gril.

– Je n'ai aucune envie d'afficher ma tête sur les réseaux sociaux...

– Tu as tort. Cette technique est une arme de séduction infaillible pour vendre, même de simples barquettes de fraises. On pourrait développer notre créativité, montrer la valeur de ton travail. Que tu l'apprécies ou pas, depuis le Covid, Internet est le principal vecteur d'influence. La concurrence est plus rude, il faut se battre et tout passe par l'image.

– Tu ne crois pas que tu mets la charrue avant les bœufs, ma chérie ? Commençons déjà par essayer d'ameublir une parcelle, avec tous les efforts que cela implique et dont je n'ai pas la moindre idée !

– Moi aussi, je cogite, tu sais, assura l'adolescente. Dès que possible, je ferai des stages dans le marketing digital, c'est le seul avenir possible pour ne pas sombrer, et c'est essentiel de se fixer un but.

Rosetta était époustouflée par les propos que lui tenait sa fille. Ayant elle-même de piètres connaissances sur les nouveaux instruments de communication, elle ne cachait pas sa frilosité à leur égard. Elle mélangeait un peu tout, considérant que les influenceurs avec leurs artifices étaient prêts à faire acheter tout et n'importe quoi. Naturellement, elle ne se reconnaissait pas dans de telles façons de faire. S'y mettre ne serait pas une mince affaire. En deux ou trois manipulations sur son smartphone, Anaé s'empressa de lui montrer quelques exemples dont elles pourraient s'inspirer. Toutes ces mises en scène impressionnaient la discrète Rosetta qui se voyait mal entrer dans une telle compétition, et encore moins lancer des slogans face à une caméra !

– Tu peux même suivre des conférences sur YouTube, maman ! De toute façon, je serai là pour t'aider !

Rosetta afficha une moue dubitative, comprenant que sa fille en avait surtout très envie pour elle-même. D'un geste expert, Anaé lui montra deux ou trois stories sur Instagram. Cette course folle à l'audimat, le flux ininterrompu de contenus en tout genre, lui donnaient le vertige. Elle se sentait totalement larguée.

– Tu sais, l'audience de certains youtubeurs dépasse largement celle des chaînes de télé ! dit-elle à sa mère alors qu'elle déposait sur la table le plat fumant de grillades.

– Mange, s'il te plaît ! Tu sais ce que je pense de ce nombrilisme exacerbé. On ne va pas remettre ce sujet sur le tapis… Tu as bien vu où ça t'a menée… Et puis, je t'en prie, déjeunons en paix !

10

À la chambre d'agriculture de Dordogne, un conseiller avait reçu Rosetta pour l'aider à élaborer son projet et analyser ses besoins de compétences. Un expert s'était par la suite déplacé en fourgon pour effectuer des prélèvements dans sa parcelle, qu'il avait placés dans des boîtes de Petri. L'analyse eut lieu dans un laboratoire agréé. Elle obtint le bilan sans tarder, avec le détail du niveau de richesse en azote, phosphore et potassium, ce qui lui donna un regain d'enthousiasme. Amadeu ne s'était pas trompé ! Par la suite, il lui fallut obtenir l'agrément préfectoral et suivre un stage chez un maître exploitant agréé, puisqu'elle avait la chance d'être éligible à l'aide d'État.

Les premiers orages vinrent rafraîchir l'atmosphère avec des épisodes de grêle engendrant coupures de courant, toitures dévastées, et ruine dans les champs de maïs, blé, tournesol, et les cultures maraîchères. Laurence avait observé avec effroi se détacher les pétales de ses roses, qui dansaient follement dans le parc sous les assauts du vent. Elle craignait les grondements sourds de l'orage, d'autant que ses prothèses auditives décuplaient la puissance des sons.

– Avec le changement climatique, les agriculteurs sont en première ligne ! déclara-t-elle à Rosetta venue lui rendre visite. Il paraît que la chambre d'agriculture a reçu plus d'une cinquantaine d'appels ce matin. Rien d'étonnant, il est tombé l'équivalent d'un mois de pluie en quelques heures sur des sols anormalement secs.

Ces commentaires n'étaient pas rassurants. D'autant que les fonds d'urgence et la solidarité déployés pour pallier ces épisodes désastreux ne comblaient qu'à moitié les dégâts.

Laurence versa le thé, puis elle fit fondre un sucre dans sa tasse. Malgré son agitation, pas un seul de ses cheveux ne bougeait de son chignon semblable à un nid de pigeon. Rosetta observa ses gestes avec admiration lorsqu'elle reprit son éventail andalou posé sur le canapé, pantomime qu'elle accomplissait des dizaines de fois par jour depuis ces chaleurs caniculaires, sans oublier de recaler son coussin préféré derrière son dos meurtri. « Ah, la vieillure ! » soupira-t-elle avant de retrouver son sourire. Au-delà de cette ritournelle, on percevait à quel point elle avait aimé la vie avec ses hauts et ses bas. « Fais ce qui te tient à cœur, il n'y a que ça de vrai ! Tente l'expérience, tu verras ce qu'il en ressortira. Une modeste parcelle, ça ne va pas chercher loin ! » avait-elle dit à sa cousine quand elle lui avait parlé de son projet.

– J'ai obtenu à la chambre d'agriculture des conseils sur les outils et techniques à employer, et le conseiller en démarche de qualité doit se présenter demain chez moi…, précisa Rosetta en replaçant une mèche qui lui occultait la vue.

Elle avait déjà adopté le pantalon de treillis kaki et la chemise-veste multipoche, une tenue qui s'adaptait bien à son style et à son tempérament.

– Dans la vie, rien de tel que de se prodiguer ses propres leçons, pontifia Laurence. Toutefois, si tu as besoin d'un coup de main, tu l'obtiendras sans mal du côté d'Amadeu, avec ses trente années d'expérience. Il peut t'aider à débuter.

Bien entendu, il n'existait pas de bonne ou de mauvaise manière d'acquérir des compétences, mais moins Rosetta dépendrait du secours du jardinier de Laurence, mieux elle se porterait. Au fond d'elle, elle le jugeait un peu embarrassant, pressentant que leur relation aurait eu vite fait de coincer aux entournures. Ses airs entreprenants ne lui échappaient pas. Elle avait déjà connu des hommes de cet acabit, prêts à se poser en protecteurs pour prendre l'ascendant et s'arroger certains droits... Elle avait appris de ses erreurs et changé depuis sa manière de penser, d'autant qu'à la campagne la frontière avec l'intime était plus difficile à tracer qu'en ville. Elle n'avait pas l'intention de le pousser à devenir plus curieux et indiscret qu'il ne l'était déjà.

Elle termina la conversation en même temps que son thé sur une remarque signifiant qu'elle prendrait son temps, irait à son rythme propre, sans brûler les étapes. À peine eut-elle pris congé que Laurence alluma machinalement son écran de télé, à l'heure de son jeu favori, de l'animateur duquel elle appréciait la truculence. Comme chaque fois, son chat Crocus vint se frotter à ses jambes avant de grimper sur ses genoux.

– Tu sais bien que je suis d'accord à condition que tu ne ronronnes pas trop fort…

*
* *

– Vous pourriez reformuler vos explications sur le contrôle de pulvérisation et le plan de fumure, c'est du charabia pour moi ! lâcha Rosetta au conseiller en agroécologie de la chambre agricole, qui s'était déplacé à moto jusqu'au village pour dispenser ses conseils.

Ce dernier, qui cherchait à lui faire comprendre le concept d'écologie appliquée à l'agriculture, s'exécuta avec patience :

– Aujourd'hui, on a les moyens d'optimiser la fertilisation et la protection phytosanitaire, assura le jeune homme aux mèches rebelles dépassant de sa queue-de-cheval.

Rosetta peinait à se concentrer sur ses propos tant elle était hypnotisée par le serpent à la langue fourchue tatoué sur l'avant-bras du conseiller. Par ailleurs, les phalanges craquelées de ses longs doigts sans cesse en mouvement lui donnaient une image d'homme d'action plus que de professeur.

– Mais il y a un mais, poursuivit-il. En agriculture classique, on utilise la chimie de synthèse, un spray pour venir à bout des mauvaises herbes. En bio, on s'efforce de préserver la santé des sols grâce à une opération de désinfection menée à l'aide d'un générateur de vapeur. Le sol est porté à une température suffisamment élevée pour détruire les parasites tout en respectant les micro-organismes utiles aux cultures.

– Il va de soi que je compte mener une activité respectueuse de l'environnement. Il n'est pas question que j'utilise des pesticides ou autres, je ferai du bio, acquiesça Rosetta, qui approuvait ce genre d'innovations mises en œuvre pour l'exploitation agricole.

– Parfait, laissez-moi vous en expliquer les grandes lignes sans trop entrer dans les détails, je pars du principe qu'à chaque jour suffit sa peine.

– Sachez tout de même que ce n'est pas moi qui prendrai la pelle et la fourche pour travailler la terre. Mon dos me fait vite souffrir, l'interrompit-elle.

Le conseiller se retint d'éclater de rire. La réaction était prévisible. Mme Martilière n'allait pas se transformer en femme de labour ! *De la fraisiculture pour Parisiens*, songea-t-il derrière son sourire hypocrite.

– Je vous rassure, pour ce qui est de retourner le fumier et bêcher la terre, des stagiaires en études pratiques agricoles peuvent intervenir…

– Ah, c'est parfait ! Mais ce genre de volontaires se trouvent facilement ? s'étonna celle qui savait combien l'on peinait à recruter des petites mains dans tous les secteurs d'activité.

– Oui, oui, la chambre interdépartementale d'agriculture est faite pour encourager l'entreprenariat des exploitants agricoles.

– Je vois. Toutefois, pour ce qui est de mettre les plants en terre, j'aimerais le faire moi-même, ajouta-t-elle, rêveuse. J'adhérerai par la suite au groupement d'employeurs agricoles pour bénéficier d'un salarié.

Respirant l'optimisme, elle se retrouva à jouer les jardinières aux mains gantées quand la terre fut ameublie et que les tuyaux qui dispensaient à la fois l'eau et les fertilisants à proximité des racines furent enterrés. Par chance, un local aux murs de ciment et toit en tôle ondulée, situé en bout de terrain et jadis utilisé pour les besoins agricoles, lui permit d'entreposer les outils indispensables au binage, sarclage ainsi que le réseau d'arrosage. Moyennant un forfait abordable, le stagiaire en études agricoles délégué sur place s'était montré à la hauteur de ses espérances. Rosetta lui avait laissé carte blanche et en avait pris de la graine. Pourtant, elle avait éprouvé une vague sensation d'inquiétude, identique à celle qu'elle avait connue au début de sa carrière professionnelle et qui, elle le savait, perdurerait tant qu'elle ne verrait pas ses plans se concrétiser.

En attendant, la région entière semblait en proie à un véritable envoûtement à la fraise. Le parfum du fruit planait dans les ruelles étroites du moindre village, dans les renfoncements des places où les marchés se tenaient plusieurs fois par semaine. Sous des auvents de toile, des centaines de barquettes s'alignaient, prises d'assaut par les consommateurs. Rosetta et Anaé observaient les gestes, les mains qui se tendaient, se tordaient, les paniers qui s'obliquaient pour s'alourdir de charlottes ou de maras des bois sous des conversations enjouées. Par la magie du commerce en circuit court, toute la production avait disparu aux alentours de treize heures, en même temps que le brouhaha des voix et le flot de touristes.

La terre enrichie au compost fut bientôt prête à accueillir les semences. Il fallut ensuite les arroser et les pulvériser d'un purin d'orties, vieille technique destinée à éviter les maladies. Les méthodes prêtes à l'emploi ont ceci de bon qu'elles balisent le terrain. En l'espace de quelques semaines, le miroir révélateur montrait la transformation physique de Rosetta au contact avec la terre. Elle ne pouvait pas tout mettre sur le compte du yoga du visage : son teint hâlé et lumineux la rajeunissait, son corps aminci, libéré de ses malaises énergétiques, avait gagné en dynamisme, et ses muscles plus endurants parachevaient la métamorphose. Elle s'éveillait à de nouvelles capacités, se sentait enfin aux commandes de sa vie. Tandis qu'elle songeait à se renseigner auprès de la chambre d'agriculture sur les possibilités d'écouler ses premières productions (ce qu'elle anticipait désormais sans l'ombre d'un doute), elle reconnut le coup de sonnette strident de la bicyclette d'Anaé. « Maman ! » héla la jeune fille en la rejoignant dans la cuisine d'un pas pressé. L'air courroucé et le cœur battant, elle s'exclama :

– Grin-Grin a failli me renverser avec sa camionnette !

– Comment ça ? s'exclama Rosetta assaillie de visions fulgurantes.

– Je roulais tranquillement à la sortie du bourg, et il est passé à ça, fit-elle en mimant le geste. J'ai eu la peur de ma vie ! Il n'a pas freiné, rien... Je ne suis même pas sûre qu'il s'en soit rendu compte.

Rosetta soupira. Elle soutint le regard d'Anaé en secouant la tête.

– Et tu mets ça sur le compte de la bière ? J'en toucherai deux mots à Albert Jeanfoutre.

*
* *

– Ben quoi ? À cette heure-là, il devait avoir le soleil dans les yeux le fiston, ricana Albert derrière son comptoir. Vous voulez peut-être qu'il vous envoie des fleurs pour s'excuser ?

De son côté, Rosetta bouillait d'indignation. Si elle avait eu ses tomates trop avancées sous le coude, celles qu'il lui avait refourguées deux jours plus tôt, elle les lui aurait balancées à la figure !

– Quel toupet ! C'est complètement irresponsable de conduire en état d'ivresse, le contra-t-elle avec véhémence en prêchant le faux pour savoir le vrai.

Albert ne cilla pas. Ce n'était sans doute pas la première fois que l'on reprochait à Grin-Grin d'avoir pris le volant après avoir bu. Le père n'en semblait pas désarçonné. Au contraire, il se moquait ouvertement des principes moralisateurs que Rosetta lui assenait. Elle fut à deux doigts de lâcher que sa fille avait eu son compte de peurs, qu'elle devait éviter tout nouveau choc émotionnel pour se rebâtir, mais, connaissant la langue bien pendue de l'épicier, elle se tut, refusant que leurs problèmes personnels ne fassent le tour du village.

– Bon, trêve de plaisanteries, vous m'achetez quoi, aujourd'hui ?

– Vous alors, vous avez l'art et la manière de retourner la situation ! Mais je vous préviens qu'il vaut mieux que ça ne se reproduise pas, ajouta-t-elle d'une voix furibonde, en levant un index menaçant, sinon je porte plainte.

Rosetta était si excédée en quittant la boutique qu'elle tremblait. Que ce sale type fût capable de proférer de telles inepties avec cet aplomb et sans le moindre respect à leur égard la révulsait. Le mieux serait sans doute de ne plus remettre les pieds dans son épicerie. Elle ravala son amertume, ne voulant surtout pas montrer à Anaé combien ce crétin l'avait déstabilisée, d'autant que la mère et la fille avaient prévu de s'adonner à une séance de shopping dans les rues de Périgueux en vue de la rentrée.

Anaé, le visage rieur et les cheveux ramenés en arrière avec un bandeau, l'attendait en grignotant une grappe de raisin sur le perron, prête à s'installer sur le siège passager de la Toyota dès que sa mère réapparut. Côte à côte, elles échangèrent des banalités en écoutant les derniers titres anglophones à la radio. Anaé chantonna, emplissant l'instant d'une joie simple, ce qui eut pour effet de calmer les nerfs de sa mère. Le ciel tournait vaguement à l'orage, mais c'était encore l'été. Il régnait un air de vacances dans les ruelles périgourdines. Les touristes s'extasiaient dans leur jargon autour des dômes byzantins de la cathédrale Saint-Front. Mère et fille trouvaient un charme fou aux vitrines du cours Michel-Montaigne, tandis que, plus loin, le parfum d'une fricassée de cèpes et d'autres délices montait des terrasses de ces placettes secrètes, que le temps avait si bien conservées. Rosetta et Anaé exploraient, comme deux complices, les boutiques de la rue Taillefer et de la rue Limogeanne, de la place du Coderc et l'entrée du cours Tourny, où se succédaient les belles devantures, les enseignes en fer forgé et hôtels de la Renaissance. Elles longèrent le portail du lycée qu'Anaé fréquenterait à la rentrée, en classe de première, et un courant électrique remonta le long de la colonne vertébrale jusqu'à la nuque de la jeune fille qui avait blêmi. Même si l'établissement incarnait un terrain neutre qui n'était pas pour lui déplaire, elle était un peu perdue dans les limbes de ses questionnements intimes.

« Je suis confiante », glissa-t-elle à sa mère, bien qu'elle n'en fût pas si sûre. Quand bien même tout lui semblait plus simple depuis qu'elle n'était plus dans le collimateur de ses harceleurs, sa respiration se fit plus courte. Au pied du pavillon scolaire visible de la rue, des moineaux s'envolèrent devant un joli massif de dahlias, ce qu'Anaé considéra comme un bon présage. Rosetta devinait combien le cœur de sa fille battait plus vite, aussi décida-t-elle de se taire.

11

L'appréhension était tout de même au rendez-vous le jour de la rentrée. Anaé arriva en retard, notamment parce qu'elle avait changé d'avis trois fois sur la chemise qu'elle porterait, pour finalement revenir à son idée première à laquelle elle avait associé un cardigan marine *old school* aux boutons dorés. Sa mère s'était sacrément agacée et avait dû lui faire la guerre pour l'empêcher de porter un brillant à lèvres trop éblouissant. Pour couronner le tout, la voiture était restée bloquée dans un énorme bouchon à l'entrée de Périgueux. En arrivant au lycée, dans l'allée déserte de l'établissement qui lui renvoyait en pleine face toute l'angoisse de sa solitude, elle sentit les graviers crisser sous ses Doc Martens et resserra la bretelle de son sac à dos tout neuf. Quelque chose remua au tréfonds d'elle-même, une frousse sournoise, qui n'avait rien à voir avec la peur paralysante qu'elle ressentait à Paris.

Confuse d'être au centre de l'attention, elle fixa la prof principale en s'excusant du retard. Des regards inconnus la jaugeaient, des plaisanteries fusèrent et lui firent baisser la tête. La prof l'invita à s'asseoir et poursuivit l'appel.

Le corps d'Anaé se ratatina derrière un pupitre, à côté d'une blondinette gracile aux yeux de fond marin qui avait opté pour une robe légère. Son nom la précédait tout juste dans l'ordre alphabétique : Lavoix Charlie. Conquise par l'œillade sympathique qu'elle lui adressa en remplissant sa fiche d'une écriture soignée, Anaé se rassura.

Dans la cour de récré, pas le moindre souffle de vent. Un seul surveillant. Par réflexe, Anaé leva les yeux vers le ciel bleu immaculé, puis son attention retomba sur des groupes de jeunes déjà constitués. Elle observait avec prudence. L'anonymat lui faisait du bien : pas d'exclamation dans sa direction, pas de provocation ni d'insultes. On devinait déjà les leaders accaparant la parole et l'attention de leurs camarades. De leur côté, les filles, plus discrètes, interagissaient. Dans le semblant de société que formait la cour, Anaé semblait transparente et s'en réjouissait ; personne n'était là pour lui rappeler telle ou telle chose… Au sein de chaque groupe, les ados partageaient des blagues qu'eux seuls pouvaient comprendre, dans une tentative évidente pour booster leur cote de popularité. Parmi ceux qui n'aspiraient pas à s'intégrer, Charlie Lavoix s'était adossée seule au fond de la cour, contre le tronc d'un marronnier, les bras le long du corps, le regard dans le vague. Anaé hésitait à la rejoindre et le visage de la jeune fille, s'éclairant de bienveillance à sa vue, l'y invita.

– On est bien ici, c'est le coin idéal pour observer, glissa-t-elle à sa nouvelle copine d'un air espiègle.

– Pourquoi tu restes à l'écart ? T'as l'air plutôt sympa comme fille.

– Entre nous, c'est du théâtre tout ce que tu vois là. Observe-les bien, fit Charlie en désignant du menton les groupes de la cour sans tenir compte du compliment d'Anaé. Il y a quelques leaders et tout le monde veut s'intégrer à leur clan. Très peu pour moi ! Ils fixent des normes, aiment être applaudis après leurs débats, et si tu n'es pas d'accord avec eux, ils déclenchent une action punitive contre toi.

– J'ai pensé la même chose ! Mais je te rassure, c'est partout pareil, acquiesça Anaé avant de lui expliquer brièvement d'où elle venait.

Charlie lui confia alors s'être « embrouillée » avec pas mal d'élèves de la classe. Cette singularité interrogea Anaé, d'autant que sa copine se fit apostropher et siffler par deux garçons à la bobine narquoise un peu avant l'heure de la sonnerie. Ils tentèrent un coup d'œil vers Anaé, faisant remonter en elle un tumulte de souvenirs et de sensations désagréables.

– Ça commence bien ! commenta la Parisienne.

– Bah ! ces deux crétins, je ne les calcule pas ! Ils ont vite fait de te tailler une réputation d'allumeuse ! décréta Charlie sans en dire davantage.

Lors de la pause suivante, Anaé ne put s'empêcher de relater à Charlie le harcèlement dont elle avait été victime, sans dissimuler le détail des exactions de Jordi V et de sa bande, comme si elle tournait les pages de sa courte vie. Cette histoire sembla immédiatement émouvoir Charlie.

– C'est qui ces types, des toxicos, des dealers ? interrogea-t-elle avec curiosité tandis que son imagination partait on ne sait où.

Des affaires de ce genre, elle en avait lu dans les faits divers ou sur les réseaux sociaux. Cela s'arrêtait là.

– Je vois que tu n'as pas laissé derrière toi que des bons souvenirs, mais ce nouveau départ devrait te faire du bien, consola-t-elle Anaé. Dans ce lycée, en tout cas, tu n'auras pas à t'inquiéter de ce genre de problème. Il n'y a personne d'aussi virulent que les types que tu me décris. Pour ce que j'en sais, il n'y a jamais eu de dealer ou de descente des stups dans ce bahut. Bon, je ne dis pas qu'il n'y a pas un peu d'ecstasy qui circule dans les soirées électro, mais à part ça…

– Toutes ces drogues n'ont aucun intérêt. Encore que la coke, à la limite, vu que ça augmente la résistance à la fatigue, ricana Anaé.

– La coke ? Tu en as déjà pris ?

– Non. J'aurais du mal à m'en payer, à quatre-vingts euros le gramme… mais il y a des choses bonnes à savoir.

L'air enfantin et léger de Charlie la rassura. Le lycée était réputé pour son bon encadrement, des profs consciencieux aux qualités pédagogiques reconnues, ce qui était sécurisant pour Anaé. L'année s'annonçait cruciale et, dans un premier temps, elle espérait créer du lien. Se faire une ou deux copines tout au plus. Elle n'avait jamais aimé les clans et leur hiérarchie interne, elle les jugeait intimidants voire angoissants, ne se sentant pas plus l'âme d'un leader que celle d'un suiveur.

À midi, alors qu'elles prenaient leur plateau à la cantine, Charlie expliqua qu'elle était fille d'agriculteurs dans une exploitation bovine et céréalière, vivant au fil des labours et des semis. Anaé ne put s'empêcher de sourire en apprenant qu'elles habitaient le même village. Charlie résidait dans un lieu-dit sur la route de Ribérac, où ses parents étaient à la tête de quinze hectares de terre, d'un élevage nourri par la production de la ferme sans ensilage, sans pesticides. La Parisienne comprit très vite qu'entre elles il n'y aurait pas d'indiscrétion.

– Mon père dit que nous sommes totalement dépendants des cours mondiaux des céréales. Avec ces canicules successives, j'entends rabâcher qu'il ne faut pas gaspiller l'eau et irriguer efficacement.

– Et comment ils font ? demanda Anaé en feignant de s'intéresser aux gens du cru.

– Des stations météo ciblent la période propice à l'irrigation et mes parents optent pour du maïs moins gourmand en eau. Au final, ça ne change pas grand-chose, et le plus désespérant c'est qu'ils parviennent à peine à se verser un salaire. Tu verras, tant que Bruxelles ne restreindra pas les importations, les mobilisations agricoles ne sont pas près de s'arrêter ! assura avec conviction Charlie en plaçant une assiette de lentilles saucisses sur son plateau. Et il n'y a pas que ça ! L'Ukraine est entrée dans le processus d'adhésion à l'Union européenne. C'est un géant agricole, un vrai sujet de crispation pour les agriculteurs…

Anaé la laissa s'indigner en reniflant la tambouille d'un air sceptique. Elle fit glisser son assiette sur son plateau, déjà bien décidée à se rabattre sur un yaourt et un fruit.

Dans l'embarras et plutôt mal placée pour commenter ce sentiment d'aigreur et d'amertume qui revenait fréquemment dans la bouche des exploitants agricoles, elle saisissait que les parents de Charlie s'éreintaient chaque jour pour des clopinettes. Comme tout le monde, elle avait remarqué le poulet de Pologne ou les artichauts d'Égypte sur les étals des grandes surfaces. Elle et sa mère, solidaires du monde paysan, se fournissaient désormais en circuit court sur les marchés des villages, quand elles le pouvaient. Rosetta en parlait à sa fille : « Nous avons tous des ancêtres qui se sont acharnés à faire jaillir de leurs lopins l'orge et le blé. C'est grâce à cette agriculture que la civilisation est née, ne l'oublions pas ! »

– Tu sais, je comprends les raisons de la colère quand les intérêts sont menacés, ajouta-t-elle pour ne pas laisser mourir la conversation.

– Depuis toutes ces manifs qui ont secoué le pays, l'État n'a encore rien mis en œuvre pour nous aider à prendre ce fameux « virage de la transition écologique » dont tout le monde parle. Ce sont encore les gros distributeurs qui ont tout le pouvoir. Les paysans ont beau cibler les grandes surfaces dans leurs actions, rien ne change. Mais ils continueront tant qu'ils n'auront pas obtenu de meilleures rémunérations de leurs produits.

– C'est l'histoire du marché mondialisé via les accords de libre-échange, renchérit Anaé en finissant son yaourt.

– Oui, si on veut. En tout cas, une chose est sûre : même sous contrainte, je ne ferai jamais ce métier, affirma Charlie d'un ton catégorique.

Anaé ne connaissait Charlie que depuis quelques heures, mais elle ne l'imaginait pas un jour exercer ce genre de travail. Elle décelait une force de caractère, elle devinait qu'elle saurait déployer ses ailes pour préparer l'envol vers sa liberté. Tout le monde aspire à une vie passionnante, et avec son physique agréable, Charlie ne pourrait qu'attirer l'attention. Elle serait parfaite pour vendre du rêve. Du rêve, on en aurait toujours besoin. À coup sûr, elles ne manqueraient pas d'en débattre bientôt.

À la fin des cours, alors qu'elles quittaient l'établissement, Charlie orienta la conversation à voix basse sur le sujet des conquêtes amoureuses. De ce point de vue, la blondinette avait une longueur d'avance sur sa copine. Anaé se distinguait de la plupart de ses camarades en raison de son inappétence pour le flirt, une caractéristique d'autant plus exacerbée depuis cette affaire de harcèlement. Cela étant, Charlie lui fit promettre de garder pour elle ses aveux à propos de ses inclinations charnelles. « Pas de problème », lui assura Anaé qui craignait néanmoins d'être cataloguée comme sa copine, ce dont elle n'avait pas envie, elle qui prônait l'abstinence et rêvait de se protéger des rumeurs. Au moment de franchir la grille du lycée, deux garçons au teint hâlé bavardaient en les reluquant avec un sourire de satisfaction.

– Appétissants ! évalua Charlie, en les détaillant sans la moindre gêne, un soupçon de malice dans le regard, histoire de leur rendre la pareille.

Une autre fille qu'Anaé aurait pu ajouter : « Tu n'as pas tort », ou autre commentaire du genre, mais elle se tortilla au comble de l'embarras et rougit jusqu'aux oreilles, vivant l'instant tel un supplice. Une seule fois, un garçon l'avait embrassée sans sentiment réel, et, depuis, son corps et son cœur ne revenaient pas du dégoût qui s'était installé. Bien qu'elle aimât plaire malgré son attitude réservée qui tenait les autres à distance, jamais elle n'avait renouvelé d'expérience intime avec un garçon. Cette seule pensée faisait resurgir ce conflit latent au fond de sa poitrine, prêt à jaillir comme un ressort. Sous un ciel voilé par la chaleur, Anaé aperçut la silhouette de sa mère venue l'attendre sur le trottoir d'en face. Rosetta fit un signe de la main avec un sourire forcé.

– Alors ce premier jour ? lui glissa-t-elle en passant son bras autour des épaules de sa fille.

Mine de rien, cette journée l'avait grandement éprouvée et elle parut soulagée que la rentrée soit derrière elle.

12

Amadeu procédait avec méthode, comme chez lui. Dès qu'il disposait d'un moment, il tondait la pelouse chez Laurence. Il se rendait dans le local du jardin, démarrait la tondeuse à gazon et suivait invariablement le même itinéraire, contournait les massifs de plantes rabougries, les arbustes, en évitant d'érafler le véhicule sur les branches basses et dégarnies. La sécheresse avait fait croître toutes sortes de tiges à moitié flétries sur un sol craquelé déjà couvert de feuilles friables. Même les insectes ne grouillaient plus ! Le jardinier suait à grosses gouttes, la casquette largement enfoncée sur les oreilles dissimulant sa calvitie frontale, soulevant sur son passage un nuage de poussière. En longeant la baie vitrée de la bibliothèque de chez Mme Dampeyre, tassé sur son engin, il distingua sa patronne, assise dans sa causeuse, le nez enfoui dans des papiers provenant d'un coffret posé sur ses genoux. Alors qu'elle levait la tête dans sa direction, ils s'adressèrent un signe de la main. Il fit un aller-retour sur le pourtour de la terrasse en maintenant sa cadence, déversa le contenu du bac dans le lieu approprié et poursuivit son travail. Laurence, bercée par le grondement de la tondeuse, demeurait absorbée par le décorticage minutieux de ses archives, oubliant la présence du jardinier. Les grands consommateurs de culture impressionnaient Amadeu, pour qui les livres alignés sur les rayonnages des bibliothèques recélaient des territoires inaccessibles. Lui ne tenait pas en place, il parvenait au mieux à se concentrer sur la rubrique faits divers du quotidien *Sud-Ouest*. Sinon, la lecture était un luxe que tous ne pouvaient pas se permettre, et qui, de surcroît, n'avait jamais sorti personne de la misère, cela se saurait ! C'était une invention des érudits que de prétendre le contraire. En outre, il gardait des séquelles de l'époque où ses profs s'indignaient de sa grammaire douteuse. À l'école, on l'avait traîné plus bas que terre parce qu'il ne parvenait pas à trouver un terrain d'entente avec les conjugaisons. De ce point de vue, il était irrécupérable ; les livres et l'histoire, c'était affaire d'intellectuels. D'ailleurs, il considérait Mme Laurence comme appartenant à cette caste, du fait de la taille stupéfiante de sa bibliothèque et de son aisance à s'y retrouver en dépit de son grand âge. Sur cet aspect, la connexion entre neurones fonctionnait encore plutôt bien. Quand il entama son troisième tour de tracteur, elle farfouillait encore dans ce coffret grand ouvert, totalement accaparée. Comment fallait-il l'interpréter ? À croire que les rémanences de son ancien métier de libraire se manifestaient encore…

Amadeu termina la tonte du gazon et sarcla l'allée. Lorsqu'il eut achevé les tâches qu'il s'était assignées, il s'apprêta à cogner à la baie vitrée pour signaler son départ à la vieille dame. Il espérait qu'elle se redresserait, mais elle demeurait obnubilée par le décryptage de ses papiers, affichant un étrange rictus. Amadeu tourna les talons, ne jugeant pas nécessaire de la déranger.

*
* *

– Avez-vous veillé au débit d'arrosage ? s'assura Rosetta auprès de Luc, le stagiaire de la chambre d'agriculture, alors que le soleil se couchait sur ses fraisiers.

Il était tard, mais le jeune homme n'était pas avare de ses heures.

– Oui, j'ai repéré quelques œufs d'acariens en dessous des feuilles. Rien de grave, je les surveillerai de près, surtout si la chaleur continue.

Elle le suivit des yeux alors qu'il enfourchait son vélo, un corps d'athlète aux muscles saillants pas loin d'évoquer les statues antiques. Cette pensée l'amusa, mais elle ne s'y attarda pas. Ses paupières lourdes papillonnaient de fatigue. Elle découvrait la majesté du ciel crépusculaire d'automne, paré de rose orangé, donnant l'impression de traverser une aquarelle que n'aurait pas reniée le peintre Alfred Sisley. Elle réprima un bâillement et faillit appeler Anaé pour partager la beauté du spectacle, mais elle se souvint que sa fille, avec son mental surchauffé, était en train de suivre un cycle de conférences de marketing digital sur YouTube. Son esprit sortait de cet engourdissement dans lequel l'avait plongé la violence. Certaines forces s'étaient sans doute libérées à cette occasion, elle les mettait à profit, exaltée par une volonté de bien faire. Elle ne cherchait pas à en savoir plus afin de lui laisser un peu de latitude ; la confiance était le socle de toute chose. Elle souhaitait qu'Anaé la garde à tout jamais au fond d'elle, qu'elle la préserve des usures de l'existence. Quant à Rosetta, elle goûtait vraiment le charme solitaire de sa nouvelle existence, heureuse de constater que la part inconnue de son activité s'éclairait déjà. La transition aurait pu s'avérer déconcertante, mais l'audace de son projet lui donnait des ailes.

*
* *

Appareils d'audition défaillants ou volume de la télévision poussé trop fort, toujours est-il que Laurence n'entendit pas Rosetta frapper pour annoncer sa visite.

– Ah, tu tombes bien, ma cousine ! s'écria-t-elle tandis qu'elle se débattait pour enfiler ses chaussettes de contention sur ses mollets de coq. Armelle est partie sans me prévenir, tu peux me donner un coup de main ? Ce n'est pas gai de vieillir ! soupira-t-elle en clouant le bec au présentateur à l'écran d'une pression de télécommande alors que Rosetta s'exécutait de bonne grâce, les narines emplies d'effluves de *Chanel N° 5* dont Laurence s'était copieusement aspergée.

Cette dernière déploya au passage son éventail andalou, exhibant un paysage de Malaga tout en dispensant un coup de vent salutaire.

– Il ne faut pas se leurrer, au-delà d'un certain âge, il vaudrait mieux être mort plutôt que d'enquiquiner tout le monde avec des trucs de vieux ! se plaignit-elle avec un brin de théâtralité, cherchant l'approbation de sa cousine ou, pour le moins, un soutien réconfortant. Et j'ai aussi la chasse d'eau qui ne fonctionne pas…, bêla-t-elle.

– Voyons Laurence, ne sois pas si négative ! Tu ne vas pas laisser des chaussettes de contention et une chasse d'eau défectueuse te mettre dans cet état !

– S'il n'y avait que ça ! Tous les voyants sont au rouge, ma pauvre chérie. L'arthrose, l'ouïe et je ne te parle même pas des yeux… Six mois pour obtenir un rendez-vous chez l'ophtalmo, se lamenta-t-elle, les lèvres crispées. J'ai l'impression d'être comme un arbre qui perd ses feuilles !

– Beaucoup de gens aimeraient être aussi bien conservés que toi à ton âge. La plupart t'envient sans te le dire, soutint poliment Rosetta en songeant aux gâteux claustrés en institut avec béquilles et déambulateurs.

– M'envier ? Il me faudra bientôt un treuil pour sortir du lit ! ironisa-t-elle. Bon, j'arrête de pleurer sur ma déchéance ou tu ne viendras plus me voir, se ressaisit-elle dans un sursaut de dignité.

Quelque chose se modifia dans son regard avant qu'elle n'ajoute :

– Quant à toi, c'est touchant la manière dont tu vas de l'avant sans hésiter… Je me reconnais à ton âge, rien ne m'effrayait.

Laurence resta évasive et Rosetta ne sut qu'ajouter à cela.

– Tu sais, je n'éprouve aucune nostalgie de Paris. Les joies simples, par exemple piétiner l'herbe douce tous les matins, me procurent un plaisir que tu ne peux imaginer ! Sans me vanter, je crois avoir fait preuve de discernement dans mes choix. Quant à Anaé, je lui reconnais un courage indéniable ; elle ne s'est opposée à aucune de mes décisions. Elle apprend à surmonter ses peurs, elle lit et étudie, se montre très autonome, sa maturité m'impressionne.

– À cœur vaillant, rien d'impossible ! Anaé a raison, un esprit se cultive. Et toi, est-ce que tu prends le temps de lire ? s'enquit Laurence en posant sa main noueuse sur l'avant-bras de sa cousine en la fixant avec une intensité troublante.

– Des bricoles, un polar, une comédie romantique, je ne peux pas appeler ça lire, affirma Rosetta en inspectant ses ongles.

– Il n'y a pas de petite lecture. L'important, c'est ton degré d'émerveillement. Il ne faut pas se restreindre. Tant de livres nous renforcent en parlant de la peur et des doutes, nos plus grands ennemis dans la vie. Une note de Montaigne explique que la peur est liée à la représentation que l'on se fait du danger. Nous avons besoin de modèles de comportement dans notre époque trouble et la littérature est justement faite pour nous apprendre ce que nous ignorons. Montaigne, c'est pas mal ! Sans doute le plus actuel des penseurs dans sa recherche de morale permanente.

L'érudition de Laurence, même si elle se plaignait d'avoir la mémoire en passoire, lui inspirait parfois des saillies semblables à celles qui réjouissaient jadis ses clients à la librairie.

Elle tira Rosetta par la manche de son tee-shirt et l'entraîna vers sa bibliothèque en pestant contre ses raideurs dans le dos, mais, une fois qu'elles se furent glissées dans son sanctuaire à l'éclairage tamisé, la doyenne sembla revivre, illuminée de l'intérieur.

– Tout esprit éclairé se doit de s'informer des principes humanistes de Montaigne, fondés sur la connaissance de soi ! sourit Mme Dampeyre, comme propulsée vers le rayon dédié.

Les reliures de ces ouvrages renvoyaient à la vieillarde une impression de grâce qui réveillait ses petites voix intérieures. Dans l'harmonie de son visage jaillissaient d'anciens bonheurs de lectures philosophiques, sous le parfum des feuillets serrés qui flottait dans l'air.

Rosetta s'amusa de la jubilation enfantine de sa cousine. Elle qui ne gardait que de vagues souvenirs des *Essais. Pitié, il y a sans doute plus réjouissant pour se remettre à la lecture*, songea-t-elle tout en continuant d'explorer les reliures en maroquin rehaussé de tons patinés, obtenus par la mise en couleur des peaux – du vert myrte, du rouge exalté, celui de la poésie et des passions du cœur, d'autres tirant sur le jaune citron ou l'indigo élégant –, remarquant au passage une ancienne version de *Cyrano de Bergerac* par Edmond Rostand. Que de trésors bien gardés !

– Je préférerais *Les Dames galantes* à Montaigne, souligna-t-elle, mue par l'instinct, en se tordant le cou pour déchiffrer les titres dans le rayonnage de la bibliothèque.

– Bon choix, mais je te préviens, Brantôme, l'abbé libertin qui brave les idées reçues, n'est pas simple à lire. Tu constateras par toi-même combien ces histoires gaillardes sont un chef-d'œuvre. Tu pourrais poursuivre avec Eugène Le Roy, *Le Moulin du Frau*, son premier roman, si tu ne l'as pas encore lu ? Tu comprends, cela n'a rien à voir avec le fait de s'enfermer dans les coutumes d'un autre âge… Au contraire, c'est un éclairage sur l'ADN du Périgord.

Rosetta s'amusait de ces termes choisis qui prenaient dans la bouche de Laurence une résonance particulière. « Maroquin », « tranchefile » ou « vélin ». Elle ne manquait jamais de rendre justice aux nobles parures de certains volumes dont elle aimait présenter avec fierté le fini du travail, toucher les tranches creusées en cannelure, admirer les dorures exécutées par des artistes, autant de plaisirs réservés à quelques rares élus. La majeure partie de la collection chérie provenait de son père et de son grand-père. Quant à Rosetta, même si certains codes lui échappaient, elle n'en appréciait pas moins la bizarrerie et le climat singulier qui s'en dégageaient. Elle repartit avec l'exemplaire des *Dames galantes*, une joie profonde dans le cœur.

13

À la descente de l'autocar scolaire, Anaé leva les yeux et aperçut la camionnette grise de Grin-Grin garée sur le bas-côté à l'entrée du bourg. Elle aurait reconnu entre mille ce modèle ancien à la plaque illisible. L'adolescente se sentit coincée, son visage se crispa à l'idée de passer à sa hauteur, mais c'était inévitable. Il fallait voir comment les pupilles de Grin-Grin s'agrandissaient au fur et à mesure que la silhouette de la jeune fille s'avançait. Il lui tomba dessus comme une averse.

– Faut qu'on cause, mademoiselle Martilière ! lança-t-il, assis derrière son volant, quand elle fut assez proche pour l'entendre.

Plusieurs secondes s'écoulèrent. Elle se figea et nota une ou deux éraflures sur sa carrosserie. Le moteur tournait encore, le soleil frappait si fort qu'un parfum étrange de goudron et de pneus s'élevait de la route. Elle prit le temps d'étudier attentivement l'énergumène, la main en visière. Le fils de l'épicier avait les joues en feu, son souffle s'était accéléré. Des auréoles de sueur se dessinaient sur son tee-shirt gris délavé, il était impossible de déchiffrer le slogan inscrit dessus. Son bras gauche, puissant, à la peau laiteuse, était plié, appuyé contre la vitre abaissée de sa portière. Elle aurait pu lui demander de s'expliquer pour cette fois où il avait failli la renverser à vélo, mais elle attendit qu'il parle le premier, curieuse de savoir ce qu'il avait à dire. Il coupa le moteur.

– L'autre fois, j'ai pris le virage un peu trop sec, grimaça Grin-Grin, et je tiens à m'en excuser.

– Les freins, ça existe ! Tu te prends pour un pilote de rallye ou quoi ?

– En tout cas, je n'avais aucune intention malveillante, tu peux me croire, affirma-t-il d'un ton sirupeux qui eut tout sauf l'effet escompté.

Il avait de la chance que le temps ait apaisé la colère d'Anaé. En réalité, elle aurait sans doute oublié cet incident si le destin ne les avait remis face à face, d'autant qu'elle était passée experte dans l'art d'ignorer ce qui la blessait. Il lâcha un infime soupir gêné, visiblement déterminé à endosser sa responsabilité. Ne voyant aucune réaction de la part de la jeune fille, il glissa la tête à l'extérieur de la camionnette telle une tortue sortie de sa carapace. Anaé considéra sous un nouvel angle son visage ingrat. Des vaisseaux sanguins affleuraient à ses tempes, et dans ses yeux profondément enfoncés courait une expression mi-suppliante, mi-absente. Sans doute le prit-elle en pitié, car ses excuses partaient d'un bon sentiment.

– Oublions ça ! D'accord ? insista-t-il en lui tendant sa grosse main.

Elle n'hésita pas longtemps avant de se rapprocher et de la serrer, bien consciente d'avoir tout à gagner à s'en faire un allié.

– Je te dépose chez toi ?

– Ne le prends pas mal, mais j'étrenne une paire de sneakers tellement légères, que marcher est un plaisir ! se réjouit-elle en faisant sa coquette.

Le jeune homme lorgna ses baskets dernier cri, travaillées avec un effet de dentelle, et décorées de lanières de cuir métallisées, une paire qui devait coûter l'équivalent d'un RSA ! supposa Grin-Grin. Pareil pour le jean large à « studs », tels qu'on nommait désormais les agrafes fantaisie, des cadeaux qu'Anaé avait reçus de sa mère pour ses quinze ans.

Pleines d'admiration, les prunelles du jeune homme trouvaient tout beau chez elle, minéral, éclatant et complexe comme des pierres précieuses. Ses sourcils, ses yeux, la façon dont elle se mordait les lèvres et sa minuscule croix autour du cou, il se serait volontiers abîmé dans sa contemplation, mais elle ne lui en laissa pas le temps, prétextant avoir à faire ailleurs. Elle le congédia d'un signe de la main. Il demeura fasciné par l'enchaînement de ses gestes rapides et sa démarche électrique. Grin-Grin se sentait différent. Il avala une longue rasade de bière avant de redémarrer son moteur.

Il évalua le retard qu'il avait pris sur sa tournée et démarra aussi sec. Une partie de son cerveau n'était plus tout à fait là, grisée par la rencontre avec la fille Martilière, à moins que ce ne fût par la cinquième bière qu'il s'était enfilée. Le pot d'échappement de sa camionnette vomit un peu de fumée et Grin-Grin partit en trombe, le pied sur l'accélérateur. Il traversa la départementale en grillant le stop comme si rien de fâcheux ne pouvait lui arriver, à peine serra-t-il les dents en constatant son infraction. À l'entrée du hameau, il oublia vite le manquement à ses obligations, se réjouissant de voir des gosses s'amuser à leur guise sur une balançoire. Il se gara à l'ombre d'un mur de pierre. Là, il fut incapable de déchiffrer la liste de sa cliente, griffonnée à la va-vite sur un bout de papier posé sur son tableau de bord. Il mit ça sur le compte de la bière. Une confusion absolue régnait dans sa tête. Son esprit, obsédé par le souvenir de la douceur de la main d'Anaé, avait largué les amarres. Il revoyait l'instant où elle avait scellé la paix entre eux, de quoi lui faire oublier les tribulations de sa condition d'épicier.

Quelqu'un frappa du poing contre la carrosserie et le tira de sa rêverie.

– J'ai bien cru que vous ne passeriez pas aujourd'hui ! s'écria une voix féminine plutôt guillerette.

La cliente surgit devant sa vitre ouverte, accompagnée de sa chienne à la robe mouchetée qui tournait sur elle-même en jappant.

– Excusez-moi ! J'ai été retardé, déclara-t-il d'un air confus. Là… j'ai votre liste, mais je n'ai pas eu le temps de m'en occuper, avoua-t-il sans culpabilité.

– Je n'ai plus qu'à me servir dans le fourgon, c'est bien ça ?

Il souleva sa silhouette corpulente pour aller lui ouvrir l'arrière du véhicule.

– Juste ciel ! Vous êtes vraiment le digne successeur de votre père ! le railla-t-elle en jetant un regard désapprobateur sur les produits défraîchis. C'est vraiment la solution de secours pour ne pas mourir de faim… Après ils s'étonnent qu'on leur fasse du tort, les petits commerces ! clabauda-t-elle en levant les yeux au ciel.

Le front de Grin-Grin se plissa. Il ne parvenait plus à encaisser ces griefs qui revenaient trop souvent. Il songea aussitôt à la riposte que son père aurait balancée à la cliente comme un uppercut : *Personne ne vous retient d'aller voir ailleurs*, mais le fils de l'épicier rongea son frein.

Il sélectionna les produits, qu'il emballa soigneusement en assurant à cette dame qu'il prendrait en compte son appréciation, tandis qu'elle s'empressait de régler la note sans mot dire, le menton tremblotant de colère. Avec prévenance, il offrit de lui livrer son cageot à domicile, bien conscient qu'avec son souffle court et ses jambes enflées comme des courges quelques dizaines de mètres avec ses courses suffiraient à la mettre hors d'haleine. Cette proposition ô combien appréciée la dérida et elle l'entraîna jusqu'au grand escalier de sa jolie demeure bourgeoise, noyée au fond d'un parc. La chienne trottinait devant, la truffe au sol. Grin-Grin ne se sentit soulagé que lorsqu'il perçut à quel point son obligeance l'avait touchée. Puis, sur un merci validé par les aboiements du setter assis sur le perron, il regagna sa camionnette, un sourire désabusé aux lèvres. Au moins, il s'était un peu racheté.

14

Sous le coup de l'émotion, Rosetta observait sa première récolte de fraises avec des yeux exorbités. Elle rit en pensant que cela payait d'avoir de la suite dans les idées. Elle songea au bêchage manuel, à l'arrachage des racines et herbes folles, à la mise en terre de ses plants, à l'influence heureuse de tous ces préparatifs, à l'évolution de ses tendres pousses avant que l'alchimie ne s'opère pour donner naissance à un magnifique torrent de fruits rouges odorants, longuement choyés par des soins appliqués. La première cueillette ne prit que quelques heures avec l'aide de ses deux stagiaires. Les précoces gariguettes furent ramassées, triées et placées dans une enfilade de barquettes sur une grande table selon une technique enseignée par des pros qui l'avaient accompagnée depuis le début du projet. Elle se laissa imprégner de cette senteur inoubliable sans y croire vraiment. Comment aurait-elle pu imaginer, ne serait-ce qu'un an plus tôt, que cette aventure prendrait forme ? Anaé avait pointé son nez au local, sur le site de production, après les cours. Sa bouche s'arrondit en un « O » magnifique signalant sa surprise. Miracle ! Elle regarda sa mère avec un rictus amusé, doublé d'une infinie tendresse. Elle lui semblait rajeunie avec ses cheveux plus longs et son teint radieux. Son corps serré dans sa combinaison à zips et poches, à demi caché sous un tablier foncé plastifié, et ses mains recouvertes de gants en latex donnaient d'elle une image à mi-chemin entre le monde agricole et l'urbaniste-paysagiste. Elle parlait de ses fruits nobles, cultivés sans pesticides, avec fierté pour se persuader que tout cela était bien vrai.

– Goûte au moins ! Ces gariguettes donneront en quantité pendant un mois.

– C'est tout ?

– Oui, ensuite, nous passerons aux remontantes : maras des bois, cirafines, charlottes...

– Tout de même, ne te surmène pas trop, maman !

– Qui te parle de surmenage ? J'ai une équipe avec moi ! assura-t-elle en désignant ses deux stagiaires. Et la prochaine étape, ce sont les marchés, dès demain !

– Comment ça ? Tu n'as quand même pas l'intention de vendre ta production sur les marchés ? s'indigna la jeune fille en perdant tout son enthousiasme du même coup.

– Et que veux-tu que je fasse de toutes ces fraises ?

– Si tu veux mon avis, la démarche que tu as choisie est dévalorisante.

– La chambre de commerce m'a prévenue qu'il y avait une place libre sur la foire, alors j'ai sauté sur l'occasion. En attendant, j'aimerais bien que tu m'épargnes ce genre de discours ! Est-ce que j'interfère dans tes projets, moi ? la rabroua Rosetta.

Anaé détourna le regard. Son cerveau raisonnait par association d'idées. Elle ne gardait en tête que l'image des maraîchers s'égosillant pour attirer le chaland sur le marché de leur arrondissement de Paris. Sans doute grossissait-elle le trait, mais elle n'imaginait pas sa mère assumer ce rôle pour écouler son stock de fraises sur un champ de foire local. Anaé soupira intérieurement, lui reprochant de ne pas penser en stratège. Toutefois elle n'insista pas. Rosetta n'aimait pas qu'on la contredise en public. La jeune fille restait persuadée qu'il aurait été plus judicieux de vendre sa production par le biais des réseaux sociaux. Elle était tout à fait disposée à l'y aider et à favoriser les interactions avec les clients potentiels, mais l'idée n'avait pas séduit Rosetta, qui rechignait à changer ses habitudes, n'en déplaise à Anaé. Mis à part le bilan phytosanitaire et l'info « fraise » qu'elle recevait par mail de son conseiller personnalisé, Mme Martilière ne manipulait que peu son smartphone.

– Tes excellentes notes ne doivent pas te rendre condescendante. Tu ne te rends pas compte à quel point tu peux être exaspérante !

L'intéressée ignora cette remarque cinglante. Devant les stagiaires mal rasés (c'est ce qu'elle avait remarqué en premier chez Luc et Bill), aux cheveux hérissés de sueur, Anaé s'adoucit en les félicitant sur la conception du local exigu mais bien agencé, où elle n'avait presque jamais mis les pieds jusqu'alors. L'un des deux garçons se racla la gorge, gêné comme si la discussion à propos des marchés l'avait heurté lui aussi, tandis qu'Anaé dégustait l'une de ces gariguettes précoces en espérant que le malaise se dissiperait. Elle ne comprenait vraiment pas la réaction de sa mère, d'ordinaire plus ouverte au débat. Elle s'inquiétait, car elle décelait une fragilité dans son comportement. Sa solitude ne risquait-elle pas de faire son malheur, même si elle affirmait le contraire ? Rosetta ressemblait à ces héros grecs, tous victimes du courroux des dieux, à moins qu'Anaé eût trop vite fait de comparer leur vie à ses lectures du moment, les mythes de Sisyphe, de Danaé, d'Héraclès…

La jeune fille se consola avec une autre fraise juteuse alors que refluait dans sa mémoire le côté cocasse des appels à dégustation sur les marchés du Périgord, où flottaient les effluves de produits du terroir… Et puis, le soir venu, on se régalait d'un gâteau de fraises au fromage frais ou d'une fraise melba.

*
* *

Le lendemain, le chargement des cageots de gariguettes à destination du marché devait débuter aux aurores, mais l'un des deux stagiaires avait fait faux bond à Rosetta.

– Comment ça, Bill a les genoux et le dos en compote ? rouspéta-t-elle, contrariée. Moi, à son âge, il en fallait plus pour m'arrêter !

Elle se résigna et se mit précautionneusement à la tâche aux côtés de Luc. *Manquerait plus qu'on écrase les fraises !* songea-t-elle sous le vent frisquet qui lui fit resserrer son chandail.

Après avoir affronté les nappes de brouillard matinal sur les petites routes de campagne, ils eurent un mal fou à trouver une place de stationnement à proximité du champ de foire. Rosetta observa la valse des tréteaux, l'amoncellement de cartons et de cageots des marchands de primeurs, les bâches, les auvents autour des stands, les mains affairées au montage des étalages. En pénétrant le cœur et la chair de la foire, elle comprit que tous se connaissaient et s'apostrophaient joyeusement. Elle leva un regard inquiet vers son stagiaire, évita tout commentaire sur son matériel rudimentaire et se sentit soudain soumise à un examen attentif, bien qu'ils se fussent poliment présentés à leurs voisins.

– C'est bien là, l'emplacement ?

– Ah non, vous empiétez, ma bonne dame ! la rabroua le marchand de volailles en laissant filtrer un petit rire difficile à interpréter.

En face s'alignaient des tréteaux recouverts de planches croulant déjà sous les barquettes de fraises. Les premiers clients, cabas en main, se précipitaient sous le caquètement des poussins et canetons emprisonnés dans les cages d'un éleveur de volailles un peu plus bas. Rosetta se sentait pathétique, ne sachant pas par quel bout prendre l'affaire. Luc, le jeune stagiaire, n'avait jamais fait de marché non plus. Une importune flanquée d'un néophyte ! Et dans l'air flottait le parfum de la concurrence, des petits calculs égoïstes. Elle craignait fort que sa fille de quinze ans ait été dans le vrai ! Elle n'avait rien à faire là !

Elle ne s'était pourtant pas levée à quatre heures pour renoncer, aussi firent-ils de leur mieux, crispés par des ricanements dans leur dos et surpris par l'esprit de compétition qui régnait là. Rosetta regrettait le choix de sa tenue, une robe moulante en jersey un peu trop apprêtée pour ce baptême du feu, mais elle ne reproduirait pas cette erreur la prochaine fois. Les conversations de ses voisins, réunis en grappe dans l'attente du chaland, tournaient autour des blagues foireuses, du foot et du rugby, ce qui l'excluait davantage. En un mot, elle se sentait comme un oiseau aux ailes atrophiées à l'instant où tous les autres prennent leur envol. Cela étant, elle se fichait de leur désapprobation silencieuse. Le stagiaire n'était guère plus à l'aise, il se dérobait, brassait beaucoup de vent avec sa sacoche militaire en bandoulière faisant office de caisse. Une demi-heure plus tard, la foule s'amassait devant leur étal. On aurait dit que tout le département s'était donné rendez-vous ! Les barquettes de fraises se superposaient dans les paniers, et il n'y eut pas trop de quatre mains pour satisfaire la clientèle. Rosetta aima ce coup d'adrénaline, jugeant l'atmosphère amusante et survoltée, avec ce défilé incessant de mains tendues. Les mines rudes ou radieuses, les barbes grisonnantes, les femmes fardées, les échevelés, les crânes dégarnis, les percés, les tatoués, tous accouraient en masse. Son stock disparut en un temps record, lui valant les compliments de la marchande de fromages de chèvre, et le regard noir de deux autres fraisiculteurs. Dans son dos jaillit un : « La fraisicultrice autoproclamée, elle changera de place la prochaine fois ! »

Rosetta refusa de se laisser atteindre ; les mots des concurrents glissèrent sur elle tandis qu'avec Luc elle remballait leur matériel avant de quitter le champ de foire. Sur la route du retour, elle se demanda si elle détenait vraiment ce courage des laborieux, mais elle ne céderait pas pour autant aux injonctions de ses concurrents la semaine suivante, si elle revenait.

Et elle revint, plus forte et déterminée à braver l'ambiance irrespirable, bien que seule, car Luc avait jeté l'éponge. Les exposants déjà installés tenaient un concile en dispensant quelques banalités. Elle les salua et, tandis qu'elle déballait son stock, elle essuya la remarque d'une fraisicultrice à la frange en pétard :

– Décalez-vous davantage, nous avons nos habitudes sur ce marché, et pas question d'y déroger.

– Il y a suffisamment de place pour tout le monde, répliqua Rosetta en comprenant que sa concurrente aimait mener son monde à la baguette.

Elle lutta de toutes ses forces pour contrôler sa colère prête à s'exprimer.

– La raison du plus fort est toujours la meilleure, c'est ça ? ajouta Rosetta qui n'avait pas l'intention de bouger d'un iota.

En guise de réponse, la frange en pétard lui tourna son derrière rebondi. L'artisan boulanger du stand voisin, jusqu'alors dissimulé derrière une montagne de cookies aux noix de macadamia, avait suspendu sa conversation avec son client à propos des farines assemblées tels les cépages d'un vin. Son discours concernait son autre spécialité : les pains sophistiqués. Il profita de ce répit pour s'approcher de Rosetta et lui manifester sa compassion :

– Ne faites pas attention, elle n'a pas à vous donner des consignes ! Elle est de mauvais poil, tout ça parce que vos barquettes sont légèrement moins chères que les siennes. Forcément, le consommateur y est sensible…

– Ah ! l'ascension sociale par la fraise ! Une vraie saynète de théâtre ! Admettez quand même que sa maladresse est presque touchante, ironisa Rosetta qui n'avait pas saisi ce que cette maraîchère avait à craindre d'elle.

Mais le boulanger n'eut pas le temps d'épiloguer, accaparé par une acheteuse de pains aux six céréales, des sans gluten, complets. Décidément, la baguette ordinaire ne faisait plus recette.

Le pain, ça monte en gamme, et les marchés, c'est toute une ambiance, avec des dialogues parfois dignes de Feydeau ou de Courteline ! se dit Rosetta qui s'était fendue ce matin-là d'un total look aubergine.

Très vite, le boulanger fut submergé, la queue s'intensifiait, son iPhone vibrait. Rosetta avait presque envie de lui donner un coup de main pour emballer ses pains ronds, ovales, hyperprotéinés, etc., mais sa première cliente ne lui en laissa pas l'occasion. Elle adopta un ton joyeux ; l'affluence et les commentaires flatteurs de celles et ceux qui l'avaient « essayée » la semaine précédente la réjouissaient. Une joie indicible monta dans son cœur, elle n'en fut que plus chaleureuse avec le chaland, et les conversations s'allongeaient.

En moins d'un mois, elle fut consacrée, au point qu'une partie de son stock était prévendue avant qu'elle ait exposé sa marchandise. La frange en pétard ne s'en remettait pas. La jalousie lui sortait par les yeux, sans doute en raison de cette étincelle de liberté indéracinable qu'elle décelait dans les gestes de la Parisienne reconvertie en fraisicultrice.

15

Amadeu était un touche-à-tout. Aucun outil ne lui résistait. Ses mains étaient perpétuellement en mouvement. Outre l'exploitation de ses parents où il aidait à l'apport de fertilisants organiques et à la cueillette, il menait des activités de jardinier, de réparation ou de construction chez les uns et les autres, travaillant de jour comme de nuit, en bon insomniaque qu'il était. Du point de vue sentimental, si ses timides tentatives de rapprochement avec les femmes n'aboutissaient jamais, il privilégiait les liens forts qui l'unissaient à ses copains de toujours, renforçant son sentiment d'appartenance à un clan, un rempart infaillible contre l'adversité, fondé sur l'échange et la réciprocité. Aucun smartphone, c'était une règle qui ne souffrait pas d'exception dès que l'on franchissait le perron de chez Jo Létince, dit l'Étincelle, où les quatre ou cinq acolytes aimaient à se réunir. La grange, reconvertie en maison d'habitation, avait fait l'objet de travaux de transformation par l'Étincelle lui-même, qui s'était improvisé charpentier couvreur, et avait employé des matériaux naturels. Il avait remplacé ses poutres par celles d'un séchoir à tabac, isolé les murs et les plafonds avec un enduit de chaux et chanvre, mis en place dalles, Velux, et avait déjà repéré des panneaux photovoltaïques recyclés qu'il envisageait de fixer au toit. Il avait travaillé avec Amadeu pour installer sa plomberie, évier, lavabos, monter des prises et interrupteurs sur ses cloisons, poser des spots au plafond. Jo ne jurait que par le respect de l'architecture locale, les techniques de construction traditionnelles et les matériaux vertueux, tant il était convaincu de l'importance du virage écologique qu'imposait le changement climatique. Les autres écoutaient la bouche ouverte, ne sachant trop que penser de la question.

Qui composait ce quatuor d'inséparables ? Le père de Charlie, Max Lavoix, Étienne Dubreuil et les deux autres susnommés, tous agriculteurs, confrontés aux mêmes obstacles au développement rural d'aujourd'hui. Le clan avait instauré une règle : ils entamaient leurs séances amicales par un moment de lâcher-prise avec des anecdotes relatives à leurs années d'insouciance, vingt ans plus tôt, quand ils avaient débuté dans le métier, pleins d'idéaux, ne voyant le mal nulle part, d'autant qu'avec le recul ils portaient un regard attendri et déformant sur le passé. C'était pour eux un véritable moyen de décompression, un moment complice pour s'extraire des soucis divers sous lesquels ils croulaient désormais : la bureaucratie depuis la mise en œuvre de la PAC et le désarroi économique qui les rongeait. Leur amitié, bâtie sur l'écoute et l'entraide, permettant à chacun de se sentir compris et valorisé, fonctionnait sans grain de sable.

Les bouteilles tournaient un peu trop, proportionnellement au niveau d'amertume. L'Étincelle, grand gaillard au teint buriné, tenait le rôle du boute-en-train de service avec son œil vif et ses cheveux plaqués en arrière ; il en fallait un, l'actualité n'étant pas d'une grande gaieté. Quand ils étaient légèrement éméchés, certains constats leur éraflaient l'esprit, et la réalité finissait par les rattraper. *Chasse le naturel, il revient au galop.*

– Et comment va-t-on évacuer nos pneus usagés, si néfastes pour la santé et l'environnement ? Le traitement écologique et sanitaire est beau en théorie, mais avec une taxe à plus de trois cents euros la tonne pour s'en débarrasser, variant du simple au double en fonction de l'état du pneu, autant dire que ça va se chiffrer à une fortune, soutint Étienne Dubreuil, macérant dans ses inquiétudes, l'air sévère avec sa courte moustache foncée.

– On est tous dans le rouge, on finira en interdits bancaires, releva le père de Charlie, la cigarette pendue aux lèvres dans sa barbe rêche parsemée de poils gris.

Jamais le dernier dans la fronde paysanne, il s'était notamment distingué dans le mouvement agricole des panneaux signalétiques retournés en contestation à la multiplication des normes pénalisant les agriculteurs.

Et quand on abordait le sujet de la délicate posture du monde agricole, une réaction en chaîne libérait un torrent d'adrénaline chez les copains.

– Est-ce que le gouvernement va enfin se décider à fixer ces minimums garantis en dessous desquels on ne peut pas vendre nos marchandises ? Tant que la concurrence sera déloyale, que les importations n'auront pas le même cahier des charges que nous, on ne pourra pas lutter, scanda Amadeu, la voix soudain pleine de colère.

– Et tant que les demandes portées par les syndicats ne seront pas actées au niveau européen, il n'y aura pas de remise en cause fondamentale du modèle agricole, renchérit Max Lavoix, également soucieux de répondre aux enjeux imposés par le réchauffement climatique.

– Ouais, faudrait tout remettre à plat. En commençant par le respect de la loi EGalim ! Que les coûts de production servent de référence à la fixation des prix d'achat, décréta Létince en tapant du poing sur la table.

– Déjà, faudrait que les marges nettes des intermédiaires agro-industriels soient rendues publiques ! claqua la voix excédée d'Étienne Dubreuil, resté à l'agriculture conventionnelle contrairement à Létince et au père de Charlie qui tentaient la transition au bio.

Il ajouta :

– Les technocrates vont encore nous enfumer avec des discours que personne ne comprend. À la saint-glinglin, nous serons peut-être entendus ! Des manifs, on en a fait plein, je n'ai plus les chiffres en tête…, ajouta Max au tempérament sanguin, toujours prêt à abattre de solides besognes. Tant pis, on en f'ra d'autres, fit-il en acquiesçant de la tête.

– L'important, c'est de montrer aux gens qu'ils peuvent s'approvisionner localement à des bons prix, intervint Amadeu avec force gestes.

– Moi je dis : encore une étincelle et ça explose !

Venant de Létince, cela aurait pu les faire marrer, mais la saillie ne parvint pas à adoucir leur désarroi.

– Et moi, les gars, je serre les dents dans l'attente de ma demande de prêt, lança Étienne Dubreuil dans son vieux Levi's à l'indigo truffé de trous dont il ne se serait séparé pour rien au monde.

– C'est navrant, lâcha Amadeu. Ils font ce qu'ils veulent, là-haut, y compris nous balancer comme des poupées de chiffon.

– Ouais. La transition écologique, c'est pas fait ! Et pourtant l'Europe s'est fixé d'être au rendez-vous de la révolution climatique avec son pacte vert d'agriculture propre et productive, ricana Max Lavoix.

– Bon, alors, on trinque à quoi ? tenta de tempérer Jo Létince en dénichant une autre bouteille de vin local, de ces coteaux de Montravel, tant appréciés par Montaigne.

Le bon sens épicurien avait repris le dessus, et les verres s'entrechoquèrent, histoire d'égayer l'atmosphère. Max Lavoix tira de sa poche une cigarette ; ici au moins, il pouvait encore s'en griller une sans que personne s'insurge. Ils se savaient engagés dans le même combat, mais ne voulaient plus vraiment réfléchir à l'avenir, bien conscients que ce monde ne leur apporterait jamais la paix. Aussi préféraient-ils regarder en arrière, à l'époque où ils se lançaient des défis de solides buveurs, ou faisaient des trucs de casse-cou pas toujours finauds. Cependant leur complicité les aidait à tenir bon tout en restant lucides. Après plusieurs tournées, les paroles du chœur virevoltaient exclusivement autour de leur jeunesse. Létince, stimulé, retrouvait sa ferveur d'antan. Il tapait dans la main d'Amadeu, bien qu'il n'y eût rien à conclure. Même les choses graves, ils finissaient par en rire. Et souvent cette rencontre se terminait sur un : « Et qu'est-ce qu'on emportera de plus en quittant ce monde ? »

*
* *

Brusquement tirée de sa lecture, Rosetta leva le nez. Ses yeux se perdirent un instant dans le fond de sa tasse à thé posée à côté d'elle sur une soucoupe à même le canapé. Elle s'avança vers la baie vitrée ; la terrasse était luisante de pluie, le ciel d'un gris uniforme. Elle remarqua un crapaud qui s'ébattait à son aise au pied du vase Médicis garni de ses géraniums épanouis. Un oiseau chantait, une mésange peut-être ? Décidément, elle avait perdu la notion du temps, concentrée sur le premier discours des *Dames galantes* de Brantôme, un contenu ardu et grivois, rendu difficile à lire à cause de son français ancien, l'abbé étant du genre à tenir des propos débridés. Elle fournissait des efforts acharnés pour comprendre les concepts quand la voiture jaune de la poste freina d'un coup sec devant son portail. Elle en déduisit qu'il était aux alentours de midi en apercevant la silhouette du facteur qui glissait son courrier dans la boîte aux lettres. Le vent frais lui fit regretter la douceur d'une polaire sur ses épaules lorsqu'elle s'empara de la seule enveloppe à son nom, oblitérée à Périgueux. Rencognée dans le canapé du salon, le menton rentré et les doigts occupés à décacheter le pli, elle était intriguée avant même de se plonger dans la missive :

> *Madame Rosetta Martilière,*
>
> *J'ai cru que tout espoir de bonheur s'en était allé à jamais, et puis j'ay ouy parler d'une dame, mon rêve s'est irrigué par sa présence. Sa silhouette gracieuse, son sourire…*
>
> *Par vos façons nobles et franches, vous m'enchantez le cœur…*

Elle retourna la lettre entre ses doigts à la recherche d'un indice, en vain. Le style rompait avec les codes de l'époque. Si embarrassantes que fussent pour elle les déclarations énoncées à l'aide de mots instinctifs plutôt que réfléchis, impossible de nier qu'elles sonnaient comme un élan sensuel fait pour séduire. Elle les ingurgita dans un état second, incrédule, d'autant que l'usage du vieux français la ramenait à sa lecture des *Dames galantes*. Un procédé d'écriture d'un autre âge hanté par le fantôme d'un abbé libertaire. Elle enfouit cette lettre anonyme dans la poche de son bermuda en s'agaçant toute seule, et ne put s'empêcher de revenir à la fenêtre pour scruter alentour. Rien, hormis le chat Crocus en villégiature dans son parc, qui rasait les murs. Elle pencha en faveur d'un canular tant il lui paraissait invraisemblable de susciter tant d'emballement. Qui cherchait à la ridiculiser ou à la déstabiliser ? *On nage en plein délire*, se dit-elle, avant de passer en revue son cercle de relations – assez restreint, il fallait le souligner. Non, elle ne connaissait aucun verbeux susceptible d'écrire une telle missive. La prose de la lettre anonyme se substituait à celle de Pierre de Bourdeilles, d'ailleurs, elle n'essaya pas de poursuivre sa lecture. À l'heure du déjeuner, elle mangea à peine : des carottes nouvelles, râpées et assaisonnées d'un jus de citron, suivies d'un fromage blanc moulé à la louche avec un coulis de fraises. Elle était bien décidée à garder pour elle ce qu'elle considérait comme une plaisanterie, mais elle y repensa, par la force des choses, ayant promis à Anaé une promenade au Val de Dronne, autour de l'abbaye de Brantôme, le dimanche suivant, un lieu pénétré par la présence de Pierre de Bourdeilles où la beauté ressortait à travers l'espace sacré.

Mère et fille s'y rendirent et prolongèrent la déambulation jusqu'au campanile bâti sur un surplomb rocheux. Le soleil scintillait sur la rivière, et elles demeurèrent longuement dans cet écrin accueillant le mystère du monde. Rosetta semblait n'écouter que d'une oreille ce que lui disait Anaé, lancée dans des commentaires pleins d'emphase autour de la grotte du Jugement dernier, multipliant les selfies, bien consciente toutefois de l'air préoccupé de sa mère. De son côté, Rosetta ne savait décidément pas comment faire pour écarter sa fille de ce téléphone devenu l'annexe de son cerveau.

Le soir venu, Mme Martilière se surprit à relire la lettre anonyme dans un moment de solitude. Elle hésita à la détruire mais se ravisa. Ces mots empreints de lyrisme entretenaient son illusion d'être encore très jeune, dans l'attente d'un prince charmant. Un sourire effleura son visage avant qu'elle ne s'endorme.

16

Dans son duffle-coat à capuche, Charlie attendait Anaé près d'une mare stagnante au niveau des haies, derrière la ferme de ses parents. Elle avait parfois le sentiment d'être à l'étroit dans ce rectangle organisé autour d'une grange-étable, un abreuvoir, un fournil et un poulailler. Ce monde clos de murs en pierres calcaires entouré de pâtures et d'arbres fruitiers la déprimait parfois, surtout quand la pluie crépitait et que les chemins étaient envahis par les eaux furibondes, de la couleur d'une bière brune. Charlie y voyait l'impasse, la dureté de sa condition, les campagnes bientôt à l'arrêt sous les violents orages de grêle à répétition. Heureusement qu'une éclaircie avait percé dans le ciel, que les arbres se miraient dans les flaques d'eau. Cette beauté-là, avec ses strates de lumière changeante, en valait la peine. Des contrées du rêve revenaient à sa mémoire les cris des grues annonçant le ballet de la migration dont elle observait avec plaisir l'alignement en pointe. Sans doute Anaé n'avait-elle jamais assisté à ce spectacle ? Elle aimait bien sa nouvelle copine ; mieux, elle l'admirait, et leur complicité la surprenait. Brillante, généreuse, toujours de bonne disposition à son égard, et partante pour terminer leurs devoirs ensemble, ce qui lui ôtait une sacrée épine du pied et garantissait des éclats de rire, car Charlie était fâchée avec plusieurs matières, notamment les mathématiques. Si Anaé ne l'avait pas remontée à bloc et incitée à poursuivre ses efforts, il y a belle lurette qu'elle aurait décroché. Sa copine avait réponse à bien des questions et percevait des subtilités qui lui échappaient et qu'elle ne pouvait pas forcément compenser par son enthousiasme. Leur camaraderie n'avait décidément rien de banal et leur complicité, devenue son repère, éclairait jusqu'à ses rêves. Avant ça, elle n'en disposait d'aucun. Désormais, après le bac, elle se voyait bien entamer des études dans le domaine de l'esthétique ou de la mode. Ne serait-ce que par sa façon de s'habiller, Anaé, son modèle, l'épatait en mélangeant les styles avec goût ; elle se démarquait, lui donnait des idées, une vraie influenceuse même si elle s'en défendait, surtout depuis cette histoire de harcèlement. Il faut dire qu'Anaé était à bonne école avec sa mère férue de shopping et de luxe discret, à qui elle piquait volontiers un sac, une écharpe, des fantaisies rapportées d'un voyage ou d'un bric-à-brac parisien. Anaé n'hésitait pas à prêter des accessoires à son amie sans jamais la rabaisser ni entamer son estime. Charlie s'avouait un peu accro à ce paraître, même si cette exhibition de bling-bling n'était pas du goût de son père, toujours prompt à froncer les sourcils.

– Tu n'as pas besoin d'elle pour te faire remarquer que je sache ! scandait-il, la voix autoritaire, en consultant sa femme du regard. Avec ses nouvelles fréquentations, notre fille va devenir une vraie pimbêche !

– L'écharpe, le sac, il y en a au bas mot pour cinq cents euros, et encore ! On voit qu'elle a les moyens, la Martilière, ça lui va bien de reprocher aux agriculteurs d'acheter des tracteurs hors de prix ! Elle, ce sont ses tenues ultra-sophistiquées qui le sont…

– T'inquiète, la vie se chargera bien de lui rabattre son caquet, bougonnait le père.

Charlie n'alimentait pas la polémique, elle préférait le laisser mariner dans son aigreur, se contentant d'un haussement d'épaules. C'est tout juste s'ils ne la faisaient pas culpabiliser. Elle rougissait et ses yeux s'emplissaient de larmes quand bien même personne ne s'en apercevait. Les préjugés avaient bon dos. De plus, ses parents étaient bien incapables de faire une quelconque différence entre les frusques des friperies bon marché et des pièces exceptionnelles de créateurs. Mme Martilière ne méritait pas leurs invectives honteuses, d'autant qu'elle n'était pas hautaine pour un sou, elle se démenait dans la vie, seule avec sa fille. Sa mise distinguée, sans ostentation, révélait une personnalité affirmée. Peut-être avait-elle eu une réflexion malheureuse à propos des dépenses disproportionnées occasionnées par le matériel agricole, et alors ? Elle n'avait pas forcément tort ! En réalité, ses parents pointaient du doigt sa liberté, voilà tout. Ils ne comprenaient rien de rien ! Charlie aurait-elle dû se résoudre à suivre l'exemple de sa mère dépourvue de tout sens esthétique ? Lui reprochait-elle de se négliger ? Non ! Libre à elle d'aimer faucher sur un tracteur de six tonnes en affrontant certains coteaux pentus du Périgord, ou de nettoyer au Kärcher la grange des vaches, les cheveux en bataille. Mais cela ne justifiait en rien de remettre en question la mise en valeur de la femme telle que Charlie l'entendait. Ses parents n'avaient pas à entraver sa liberté, ils auraient mieux fait de la féliciter sur l'amélioration de ses résultats scolaires depuis qu'elle fréquentait Anaé… Mais de cela, personne ne s'en souciait.

S'apitoyer sur son sort donnait à Charlie un air revêche. Heureusement, elle releva la tête vers l'arrivante tout sourire, qui dévoilait sa rangée de dents impeccables. Son visage s'illumina et elle oublia tout net les réflexions embarrassantes de ses parents dont elle imputait en partie l'humeur massacrante aux phénomènes climatiques qui dévastaient leurs cultures. Le bleu électrique des leggings d'Anaé l'égaya et, de plus près, ses ongles multicolores lui sautèrent aux yeux, sans doute la dernière lubie à la mode.

– Salut ! fit Anaé en retirant son casque qui déversait du R'n'B. Ça ne va pas fort toi, on dirait ?

– Bof! dit Charlie, pâlotte, en levant les yeux au ciel.

Anaé sentit le regard flou et la colère, néanmoins elle n'arrivait pas à savoir de quoi il était question. Elle pensa qu'une de ses histoires d'amour avait tourné court ; la blondinette avait le chic pour attirer les blaireaux.

– Ce qui te chamboule me chamboule aussi, tu sais, déclara Anaé, solidaire.

Charlie lorgna sa chemise nostalgique de la période hippie, un peu envieuse : ce genre de vêtement écoresponsable, en coton biologique et sans pesticide industriel, avait une certaine allure, sans tomber dans le ridicule, tout du moins porté par Anaé qui l'avait agrémenté de plusieurs sautoirs tendance.

– Depuis qu'on se connaît, tu ne m'as jamais parlé d'un seul garçon… Pas une fois, lança Charlie pour changer de sujet.

Anaé répondait toujours la même chose à ces questions, avec un certain automatisme : c'était une façon de se protéger de toute agression… Et surtout elle cherchait encore à se reconstruire, à étouffer enfin son chagrin muet.

– Tu te prives d'un certain succès. J'en connais plus d'un au lycée qui rêverait de sortir avec toi, mais personne n'ose t'approcher, la taquina Charlie. Enfin, on ne sait pas, le salut peut venir de Grin-Grin, testa-t-elle d'un air pince-sans-rire.

– N'empêche que Grin-Grin possède une simplicité qui s'accorde à l'environnement.

– Tu parles ! s'esclaffa Charlie.

– Tu peux bien te moquer du style de Grin-Grin, plaisanta Anaé en baissant les yeux vers les vieilles bottes en caoutchouc craquelées et raides comme la justice que Charlie arborait, mais la chaussure est tout de même l'une des premières choses que l'on remarque chez une femme.

– Je voudrais t'y voir à la ferme, le jour où il y a une surcharge de travail et que je donne un coup de main, le pied en appui entre deux bouses de vache… Tu fais un peu ta Parisienne, des fois…, lança-t-elle sous forme de boutade. Tout à l'heure, à cause de la tempête, un arbre s'est déraciné sur la route de Bergerac. La voie est coupée, une chance qu'il n'y ait pas eu d'accident. Mon père, Amadeu, Dubreuil et Létince se sont rendus sur place pour aider à déblayer pendant que je m'occupais des bêtes.

Anaé se sentit stupide et naïve. Cette solidarité entre le père de Charlie et ses amis la fascinait. Ici, le sens de la communauté ne faisait pas défaut, une dynamique bien éloignée de l'indifférence qu'elle avait connue en ville. Cela lui donna envie de racheter sa maladresse, et elle suggéra à Charlie de se rendre sur les lieux. Elles se mirent en marche peu après, leurs voix se mêlant l'une à l'autre sur le chemin, tandis qu'elles longeaient des prés ruisselants.

Sur place, les pompiers avaient délimité un périmètre de sécurité à l'aide d'un ruban plastifié, jeeps et fourgonnettes étaient stationnées autour de l'arbre, dont les racines formaient comme un réseau de pipelines. Dans une odeur de terre humide et de champignons, les filles considéraient la scène avec effroi. Comment imaginer une telle force de vie à terre avec ses branches déployées ? L'instant de la chute avait dû être terrible. Le spectacle était à peine croyable si bien qu'Anaé filma une vidéo où l'on voyait les sapeurs-pompiers, affublés de casques brillants et d'équipement de protection, s'affairant avec des scies à élaguer et des tronçonneuses pour dégager la chaussée. « En direct, la magnifique intervention du bataillon de sapeurs-pompiers… », commenta-t-elle.

– Ne restez pas là ! ordonna l'un des deux secouristes qui s'était approché des jeunes filles d'un air peu commode.

– Je croyais que mon père et ses amis étaient venus donner un coup de main ? interrogea Charlie.

– Non, mademoiselle, on les a priés de rentrer chez eux. Personne ne doit rester dans ce périmètre, d'autant que l'orage menace.

Les jeunes filles s'éloignèrent sans lambiner sous le ciel assombri, car un grand vent se levait. Sur le trajet, les arbres déjà dégarnis se dépouillaient davantage de leurs feuilles amassées en tapis. Ce maudit nuage au-dessus de leurs têtes se mit à déverser son contenu tandis qu'elles se rapprochaient du carrefour ; par miracle, la fourgonnette de Grin-Grin jaillit de ces torrents d'eau. Un seul de ses phares fonctionnait, mais il leur fit l'effet d'un projecteur. Le véhicule s'arrêta à leur hauteur. Grin-Grin leur ouvrit la portière et elles grimpèrent sans se faire prier, se serrant côté passager, tellement trempées qu'une auréole se forma sur le tissu gris du siège.

– Merci ! dirent-elles avec gratitude.

Anaé, souriante, leva même un pouce victorieux à l'adresse du conducteur. Grin-Grin, devenu rouge comme une pivoine, écarquillait des yeux étincelants. Il n'en pouvait plus : une brune, une blonde !

Tandis qu'un rideau d'eau s'abattait sur le pare-brise, il se gara sur le bas-côté et coupa le moteur.

– Ça, c'est à cause du réchauffement climatique, et on n'est pas près d'inverser le cours des choses, lâcha Anaé en pêchant son smartphone dans la poche de son coupe-vent pour poster sa vidéo de l'arbre déraciné en essayant d'oublier l'odeur poisseuse de la morue que Grin-Grin devait trimbaler à l'arrière de sa fourgonnette.

Le jeune homme, plutôt rétif à l'usage du smartphone, l'observait, perplexe, à mesure qu'elle pressait la pulpe de ses pouces sur son clavier. Il leur proposa une bière, offre qu'elles déclinèrent tandis qu'il s'en décapsulait une avec les dents. Il en but une grande goulée. La pluie frappait sans relâche la tôle du capot, résonnant dans tout l'habitacle.

– On va finir engloutis, si ça continue ! gémit Charlie recroquevillée dans son duffle-coat.

Impassible, Grin-Grin tira de son vide-poches un paquet de Cheetoos Crunchy qu'il éventra aussi sec. Les filles le fixèrent du regard avant d'être prises d'un fou rire irrépressible.

– Qu'est-ce qui vous fait marrer ? articula-t-il la bouche pleine de chips, d'un ton fluet qui n'était guère en adéquation avec sa corpulence.

Comme elles se mordaient les lèvres sans savoir quoi répondre, il plaça le paquet dans leur champ de mire et l'agita d'un air niais. Les deux filles déclinèrent en secouant la tête.

– On va peut-être y aller ? suggéra Anaé dès que la pluie se fut dissipée.

– Pourquoi ? On n'est pas bien là ? se formalisa Grin-Grin avec une sorte de défaite dans la voix.

– Non, j'ai froid, grimaça Anaé en entortillant une frisette autour de son index, et on ne va pas rester prostrés là indéfiniment, pas vrai, Charlie ?

Cette dernière approuva aussi sec et Grin-Grin redémarra le moteur, sans chercher à obtenir d'elles plus que ce qu'elles étaient disposées à lui donner. Résolu à les raccompagner, il conduisit lentement sur la route ruisselante de boue, de quoi inciter à la prudence, surtout avec un pare-brise couvert de buée. Les yeux plissés de Grin-Grin n'y voyaient presque rien, malgré le ballet des essuie-glaces. Il parvint malgré tout à les déposer chacune chez elle.

Il regarda s'éloigner la silhouette souple d'Anaé, regrettant déjà la joie qu'elle avait répandue autour d'elle. Il avait l'air un peu perdu de celui qui aurait voulu qu'il en soit autrement. Pourquoi les mots le fuyaient-ils au moment d'exprimer ce qu'il ressentait ? Il savait pourtant qu'ils avaient le pouvoir d'ouvrir les portes les mieux scellées, mais il n'y avait pas accès. Il aurait bien aimé ne plus trembler, être comme ces gars qui savent dire les choses, seulement il craignait de sortir une bêtise et de se faire envoyer promener. Il passa une main dans ses cheveux, constatant qu'ils étaient en voie de disparition sur son crâne malgré la lotion capillaire antichute qu'il appliquait soigneusement chaque jour. Et il songea soudain qu'il devait livrer sa morue bien blanche ; lui, c'était à la provençale qu'il la préférait.

17

Selon Rosetta Martilière, l'hiver, la vie se rapetissait. Et maintenant qu'elle vivait à la campagne, cette réalité la frappait de plein fouet. Elle était pourtant fière de son excellente récolte de l'année. Avant les risques de gelées, elle s'était fiée aux procédés usuels pour entretenir ses fraisiers et les aider à affronter la mauvaise saison : la taille à la base de la plante servait à éliminer les feuilles sèches et brunies, elle se pratiquait sans blesser les collets, ovaires créés pour la récolte de l'année suivante. Luc lui avait fait une démonstration en ajoutant un peu d'engrais organique complété par un bon arrosage avec quelques paillettes de chanvre biodégradables parsemées au pied des plantes pour les protéger des nuisibles, et le tour était joué. Ces rituels rappelaient à Rosetta combien la terre est basse ! Prévoyante, elle avait fait rentrer du bois pour sa cheminée et s'y pelotonnait à la tombée de la nuit en attendant le retour d'Anaé. L'après-midi, après un moment consacré au rangement et au ménage, elle rendait régulièrement visite à Laurence. Elles se réchauffaient en bavardant devant une tasse de thé noir avec de la brioche, son péché mignon, bien que sa cousine, très digne dans son blazer de flanelle, n'eût pas le profil d'une mamie gâteau. L'esprit cocasse de la vieille dame, à nul autre pareil, s'imposait avec des histoires de péquenots alcooliques (dont regorgeaient les faits divers), plus violents envers leurs conjointes à cette époque de l'année, faisait-elle remarquer, sans doute parce que le corps confiné ne s'épuisait pas suffisamment à l'extérieur. Rosetta pouffait. Laurence avait le don de ne pas se laisser émouvoir par de telles situations, si fréquentes dans ce monde abreuvé d'informations. Elle assurait que rien ne changeait vraiment, si ce n'est que le nombre de paysans pendus augmentait chaque année, victimes d'endettement. Cette note de cynisme reflétait un regard lucide sur ces choses auxquelles on ne pouvait rien. Parfois, elle avait des noms sur le bout de la langue, mais impossible de les sortir. « Ça se dérobe, ça s'envole mais ça reviendra, c'est certain ! » Là aussi, elle prenait de la distance et partait dans de franches rigolades avec sa cousine en mordant dans sa brioche, la fameuse gâche, onctueuse, tressée à la fleur d'oranger ! Laurence aimait agrémenter ses anecdotes de citations, du genre de celles qui restent quand on a tout oublié, d'autant qu'il lui plaisait de se souvenir d'un temps où elle avait été heureuse à la librairie. « On ne croulait pas tant sous les cartons de nouveautés, comme c'est le cas aujourd'hui. » Elle ponctuait par son : « C'était une autre époque, bien moins portée sur l'industrie du succès ! »

Soudain, l'esprit de Rosetta s'envola dans d'autres directions et elle se sentit prête à lui parler de cette lettre anonyme qui était en réalité la seconde, puisqu'une nouvelle missive venait de lui parvenir. Rosetta la sortit de la pochette en lézard vintage qu'elle portait en bandoulière sur sa veste en mouton retourné, et la tendit à Laurence. Sa cousine grimaça en ajustant ses lunettes, redoublant d'attention. Ses doigts semblaient se crisper sous sa lecture concentrée.

> *Avant vous, j'étais endolori, j'avais imaginé l'amour bien plus que je ne l'avais ressenti. Ce mélange de force et de fragilité qui émane de votre personnalité fait resurgir mes rêves enfouis. Il est important que vous compreniez combien vous voir est un printemps perpétuel…*

Laurence leva les yeux en poussant un sifflement inaudible marquant son étonnement. Rosetta n'eut pas besoin de lui tirer les vers du nez.

– Quel admirateur ! Eh ben dis donc ! C'est une prose inspirée, de qualité, en partie classique. Son auteur a un goût prononcé pour le romantisme littéraire. Un message court et percutant !

– À ton avis, je me fais espionner par un rat de bibliothèque ?

– Pas forcément…

Laurence eut l'air d'hésiter un instant avant de poursuivre.

– Ce que je vais te dire n'a certainement rien à voir avec ta lettre, mais des correspondances que je conservais dans un coffre de ma bibliothèque m'ont été dérobées récemment. Ces courriers m'étaient suffisamment familiers pour que je puisse affirmer une ressemblance de style avec la tienne… Oui, c'étaient des lettres ayant appartenu à mon défunt père et des notes personnelles qu'il a rédigées au fil de sa vie.

L'aveu consenti lui semblait pénible et son regard resta agrippé à celui de Rosetta un long instant.

– C'est troublant. À quand remonte ce vol ? s'enquit Rosetta en notant combien les mâchoires de Laurence s'étaient contractées.

– À environ un mois. Quelqu'un a dû s'introduire chez moi pour me les prendre… J'avoue que je ne m'en remets pas, elles avaient une grande valeur sentimentale. Il faut croire que ce larron savait ce qu'il cherchait, car rien d'autre n'a été dérobé. Et il devait connaître mon sommeil profond, certain de s'infiltrer ici sans être dérangé. En deux minutes, le tour est joué.

– Une personne de ton entourage ? Et dans quel but ?

Laurence avait bien sa petite idée sur la question, mais elle n'en dit pas davantage.

– Et tu n'as pas porté plainte pour vol et violation de domicile ? s'étonna sa cousine dans un haussement de sourcil interrogateur.

– Tu penses bien que les gendarmes ont d'autres chat à fouetter ! J'aurais pu déposer une main courante à la rigueur, mais à quoi bon ?

Au fond, Rosetta trouvait étrange cette coïncidence entre la disparition des lettres et l'arrivée des billets anonymes. Cela soulevait des questions, même si elle se demandait quelle juste distance adopter avec cette drôle de concomitance.

– Quel genre de personne écrirait comme ça de nos jours ? Tu en connais, toi ? demanda l'ancienne libraire incrédule.

– Non, fit-elle en secouant la tête.

– Quelqu'un d'autre est-il au courant de cette lettre anonyme ?

– Seulement toi, affirma Rosetta en percevant la nervosité de sa cousine.

Son petit doigt lui disait qu'elle lui cachait quelque chose.

– C'est terrible de se rendre compte qu'un intrus a mis le nez dans votre jardin secret. J'étais en colère contre mon sommeil aussi lourd, pesta soudain Laurence, plus irritée qu'attristée, en lui jetant un drôle de regard.

De nouveau seule, Mme Dampeyre ressentit une sorte de vertige. Évoquer le vol de ses lettres lui avait fait prendre conscience d'une réalité bien désagréable : désormais, le côté sombre de son histoire familiale était largement éventé. Une sorte de terreur la gagna. Elle aurait certes pu y songer plus tôt puisque le vol datait d'un mois, mais la lettre anonyme de Rosetta avait réveillé une fragilité ; elle y retrouvait des tics d'écriture auxquels elle associait le style de son père, lui aussi amoureux de la littérature classique. Il aurait tout à fait pu écrire de cette façon avant que la maladie ne le frappe… De drôles de pensées lui restaient sur le cœur. Quelqu'un de malintentionné s'inspirant de la prose de son père cherchait-il à abuser Rosetta, et dans quel but ? Y avait-il dans leur entourage quelqu'un de frustré, et surtout d'aussi tarabiscoté ?

*
* *

Rosetta était rentrée chez elle dans le froid et les ténèbres de la nuit. Elle était envahie par une sorte d'angoisse stupide à cause de ces histoires de lettres. Jusqu'alors, l'idée de plaire à cet inconnu avait prévalu dans une sorte d'idéal de pureté auquel elle aspirait secrètement, et le charme de la vie s'était ravivé. Elle s'était imaginé un homme à la voix de rocaille et au physique qui va avec. Toutefois, depuis cette conversation avec Laurence, sa théorie ne tenait plus. Ses rêves de jeune fille s'écroulaient comme un château de cartes et, du même coup, le malaise grandissait : le temps qui passe, qui use, qui blesse et qui a mené à ce que l'on est devenu, une célibataire de cinquante ans qui a peur de son reflet déjà déformé dans le miroir assassin. Elle se sentit aussi furieuse contre cet intrus que contre elle-même, ce qui ne l'empêcha pas de relire ces billets anonymes, histoire d'enfoncer le clou. Son expression devait trahir ce qu'elle ressentait. Elle n'avait toujours pas quitté sa veste en mouton retourné lorsque sa fille rentra du lycée. Comme chaque soir, Rosetta n'était vraiment rassurée que lorsque Anaé avait franchi cette porte et, aussitôt, elle se consacrait à sa fille, qui lui relatait sa journée. La règle sacrée était l'écoute, la compassion, l'accompagnement. Le foyer palpitait des braises nocturnes et du crépitement du bois sec se consumant dans la cheminée. Rosetta reprocha à l'adolescente de ne pas s'être couverte davantage. Ses joues étaient glacées, sa chemise un peu débraillée sous une parka trop légère pour la saison, mais elle semblait animée d'une infinie joie de vivre, débordante de liberté, bien loin du papillon aux ailes atrophiées soumis aux fluctuations d'un vent mauvais qu'elle était devenue à Paris. En cours, aucune matière ne lui résistait, elle se plaisait dans ce lycée et cela confortait sa mère dans le choix qu'elle avait fait de venir s'installer en Périgord.

*
* *

Aux premiers beaux jours de février, Rosetta reçut par la poste une invitation anonyme sur papier bristol blanc, où s'étiraient quelques formules dans la même typographie ronde que ses précédents billets :

Madame Martilière,

Je vous attends avec impatience. Il faut que nous nous parlions. Pour cela, il est temps de franchir le premier pas vers le bonheur. Cette attente inutile ne saurait durer. Retrouvons-nous le 7 février à dix heures devant la statue de Cyrano, place Pélissière à Bergerac.

Cette missive on ne peut plus directe provoqua sa surprise. Le 7 ? C'était demain ! Elle retourna la lettre en tous sens. Aucun indice. Le désir de savoir la taraudait. Il fallait en finir. Toutefois, la prudence restait de mise dans le cas où un piège lui serait tendu. Elle pensait ne jamais réussir à informer Anaé de cette histoire, mais elle décida de l'en aviser en lui faisant lire ces trois billets.

– Le moins qu'on puisse dire, c'est que ton amoureux n'est pas bavard ! conclut-elle.

Rosetta répondit qu'il craignait sans doute de tomber dans une éloquence désuète qui risquait de le perdre.

– Tout de même, tu es une sacrée cachottière, fit Anaé en reprochant à sa mère son silence.

– Mets-toi à ma place, ces lettres m'ont paru insignifiantes. J'ai cru à un canular, rétorqua Rosetta qui au fond craignait le ridicule. J'étais loin d'imaginer que ce mystérieux inconnu veuille me rencontrer.

L'œil de la jeune fille s'était mis à briller d'émotion face à sa mère qui semblait prête à prendre la défense de son admirateur secret. Cela l'amusa. Il faut croire qu'il avait trouvé les mots justes et Anaé rêva secrètement…

– Et tu n'as vraiment aucune idée de qui peut se cacher derrière tout ça ?

– Pas la moindre.

– Peu importe, maman. J'imagine que tu vas aller à ce premier rendez-vous ?

– Oui, ça m'intrigue. Je me demande bien ce que l'auteur de ces lettres a vraiment en tête... Moquerie ? Intimidation ? Ce n'est pas clair. Si mon amoureux, comme tu dis, a choisi la statue de Cyrano, le personnage d'Edmond Rostand, comme lieu de rencontre, on peut imaginer qu'il s'attache au caractère rebelle du personnage, libre-penseur, provocateur, qu'il lutte contre les idées reçues, les dogmes...

– N'extrapole pas trop non plus ! Pense plutôt aux scènes d'amour de la pièce de théâtre, puisque, rappelle-toi, les lettres écrites par Cyrano vont inspirer le sentiment véritable de Roxanne envers Christian, qu'elle croit être leur auteur, lança Anaé avec malice.

Rosetta observa sa fille d'un air dubitatif tout en suivant sa pensée.

– La personnalité de ce mystérieux auteur entre peut-être en résonance avec celle de Cyrano ? Serait-il désarmé en raison de ses complexes ?

– Maman, ce ne sont que des hypothèses !

Rosetta sembla sur le point de lâcher un commentaire, mais elle se retint, de peur que sa voix tremble. Jamais elle n'avait été en proie à des sensations aussi étranges.

18

La nuit agitée qui précéda le rendez-vous à Bergerac parut interminable à Rosetta. Elle avait emprunté *Cyrano de Bergerac* à Laurence, passé en revue les personnalités du baron Christian de Neuvillette, prétendant de Roxanne, beau mais dénué de talent d'expression, qui dans la célèbre pièce d'Edmond Rostand avait bâti sa relation amoureuse sur une imposture, et d'un Cyrano loyal, tout de beauté intérieure. Quel genre d'homme se cachait derrière les lettres ? Au matin de cette nuit sans sommeil, le miroir de la salle de bains lui renvoya l'image de ses traits tirés. Elle se dévisagea lentement. Vu les cernes qu'elle arborait, son épuisement ne faisait aucun doute. Toute sa dureté intérieure réapparaissait d'un seul coup. Elle porta un peu d'attention à sa mise, pull en mohair beige et pantalon dans les mêmes tons, ceintura son manteau long, gris, se maquilla sans trop en faire. La clé : mettre un brin de dérision. Un sourire s'étira sur ses lèvres alors qu'elle songeait à cette citation de Bernard Le Bouyer de Fontenelle : « Ne prenez pas la vie au sérieux, de toute façon vous n'en sortirez pas vivant. »

Ce matin-là, les conditions météo étaient mauvaises en raison du brouillard. Compact, il engloutissait le paysage. Les bords de l'Isle à Saint-Astier ou à Neuvic étaient aussi flous qu'un mensonge. Rosetta ne distinguait même pas le ciel, un cerf ou un sanglier sorti de l'air cotonneux aurait pu se fracasser contre sa carrosserie en un instant. Le mercure dépassait à peine zéro. Les tracteurs avaient choisi un rond-point à l'entrée de la zone d'activité de Bergerac comme lieu de ralliement. Ça recommençait, les viticulteurs et les forestiers s'en mêlaient aussi. Elle se souvint d'avoir entendu aux infos la veille au soir que les agriculteurs se rendaient dans le centre-ville pour rencontrer le sous-préfet. Elle se retrouva coincée, feux de détresse enclenchés, sous un rayon de soleil qui trouait la brume laiteuse. L'autoradio de Rosetta branché sur France Bleu Périgord criait la colère et le dégoût du système. Un éleveur laitier crachait au micro toute son amertume et sa frustration : « On est bien le seul métier qui ne fixe pas ses prix! », « Aucune considération des pouvoirs publics », et ainsi de suite. Par ailleurs, on annonçait qu'une benne s'était déversée devant une célèbre fromagerie, cible des agriculteurs parce que l'entreprise ne respectait pas la loi EGalim qui oblige à acheter les produits plus chers que les coûts de production.

Ses mains se crispaient sur le volant, d'autant qu'il fallait faire des détours invraisemblables pour atteindre le centre-ville. Cela ne l'empêchait pas de compatir à leur malheur : la colère, les revendications, les rémunérations trop faibles, les normes européennes absurdes, le monde des éleveurs agricoles disparaîtrait si aucune mesure sérieuse n'était prise… Quand bien même son exploitation était modeste, elle mesurait mieux le décalage entre les pouvoirs publics et le monde rural. Les chambres agricoles, peu concertées sur les problèmes éminemment agronomiques, engageaient des bras de fer pour se faire entendre, en vain. Elle parvint à s'extraire du bouchon et à contourner la place des Deux-Conils. En longeant la halle, qui lui rappela le parfum enivrant de *Tuber melanosporum*, elle songea qu'à ce rythme-là il ne resterait bientôt rien des trufficulteurs de la vallée de la Couze et du Bergeracois ou des producteurs de foie gras frappés par la crise de la grippe aviaire à répétition. L'élégance de la vieille ville et ses façades médiévales et Renaissance l'aidèrent à calmer sa nervosité. La tirade du nez de Cyrano lui revint en mémoire : « Moi, monsieur, si j'avais un tel nez, il faudrait sur-le-champ que je me l'amputasse ! » Le pavage des rues foulées par mille vies enchevêtrées, la proximité du quai Salvette et sa batellerie, jadis glorieux du vin et du tabac, exerçaient sur elle une fascination. Ce vertige de pierres semblait différent sous la brume hivernale à peine estompée. Rosetta se gara et coupa le contact en constatant que ses mains tremblaient d'un mélange de froid et d'appréhension. Une multitude de questions tournaient en boucle dans son esprit anxieux depuis l'irruption de ce bristol blanc dans sa boîte aux lettres. Les bruits feutrés de la ville la prirent au dépourvu lorsque l'instant d'après elle s'avança tel un pion vers la place Pélissière, immuable, contourna la fontaine, s'approcha de la statue de Cyrano. Elle observa avec méfiance d'un côté, puis de l'autre. Si d'ordinaire elle ne parvenait pas à se retirer de la tête la tirade du nez : « C'est un roc ! C'est un pic ! C'est un cap ! Que dis-je, c'est un cap ? C'est une péninsule ! », à ce moment-là, alors qu'elle faisait face au célèbre héros d'Edmond Rostand, cette pointe d'ironie avait perdu son écho.

À l'unique terrasse de café ouverte, un couple âgé en anoraks foncés sirotait une boisson en échangeant des propos sur la crise de confiance des agriculteurs vis-à-vis de l'Europe. Lui évoquait « une véritable bombe agricole à désamorcer », elle renchérissait sur les mobilisations historiques à la suite des annonces gouvernementales qui avaient peu convaincu. Rosetta scrutait les alentours en se disant qu'elle identifierait immédiatement à son expression celui qui viendrait au-devant d'elle. Mais à l'heure fixée du rendez-vous, le prétendant ne se présenta pas. Elle s'était installée à la terrasse en sentant l'agacement et la perplexité monter. Le couple se retira en la saluant d'un sourire, elle se retrouva seule au milieu des tables. Dans un mouvement d'humeur, elle fut assaillie par un rire nerveux, car force était de constater que ce goujat lui avait posé un lapin ! Machinalement, elle consulta son smartphone réglé en mode silencieux ; l'écran ne montra aucun signe d'activité.

Quand elle remonta en voiture, elle scruta son visage dans le rétro. À force de cligner les paupières dans le froid matinal, des traces de maquillage avaient coulé sous ses yeux striés de rides d'expression... Tout cela n'avait servi qu'à la mettre sur les nerfs.

*
* *

– Ça n'a aucun sens ! maugréa Anaé en serrant sa mère dans ses bras avec effusion.

Un peu agacée, Rosetta se détourna. Tout à coup, elle se sentait ridicule face à sa fille, que l'on aurait crue sortie d'une scène de *Grease*, avec sa jupe jaune pastel et son cardigan assorti. Mme Martilière n'en revenait pas de combien ce joueur avait du pouvoir sur elle. Il se moquait d'elle, en faisant remonter sa frustration et son amertume. Qu'il était facile de s'attaquer à une femme seule ! Pourtant, cela ne rimait à rien, comme le soulignait sa fille.

– Cesse d'y penser. Ce crétin ne te mérite pas. La prochaine lettre, c'est direct à la poubelle. On finira bien par découvrir qui se cache derrière tout ça.

Les paroles de sa fille rejoignaient sa pensée : peut-être la considérait-on comme une intruse, avec sa fraisiculture qui ne lui était pas indispensable ? Quelqu'un serait-il jaloux de la place qu'elle prenait ? Toutes les suppositions étaient envisageables.

– Ne te soucie plus de cette histoire, Anaé. Consacre-toi à tes études, je n'aurais même pas dû t'en parler.

– On doit rester solidaires, maman ! s'insurgea l'adolescente en passant vainement une main dans ses cheveux pour tenter de les démêler après leur séjour sous son bonnet noir en laine. Je suis sûre que c'est quelqu'un de proche. Tu m'as parlé des lettres qu'on a volées à Laurence dans le coffre de sa bibliothèque, c'est une drôle de coïncidence, non ?

– Si ça se trouve, il n'y a aucun rapport entre les deux…

*
* *

– Des détritus déversés devant la préfecture par les agriculteurs, des tas de pneus. De vrais nids à moustiques tigres si le nettoyage n'est pas correctement pris en charge ! plaisanta Charlie assise à côté d'Anaé dans le bus scolaire flambant neuf, cent pour cent électrique, tandis que défilait ce drôle de paysage.

– Les bennes de ramassage n'en viendront jamais à bout ! C'est devenu une tradition ou quoi ? À la moindre manif, partout en France, on déverse des déchets, on répand des peaux de bêtes, des tripes et du lisier, renchérit Anaé.

Le bus stationna sur un parvis végétalisé avec des essences variées de liquidambars, de micocouliers de Provence et de chênes chevelus, près de la gare, afin de récupérer une grappe d'élèves.

– Le progrès a du bon, glissa Charlie à sa copine. Bientôt le parvis sera illuminé de plots solaires. Et paradoxalement, il y a des choses incompréhensibles. Mon père fait partie de la fédération départementale du PCF. Ils ont écrit au ministre pour signaler que dans les années quatre-vingt-dix, les producteurs étaient autosuffisants et que depuis ces importations massives, on vit sous le seuil de pauvreté. Quoi qu'on en dise, les agriculteurs sont les premiers acteurs de l'écologie, et les premières victimes du changement climatique, mais tu vois, le gouvernement reste sous la pression des lobbies agro-industriels. Il préfère que les pesticides se vendent plutôt que de nous accompagner dans la transition écologique.

– Avec ma mère, on a signé la pétition en ligne qui réclame moins de taxes sur le gazole pour défendre la ruralité, commenta Anaé pour manifester son soutien.

Charlie ne releva pas, bien qu'elle appréciât la démarche solidaire de ses nouvelles amies. Elle eut honte en songeant que son père déblatérait contre Mme Martilière pour des raisons insignifiantes, à croire qu'il avait besoin de reporter son malaise sur quelqu'un. Peu enclin au dialogue hormis avec ses copains, Max Lavoix, mû par un instinct primaire, demeurait jaloux d'un point de vue social, jaloux de ce que valait la maison des Martilière, jaloux de tout, et sa fille le savait.

Anaé l'avait deviné. Lorsqu'elle venait chercher Charlie chez ses parents, elle surprenait des regards hostiles à son égard : à cause de ses vêtements trop onéreux, sans doute ?

Peut-être l'expression d'une envie refoulée ? Cela étant, Anaé avait veillé à adopter un comportement sympathique en toutes circonstances, afin d'atténuer la rudesse de l'accueil qui lui était réservé. Jamais la mère de sa copine ne lui avait rendu un sourire, ni même proposé de s'asseoir un instant pour bavarder, ne serait-ce que pour faire plus ample connaissance. Quant à son père, à peine se fendait-il d'un bonjour entre les dents avant de vaquer aux occupations de la ferme. Cela la ramenait à cette incroyable citation de François de La Rochefoucauld qu'elle avait lue dans un volume appartenant à Laurence : « Si nous n'avions pas tant de défauts, nous ne prendrions pas tant de plaisir à en remarquer chez les autres. » Ses relations avec les Lavoix étaient aux antipodes de celles qu'elle avait entretenues avec les parents de ses amies parisiennes, chaleureux et bienveillants. Elle aurait pu regretter ce temps-là, néanmoins elle partait du principe qu'il y avait quelque chose à tirer de chaque expérience.

Le bus les déposa à l'heure précise devant les grilles du lycée. Quelques garçons de terminale commentaient un SMS que l'un d'eux avait reçu : des « teufeurs » organisaient une free party dans le coin. Charlie, l'œil brillant, donna un petit coup de coude à sa copine en tendant l'oreille pour glaner un maximum d'informations. Toutes les deux appréciaient la techno et rêvaient de pénétrer cet univers de liberté où les corps se meuvent ensemble sans limites.

– En ce qui me concerne, c'est mort, trancha Anaé qui connaissait déjà la réponse de sa mère si elle lui demandait la permission. Elle associe ce genre d'événement à de la débauche malsaine où on trouve toutes sortes de produits illicites, et elle n'a pas forcément tort...

– Tu n'es pas non plus obligée de tout raconter à ta mère !

– Facile à dire ! Si je découche, comment veux-tu que je le justifie ?

– C'est simple, tu dis que tu viens dormir chez moi et le tour est joué. De toute façon, tu vois bien que mes parents et ta mère ne se parlent pas...

– Et tu penses que tes parents te laisseront sortir ?

– Je peux négocier, d'autant que la date de mon anniversaire approche et que mes notes sont plutôt bonnes ces temps-ci, grâce à toi d'ailleurs.

Pour Anaé, les distractions périgourdines s'étaient jusqu'alors limitées à quelques fêtes de village ou anniversaires d'ado, où elle s'était ennuyée. Des plans se formèrent dans son esprit. Danser toute la nuit sur des sons lourds, hors du temps, sous des spots et des projecteurs, serait une expérience inédite et tentante. Rien ne l'obligeait à consommer de l'alcool ou des substances qui rendent accro. Plus elle y pensait, plus sa curiosité grandissait et lui donnait envie d'en être. Ses souvenirs parisiens se diluaient, elle éprouvait désormais la nécessité de vivre de nouvelles expériences fortes et de prendre des décibels plein la tête, fondue parmi les raveurs. Cette vérité l'assaillait. Le soir même, dans le bus scolaire, Charlie lui apprit qu'entre-temps elle avait elle aussi reçu un SMS d'un copain, illustré d'émoticônes : il proposait de passer la chercher le samedi suivant pour la conduire à cette rave party.

– Moi, j'y vais. Tant pis si ça plaît pas aux viocs. On n'a pas tant d'occases ! Ça nous changera de ces salles des fêtes miteuses avec deux amplis et des chaises en plastique, observa-t-elle, une lueur de défi dans les yeux.

Anaé l'écoutait avec admiration. Elle aurait aimé pouvoir se soucier si peu de l'avis de sa mère, braver son autorité. Mais elle avait beau retourner le problème dans tous les sens, jamais elle n'obtiendrait la permission d'y aller. Elle frotta son doigt contre le carreau couvert de buée, découvrant un paysage baigné de pâleur. Quoi de plus stimulant que le plaisir interdit ?

– C'est décidé, je te suis, déclara-t-elle soudain d'une voix claire, comme si la décision émergeait des tumultes de l'esprit.

– Je le savais ! jubila Charlie.

*
* *

Maman, j'espère que tu comprendras… Je sais que tu n'approuves pas ce genre de fête, c'est pourquoi cela ne m'a pas semblé utile de te demander la permission. Même si je t'avais suppliée, tu n'aurais pas accepté. Je suis avec Charlie et un de ses copains qui nous accompagne. Ne t'inquiète pas. Je n'ai pas pu m'en empêcher. Tu vas sans doute entendre parler de cette « rave » dans un trou paumé pas loin d'ici. À plus. Bisous.

Ébahie, Rosetta rumina chaque mot de cette lettre déposée en évidence sur la table de la cuisine. Il était huit heures, le dimanche matin. Elle avait dormi comme un loir, persuadée que sa fille en faisait autant dans sa chambre. Elle ne s'était aperçue de rien. Tout à coup, ses jambes ne la portaient plus, son cœur battait vite. Elle se hâta d'appeler sa fille. En tombant sur sa messagerie, elle sentit un frisson lui parcourir la colonne vertébrale. Son cerveau était prêt à exploser. Comment aurait-elle pu dédramatiser tout ça alors que le LSD, l'ecstasy et l'alcool coulaient à flots dans ce genre de rassemblement, elle imaginait le pire, ayant à l'esprit ces parents à qui l'on demandait de venir reconnaître le corps de leur enfant, retrouvé sans vie une fois la marée humaine retirée. Auprès de qui Rosetta allait-elle trouver du réconfort ? Elle ne se voyait pas aller frapper chez les parents de Charlie. Tout à coup, la solitude et l'anxiété lui pesaient comme jamais. Elle fit porter le chapeau à Charlie qu'elle ne jugeait pas digne de l'amitié de sa fille. Mal dégrossie, de mauvaise influence, une gamine qu'elle estimait peu fréquentable en raison de l'endoctrinement de ses parents, du genre à vouloir « détruire la société dominante ». En présence de sa fille, Rosetta s'était retenue d'exprimer la piètre opinion qu'elle avait de Charlie dont elle désapprouvait les manières rustres.

Sois tolérante, s'était-elle dit au vu de la complicité immédiate des jeunes filles. Elle avait voulu croire qu'elle se trompait ou qu'Anaé finirait par ouvrir les yeux sur sa nouvelle relation. La mère se mit à calculer le nombre d'heures écoulées depuis la disparition de sa fille. Elles s'étaient couchées vers vingt-trois heures, probablement avait-elle filé en douce peu après ? D'un seul coup, Rosetta en venait à s'interroger sur le mérite de l'éducation prodiguée à sa fille. Elle poussa un faible soupir en se demandant comment elle allait procéder. Dans ce « trou », tel que le soulignait elle-même Anaé dans sa lettre, quel genre de fréquentation pouvait-on espérer ? L'expression de « trou paumé » pour désigner l'emplacement de la fête était évocatrice. Les jeunes attendaient de pied ferme ce divertissement parce que aucun autre ne se profilait à l'horizon ! Et Anaé, anticipant le refus de sa mère et la joute verbale stérile qui s'ensuivrait, avait préféré filer à l'anglaise.

Pendant une bonne heure, Rosetta était restée hébétée, l'esprit perdu dans les ténèbres, ressassant jusqu'aux paroles de Richard, son ex, qui prétendait qu'elle condamnait sa fille à vivre retirée du monde dans ce coin du Périgord.

Elle faillit prendre peur en observant les veines de ses mains qui ressemblaient à des rivières gonflées, descendues des montagnes, tandis qu'elle tentait de se préparer une tasse de thé. Ses épaules étaient contractées. À quoi bon se tartiner une tranche de pain qu'elle ne toucherait pas…

19

Les filles avaient fini par s'endormir chez Grin-Grin sous une grosse couette en plume d'oie. Le garçon leur avait laissé sa chambre et s'était rendu à l'épicerie de son père, à la recherche d'une boîte de céréales dont il avait vérifié la date de péremption (avec Albert, on ne savait jamais). Grégoire était arrivé les bras chargés, deux gobelets de café fumant à la main. Il avait déposé le tout sur la table avant de se décapsuler une bière. Il en conservait toujours dans sa chambre pour tenir en cas de coup dur. Il fallait le voir, plein d'égards envers les jeunes filles, en dépit de son arcade sourcilière rougie et gonflée, fraîchement suturée aux urgences de l'hôpital de Périgueux. L'exaltation balayait la douleur, il se sentait pousser des ailes.

Tout avait débuté la veille lorsque Grin-Grin avait surpris une conversation de Charlie comme quoi les filles devaient se rendre à cette fameuse rave party qu'elle situait approximativement entre deux lieux-dits de la commune voisine. Craignant que cette fiesta ne tourne mal pour elles, il avait pris sa camionnette et s'était aventuré sans conviction sur les chemins forestiers, guidé par des sons graves et répétitifs évoquant des battements de cœur, le corps secoué par plusieurs nids-de-poule sur lesquels tressautait son véhicule, avant de tomber sur des dizaines de voitures garées à la diable. Lui qui avait juste avalé quelques bières, pas plus que d'habitude, crut à une hallucination ! L'alcool coulait à flots parmi la cohorte de jeunes, tatoués et percés de partout, vêtus de vestes à tête de mort, blousons de cuir avec aigle sur le dos, chaînes en argent. Ils se balançaient de conserve, le cheveu hirsute, tels les fidèles d'une religion. Sur quelle planète Grin-Grin avait-il atterri ? Il faisait tache avec sa canadienne kaki achetée chez Decathlon l'hiver dernier, son pantalon en velours côtelé marron et ses chaussures de trappeur. Grâce aux faisceaux des projecteurs jaunes et bleus qui balayaient le périmètre et se perdaient dans la pénombre, il guettait, cherchait les visages de ses copines, se fatiguait, secouait négativement la tête mais ne lâchait rien. Au bout d'un moment, alors que le tempo lui vrillait le crâne, que l'air saturé de fumée de tabac le faisait suffoquer, il fut prêt à jeter l'éponge, pressé de s'apaiser grâce à de vieilles chansons sur Nostalgie. Pour l'heure, il aurait donné cher pour se procurer des boules Quies, histoire de s'épargner des nuisances sonores. Alors qu'il n'y croyait plus, il aperçut Charlie en train de se bécoter avec un gars coiffé d'une iroquoise décolorée, tandis que les jeunes continuaient de débouler de tous côtés, comme si toute la population du département s'était donné rendez-vous. Plusieurs fois, il étouffa un juron en fronçant les sourcils, persuadé que Charlie lui avait filé entre les doigts dans ce grouillement, mais la singularité du grand type à l'iroquoise était un bon point de repère. Il finit néanmoins par les perdre de vue. Il devait être aux alentours de cinq heures du matin, il n'en pouvait plus de cette ondulation permanente dans ce fracas tonitruant, lorsqu'il aperçut deux ou trois garçons aux allures d'activistes du black bloc, s'il en croyait le peu qu'il en avait vu à la télé, avec leur sweat à capuche foncé, certains cagoulés, d'autres affublés de casquettes de base-ball. Ces types-là n'étaient clairement pas venus pour goûter à la rêverie ! Apparemment, ils avaient déjà choisi leur cible. Grin-Grin le comprit au vu de leurs gestes sans équivoque, s'en prenant à une jeune fille dont il ne mit pas longtemps à reconnaître la chevelure bouclée : c'était Anaé ! Anaé aux prises avec cette meute ! Personne ne semblait prêter attention à l'incident, peut-être à cause des stupéfiants ? La jeune fille ne parvenait pas à s'arracher des mains qui la retenaient prisonnière et l'entraînaient dans les ténèbres, parmi les spectres de la forêt. Le fils Jeanfoutre leur emboîta le pas, devinant plus qu'il ne voyait dans l'obscurité. Des silhouettes se mouvaient dans un tourbillon, Grin-Grin distinguait à peine l'homme qui bloquait les poignets d'Anaé. Elle détourna le regard et aperçut son ami dans les premiers rayons de l'aurore. L'agresseur, désormais sans ses acolytes, se retourna, les yeux à demi hagards sous l'effet des stupéfiants. Malgré ses réflexes émoussés, l'assaillant brandit un couteau et barra la route au fils Jeanfoutre. Ce dernier l'affronta en lui assenant un coup dans le tibia avant de rouler au sol. Dans sa chute, Grin-Grin heurta son arcade sourcilière contre une grosse racine, mais retrouva une certaine souplesse dans ses membres, et se redressa aussi sec en s'emparant du couteau tombé au sol. Anaé, tremblante, s'était ruée vers Charlie qui avait assisté à la scène, impuissante, aux côtés du gars à l'iroquoise dans un état second.

– Je te retrouverai, connard ! lança l'intrus à Grin-Grin toujours armé du couteau.

L'assaillant fila à l'anglaise en débitant d'autres insultes sous la trépidation de la fête. Sous le choc, les deux filles s'étaient réfugiées dans le giron de leur ami. Anaé étreignit vigoureusement Grin-Grin, mesurant à peine la sauvagerie qui s'était déchaînée. La sensation d'être isolés au milieu d'une caisse de résonance donnait le vertige.

– Il aurait pu vous tuer ! bégaya Charlie en suffoquant presque, croyant qu'elle allait vomir.

Quant à Grin-Grin, sonné par la douleur, il maintenait son mouchoir ensanglanté sur son arcade sourcilière, soutenu par Charlie qui le félicita sur sa technique de combat et son courage.

– J'ai vu ça dans un film, sauf que le gars ne s'est pas blessé en tombant, lui !

Anaé, les pupilles encore dilatées par la peur, avait reconnu l'intensité des yeux jaunes et fiévreux de son assaillant, qui n'était autre que Jordi V, avec son teint de mort-vivant marqué par l'alcool et la drogue. Tout lui revenait comme un boomerang. Elle aurait pu crier « Sauvez-moi ! Je l'ai reconnu ! », mais une poussée d'angoisse lui coupait le souffle.

Le jour se levait sur ce coin de forêt aux allures de marée basse gorgée de détritus : amas de gobelets, tessons de bouteilles, cartons, kleenex, préservatifs, tandis que les fêtards donnaient libre cours à leurs élucubrations sous des flots de musique hachée comme sous la magnitude d'un séisme. Le regard affolé d'Anaé tremblait, ses muscles peinaient à lui obéir lorsque, épaulée par Charlie, elle grimpa dans la camionnette de Grin-Grin pour quitter ce tumulte.

– Je vous dépose chez moi et je file aux urgences me faire recoudre, avait lâché le fils de l'épicier dans un filet de voix.

*
* *

Rosetta observait sa fille avec stupéfaction. La crispation de son visage grave et pâle la renseigna sur son état, lorsqu'elle franchit enfin le seuil de la maison. Alors que sa colère s'était muée en une profonde inquiétude, ses reproches se réduisirent à une formule, et elle se mit à poser pêle-mêle toutes sortes de questions :

– Qui t'a raccompagnée ? Tu n'as pas dormi ? Que s'est-il passé ? J'espère que tu n'as pas fait de mauvaise rencontre ?

Anaé s'adossa au mur et se laissa glisser au sol. Les courbatures lui tendaient les épaules, ses poignets pulsaient de douleur. Encerclant ses jambes avec ses bras, elle enfouit la tête dans ses genoux. Rosetta s'agenouilla à côté d'elle et posa une main compatissante sur son épaule.

– Et en plus, tu m'avais piqué mon blouson préféré en douce ?

Pas de réponse.

– Ne me dis pas que Jordi est dans le coin ?

Anaé laissa passer un instant, ne sachant si elle devait prononcer les mots qu'elle avait en tête. Les yeux shootés de Jordi collaient à son souvenir comme de la glu. Elle avait cru mourir à l'instant où elle l'avait aperçu parmi la foule. Il lui avait assombri le ciel en une seconde. De sa bouche avaient jailli des mots baragouinés avec une violence inouïe. Anaé soupira et finit par opiner du chef à l'intention de sa mère, en s'efforçant de remâcher la scène, en s'obligeant à ne rien omettre, et à expliquer combien Grin-Grin avait fait preuve d'un courage exceptionnel pour la tirer des griffes de son prédateur.

– Et les autres enragés du groupe de Jordi ?

– Aucune idée, probablement déjà occupés ailleurs. Je sais juste que je l'ai échappé belle.

Rosetta eut une vilaine moue à l'idée que Jordi puisse déjà savoir où elles vivaient. Ici, leur territoire était délimité par des haies, une barrière, un portail, un environnement peu sécurisé. Elle chuchota quelques mots pour dompter son anxiété et éviter de penser au pire :

– On va s'adapter à la situation, on va relever la tête.

Puis elle ajouta :

– En tout cas, toi qui sous-estimais Grin-Grin, il est temps de revoir ton jugement ! Il ne manque pas de ressources, ce garçon ! Tu as pensé à le remercier ?

– Euh, je, non… j'aurais dû commencer par ça. Je… Je ne me souviens plus de rien, soupira-t-elle. Par contre, j'ai vu Jordi faire un geste menaçant dans la direction de Grin-Grin, comme s'il allait l'égorger.

– Et ce n'est même pas la peine de porter plainte ! Une gamine de ton âge n'a rien à faire dans une rave party non autorisée, lâcha Rosetta dans un sursaut de colère. Tu me déçois, si tu veux tout savoir ! ajouta-t-elle en secouant la tête d'un air désolé.

– OK, c'est un peu ma faute, mais je n'aurais jamais imaginé que Jordi pousse le vice jusqu'à venir à Périgueux. Il a dû revendre de la drogue à des garçons du lycée, je ne vois pas d'autre explication…

Le seul fait d'y penser augmentait encore son trouble. Elle chercha à atténuer ce ressenti… en vain. Ses yeux brillèrent des larmes qu'elle retenait.

– Qu'est-ce que tu cherches à me dire ? Que tu tournes comme une lionne en cage ici ? Que tu ne te sens pas à ta place ? Ton père absent ? Moi, je ne sais plus, conclut Rosetta dépitée.

– S'il te plaît, maman, pas de dispute. Je t'assure que je ne pourrais pas être mieux ailleurs qu'en Périgord. On m'a bien accueillie au lycée, cela me convient. Pour le reste, on ne peut pas craindre en permanence ce qui risque d'advenir. Sans risques, la vie n'a aucun sens, c'est toi-même qui le dis, déclara-t-elle avec assurance. On peut tout aussi bien boire un verre à une terrasse de café et se faire mitrailler par un détraqué. Regarde, les parents de Charlie disent…

– Je me fous des parents de Charlie et de tes théories, tu m'entends ? l'interrompit-elle. C'est à moi seule de prendre les décisions !

À bout, Rosetta pinçait les lèvres en soupirant. La lumière peu flatteuse accentuait ses cernes et ses paupières rougies. Elle fit exprès de ne pas lever le regard sur sa fille qui pourtant se fendait d'un sourire lumineux. Anaé se releva, attrapa sa mère par le bras, et elles s'enfoncèrent dans le canapé jusqu'à ce que leur corps se relaxe enfin et savoure le silence.

20

Albert Jeanfoutre râlait contre la terre entière. Il prétendait qu'il voulait mettre la clé sous la porte de son épicerie, mais que jamais il ne trouverait repreneur. De toute façon, c'était la fin des petits commerces. L'implantation des supermarchés siphonnait définitivement la clientèle. Bilan négatif, même pour un distributeur de proximité. Certains jours où il ne voyait pas âme qui vive dans son magasin, il ne jugeait plus opportun d'ouvrir. Voilà où il en était. En aucun cas il ne remettait en question les écarts impertinents de son caractère impulsif, pas plus qu'il n'envisageait que l'on pût incriminer la qualité des produits qu'il revendait. Il partait du principe que les gens préféraient les marchés vivants, les yaourts au lait de vache de machin, le pain du fournil de chose, et le bio, le bio, le bio pour les fruits et légumes, alors que le gouvernement n'était pas fichu d'avoir un mot sur l'adaptation climatique de l'agriculture. Bref, il ne le comprenait plus, ce monde-là. Si la tournée des lieux-dits permettait de sauver les meubles, l'accident de la veille compromettait quelque peu la chose. Au petit matin, Grin-Grin avait planté sa camionnette dans le fossé en voulant éviter un sanglier sur la route. On ne comptait plus les ravages provoqués par ces bestioles sur la vigne, les céréales, les fruitiers, et jusqu'en ville. En dix ans, leur population avait augmenté de quatre-vingts pour cent… Il aurait fallu en tuer trente mille par an pour épargner les cultures. Grin-Grin s'en était sorti indemne, mais sa frayeur le rendait taciturne. Elle était « gravée là », comme il disait en se tapant le front du plat de la main. L'accident avait eu lieu deux jours après la rave party, alors qu'il se sentait remonté à bloc. Il n'avait plus de honte en lui depuis qu'il avait aidé Anaé à repousser son agresseur. Il se fichait des menaces de ce drogué qui lui avait dit : « Je vais te niquer ta race. » Qu'il s'approche, il lui ferait sa fête. Il en était là de ses pensées quand la bestiole avait débouché, à deux doigts de pulvériser son véhicule ! Météo France avait placé le département de la Dordogne en vigilance orange pour risques de crues. La pluie s'était accumulée sur des sols déjà gorgés d'eau, le freinage l'avait envoyé dans le décor.

– Combien de bières avais-tu dans le nez ? s'était emporté le père en frappant du poing sur son comptoir, alors que Grin-Grin martelait qu'il n'avait pas bu une seule goutte.

Il faillit rétorquer que son irritation à lui, en revanche, était celle d'un alcoolo qui a le vin mauvais, mais Albert ne lui en laissa pas le temps.

– Tu n'as pas eu de bol, quoi ! ricana le père. De toute façon, ce n'est jamais ta faute ! C'est comme l'autre soir, qu'est-ce que tu fichais dans cette fête de sauvages ?

Impossible de détourner la conversation. La tête de Grin-Grin sembla se vider d'un coup et il sentit une crampe lui monter à l'estomac. Un silence étrange s'installa. Albert demeurait figé à scruter les gestes de son fils, maladroits en raison de son manque de sommeil.

– Peu importe que cela te plaise ou non !

C'était sorti tout seul. De dépit, il tira une bière du rayon et la décapsula d'un geste gauche. La méchanceté de son père lui faisait honte. Il but par effronterie.

– Qu'est-ce que tu vas me sortir, encore ? Que si tu bois, c'est ma faute ? Avec toi, je m'attends à tout, rajouta-t-il.

Ils avaient déjà eu maintes fois cette conversation qui s'aventurait sur un terrain aussi glissant que celui sur lequel avait dérapé la camionnette de Grin-Grin. Il se disait qu'il aurait pu quitter ce bled, mais au fond de lui, il préférait la facilité et se contenter d'une rémunération dérisoire et d'un modeste confort de vieux garçon plutôt que d'aller au diable Vauvert se battre pour des clopinettes, lui qui était totalement dépourvu de diplôme et d'esprit de compétition. Toutefois, cette mésentente avec son père renforçait en lui une forme d'angoisse qui le renvoyait à l'enfance, quand il se battait comme un chiffonnier avec ses camarades. Un mot ou un regard de travers, et il partait au quart de tour. Cela étant, il ne tardait pas à refouler ces souvenirs, bien qu'il en gardât de bons réflexes, ce qui lui valait aujourd'hui le respect et l'admiration d'Anaé depuis le soir de son agression. Ça au moins, personne ne le lui prendrait. Il se rattacha à cette certitude et ravala d'autant mieux sa rancœur vis-à-vis de son père et de ses paroles sournoises qui lui polluaient l'air.

Privé de ses tournées dans les villages, sorte de soupape de sécurité lui épargnant des rapports conflictuels avec Albert, il tournait comme un lion en cage dans l'épicerie aux étalages mal approvisionnés, contraint de faire contre mauvaise fortune bon cœur. Il n'avait pas son mot à dire sur la manière dont son père procédait, son placement de marchandises aléatoire, véritable casse-tête pour dénicher les denrées recherchées, d'autant qu'il intervertissait les produits des rayons comme ça lui chantait. Une fois, Grin-Grin avait retrouvé les brosses à dents à la place des raviolis. Désormais, il était habitué à cette désorganisation. Quant à la flambée des prix, elle avait bon dos ! Les mauvaises récoltes de pommes de terre en raison de la sécheresse faisaient flirter le kilo de tubercules avec les quatre euros. Grin-Grin ne savait plus où se mettre quand son paternel déclamait ses théories à propos de l'inflation galopante alors même qu'il s'embourbait dans des maladresses inadmissibles pour un commerçant. Sa défiance à l'égard de la politique et sa haine latente transpiraient à tout propos. Sans doute sentait-il son territoire menacé ; pour un peu, il aurait porté son gilet jaune fluorescent cinq ans après la crise, histoire de reproduire symboliquement le mouvement, montrant qu'il partageait le même désarroi que ces manifestants, aussi résistant que ces falaises de la vallée de la Vézère, quoique moins accueillant. Face à cette colère larvée, Grin-Grin, témoin de ce gâchis, faisait preuve de lâcheté. Il savait bien que son père enrageait avant tout contre lui-même. Or, qu'y pouvait-il s'il n'avait pas digéré la liaison de sa femme, Jacqueline, vingt ans plus tôt, avec un touriste américain richissime momentanément installé en Périgord ? Les tourtereaux avaient finalement choisi de s'établir près des plages de sable rose des Bahamas en lui laissant Grin-Grin sur les bras. Cet affront s'était transformé en humiliation refoulée, et une profonde amertume avait germé dans l'esprit d'Albert. Quant à la mère de Grin-Grin, elle n'avait plus jamais donné de nouvelles. Jacqueline n'avait pas connu sa mère, mais de là à en déduire que c'était la raison pour laquelle elle-même ne disposait pas de la fibre maternelle, c'était abusif. Ayant purement et simplement rejeté son statut de mère, Jacqueline n'avait sans doute eu aucun scrupule à refaire sa vie ailleurs. Grégoire n'en gardait presque aucun souvenir.

*
* *

Amadeu et sa bande de copains, Létince, Étienne Dubreuil et Max Lavoix, adoraient débattre de tout et de rien, parfois jusqu'à l'aube. Rien n'était plus précieux que la liberté de parole. Il planait entre eux ce souffle porteur d'espérance, même s'ils se contredisaient autour de leurs sujets de prédilection : les grands groupes agro-alimentaires, le réchauffement climatique et la consommation des engrais. Entièrement préoccupés par leur sort menacé en cette période chaotique, ils pestaient en permanence contre ce gouvernement inattentif à la dérive du monde agricole. Bien qu'ils eussent pris des orientations agricoles différentes, bio ou semi-conventionnelle, l'amitié les rassemblait comme des associés pour parvenir à un même but.

– Quant à l'impact du bilan carbone dans l'agriculture conventionnelle, avec ses pesticides et ses engrais, on a bien joué les apprentis sorciers et on continue de nous affirmer qu'ils sont indispensables, tout ça pour engraisser l'industrie pétrochimique, claironna Jo Létince. Quand on pense que l'on a produit de l'azote en boulettes pour les céréales, ainsi que des pesticides pour soigner des maladies de feuilles, on oublie de dire que l'azote part dans les nappes phréatiques et qu'on retrouve des résidus de pesticides partout.

– Évidemment ! Notre économie est calée sur des produits agricoles dopés. Travailler la matière organique naturelle du sol est un choix qui se paie cher. Moi, je n'ai pas les reins suffisamment solides pour ça. Je fais du conventionnel ou je mets la clé sous la porte, affirma Dubreuil.

– On a des soucis de semences avec le bio et des heures de tracteur qui s'ajoutent au compteur, avec des bénéfices qui ne sont pas suffisants, je te l'accorde, toutefois on respecte la nature. J'élève les bêtes au pâturage, on les nourrit au tourteau de tournesol et on bannit l'épandage d'azote, argua le père de Charlie. Tant pis si le rendement est moyen mais le carnet des charges bio est respecté.

– De toute façon, la ferme est devenue un gouffre financier, trancha Amadeu.

– D'accord, mais moi, mon troupeau ne passe pas l'essentiel de son temps dans un bâtiment sans lumière, gavé de farine de viande pour ruminants. Je peux les regarder dans les mirettes, mes bêtes ! assura Létince.

– Tu ne vas pas faire comme la Martilière qui me reproche mon pulvérisateur automoteur à rampes hydrauliques, s'insurgea Dubreuil.

– Chacun fait ce qu'il veut ! Tu t'es tout de même endetté pour acquérir ta machine qui crache le désherbant, l'insecticide, l'azote et compagnie. Mais bon, si t'as la conscience tranquille... Après tu ne pourras pas te plaindre que la moindre réparation sur ta machine dernier cri se chiffre à plusieurs milliers d'euros... Quant à l'empreinte carbone... Évidemment, le rendement du blé est bon, mais bonjour les résidus. Cela étant, ce n'est pas la Martilière de Paris qui va nous donner des leçons, à toi comme à moi. D'ailleurs, elle peut parler avec les déchets plastiques qu'elle a accumulés en une seule saison de fraisiculture et qu'elle ne se donne même pas la peine d'apporter sur un site de collecte !

– D'un autre côté, on ne fait pas d'omelette sans casser des œufs, dit le père de Charlie en suivant son idée tandis qu'il s'adressait à Dubreuil. Reste que je fertilise au compost de vache. Quand on a des convictions, il faut les respecter jusqu'au bout. Mon blé, par exemple, n'est pas gonflé à l'azote. J'ai acheté du matériel en copropriété avec des subventions. Avec Létince, on s'entraide pour la maintenance des tracteurs.

– Moi qui suis resté dans le conventionnel, avec les méthodes enseignées par le lycée agricole, je souffre de cette dépendance à la grande distribution, et en plus, je produis sans faire de bénéfice. Vous, vous avez au moins la reconnaissance de la clientèle en vente directe et sur les marchés de pays... La quête d'authenticité est indéniable. Moi, si c'était à refaire..., ajouta tristement Dubreuil.

– Il n'est jamais trop tard pour ouvrir les yeux... Et oublier les conseils professés à l'école avant la prise de contrôle totale par les puissants !

– En même temps, tu sais, du pétrole, tu en bouffes comme tout le monde, et quoi que tu en dises, la science continuera de développer des inventions avec un bilan carbone désastreux. C'est fichu, il faudrait remettre à plat tout le système.

– Tu ne vas pas nous faire un coup de déprime à la manière de Dada, bon sang !

– Lui aussi, ce pauvre David, il avait à cœur la santé de l'écosystème. Il pestait à propos méthodes avec lesquelles on forme les jeunes, en phase avec l'Organisation mondiale du commerce, prétendument pour nourrir plus de consommateurs. David, y a pas un jour sans que j'y pense. Paix à son âme.

– Ceci étant, concernant David, les vraies raisons de sa pendaison dans sa grange nous échappent, lâcha soudainement Amadeu. Dans une ferme, on doit être accompagné, pas vrai ? Dada, lui, était seul. Quand les galères en série te tombent dessus, ça, on le connaît tous, hein, les gars ? Faire face à l'emprunt, l'endettement, les charges sociales galopantes, la maladie des bêtes, la maintenance, la paperasse administrative… On ne peut pas être comptable, secrétaire, vétérinaire et commercial à la fois.

– Dada, il s'est bouffé tout seul du dedans… Il ruminait des déceptions, et nous, on a été infoutus de saisir ses ressorts psychologiques.

Un silence grave s'installa, amplifiant le malaise et nourrissant des interrogations plus profondes. Létince y mit fin.

– On boit un coup ou quoi ? Y a que ça de vrai !

Dans un alignement de bouteilles et de verres, il fit le service. Malgré quelques gorgées d'alcool, chacun attendait la plaisanterie qui apporterait un peu de légèreté, mais l'ambiance resta tendue ce soir-là, comme chaque fois que l'on évoquait le suicide de Dada sans pouvoir en trouver l'explication.

21

Sachant qu'Anaé risquait d'être suivie par Jordi s'il rôdait encore dans les parages, Rosetta décréta qu'elle accompagnerait sa fille et viendrait la chercher à la sortie des cours, car, malgré la main courante qu'elles avaient déposée pour signaler les violences subies par Anaé, aucune protection n'avait été envisagée. La rave party non autorisée avait déplacé deux mille teufeurs sans que les services de renseignement en aient été alertés et qu'aucune nuisance sonore ait porté atteinte au voisinage, sans doute en raison de la faible densité de population alentour. Les festivaliers avaient quitté les lieux dans le calme. Quant à la prise en charge du ramassage et traitement des ordures, elle s'avérait compliquée, même si les agents municipaux ne ménageaient pas leurs efforts au milieu des bois souillés.

En attendant la fin des cours de sa fille, Rosetta chassait un sentiment d'angoisse diffus. Le temps s'était un peu déréglé depuis ce fameux incident, le silence était devenu pesant, même la vue de la cathédrale Saint-Front depuis la voie verte et le pont des Barris au second plan ne suffisaient plus à conjurer les mauvaises pensées. Avec un look casual chic dans son blazer marine et pantalon de costume masculin-féminin, elle s'acheminait à l'instinct vers la place Daumesnil, la rue Denfert-Rochereau, un quartier creusé sur les anciennes carrières de Saint-Front, confit dans le passé, mais rassurant. Pour un peu, le nom de ces grands hommes l'aurait ramenée aux arrondissements de Paris qui leur rendaient hommage, cependant la comparaison s'arrêtait là. À Périgueux, le fumet d'ail et de chabrol montait aux narines près des gargotes, ce qui changeait tout, et les menus du bien manger prévalaient sur n'importe quelle autre considération. Une bisque d'écrevisses à la Périgord ? Pourquoi pas ? Sur la terre de prédilection des gourmets, elle avait tourné le dos à la lecture des *Dames galantes* de Brantôme, trop difficile à suivre, à la faveur du *Moulin du Frau* d'Eugène Le Roy. Soudain, cette odeur d'ail et de chabrol droit sortie du roman l'assaillait. En cherchant son origine, elle poussa la porte d'un établissement périgourdin à la réputation fondée sur ses ris de veau ou ses simples haricots arrosés d'huile de noix, où elle se laissa tenter par un confit d'oie. Bluffée par la mise en scène créative de la cuisine et ses saveurs encore accrochées à la glotte, elle en sortit ragaillardie et confortée dans cette idée qu'ici rien ne pourrait leur arriver de mauvais ; au pire, un petit bouchon en raison de travaux d'élagage nécessitant une circulation alternée. Précisément ce qu'il advint lorsqu'elle reprit la Toyota pour récupérer sa fille au lycée. Pour patienter, elle se berça d'informations jusqu'à l'ivresse – l'IVG venait d'être formellement inscrite dans la Constitution, un représentant de la Coordination rurale reprochait au président de région de vouloir sacrifier des milliers d'hectares de nature et de biodiversité en faveur d'un projet de ligne à grande vitesse –, avant de se retrouver enfin devant le lycée où, fébrile, elle repéra Anaé parmi le ballet de jeunes gens. Elle lui ouvrit la portière et l'embrassa sur le front en scrutant son visage afin de s'assurer qu'aucune détresse n'avait pointé le bout de son nez. Tout allait bien, du moins en apparence. Anaé s'empressa de desserrer sa parka et de lui raconter sa journée, un exposé gai et rassurant qui dura tout le trajet. On ne savait plus vraiment qui soutenait qui.

De retour à la maison, la fille grimpa dans sa chambre pour boucler un devoir. En relevant le courrier ce soir-là, Rosetta eut un choc : une nouvelle lettre anonyme, non oblitérée cette fois, trônait au sommet des prospectus de vente par correspondance. Qu'espérait donc l'auteur de cette supercherie ? Manifestement, lui poser un lapin à Bergerac ne lui avait pas suffi ! Les alentours semblaient calmes. Le corbeau avait sans doute profité de son absence pour déposer sa missive. Là, franchement, elle fronça les sourcils en ricanant. Contrairement à ses habitudes, il en avait rédigé toute une page enjolivée de flatteries, comme quoi elle l'intimidait, qu'il se sentait d'avance fragilisé et s'en excusait, qu'il avait beaucoup réfléchi (mais à quoi, il ne le disait pas). Ses propos lui parurent risibles. Si elle avait nourri une infime étincelle de curiosité à son égard, il s'était lui-même disqualifié. De plus, il n'avait rien invoqué de valable pour justifier son absence à leur rendez-vous. Le canular avait assez duré. Ce désaxé avait réussi à réactiver le sentiment d'agacement qu'elle s'était ingéniée à combattre toute la journée.

Était-ce donc si difficile d'avoir la paix ? Sans doute. *On ne peut se soustraire au mépris de ceux qui vous estiment mieux lotis qu'eux lorsque la crise économique fait des ravages...* Allez savoir pourquoi, cette pensée l'obsédait ; elle supposait que l'ennemi se trouvait dans son entourage proche, jaloux et envieux. Toute cette manœuvre était faite pour la déstabiliser. Elle jeta la lettre dans la corbeille. Peu importe, elle allait de l'avant, ayant depuis peu décidé de se lancer dans la confection et la vente de confitures artisanales. Pas d'innovation en la matière, il suffirait de choisir la gariguette bien mûre, de l'équeuter, de stériliser quelques pots en se réappropriant les gestes observés chez sa mère autrefois, un temps béni de douceur et d'amour dont elle n'avait rien oublié. En réalité, les autres étapes consistant à ajouter du sucre et laisser reposer une nuit avant de remplir les pots, les visser et les retourner, lui feraient presque l'effet d'un divertissement. Resterait ensuite, ainsi que le préconisait Anaé, à créer un site de vente pour promouvoir ses produits sur les réseaux sociaux et se rendre visible sur le web. Il était temps d'apprivoiser les nouveaux médias, nettement plus valorisants que de se faire regarder de haut sur les marchés !

Elle poussa un soupir en hochant la tête. Elle venait de changer d'avis et récupéra la lettre dans la corbeille, l'enfouit dans sa poche de blazer et consulta sa montre. Il était encore assez tôt pour se rendre chez sa cousine, d'autant que les jours rallongeaient, dissipant la léthargie hivernale. Par endroits, le sol déjà craquelé où perçaient de maigres racines laissait penser à un printemps précoce. Rosetta poussa la grille de chez Laurence qui grinça à souhait, traversa le parc et s'essuya les pieds sur le paillasson épais. La porte était entrouverte, une odeur de cire se dégageait de l'escalier et, les sinus pris par ces effluves musqués, elle héla sa cousine qui lui répondit depuis sa salle à manger, à demi dissimulée derrière sa plante verte à grandes feuilles, la tête inclinée, quelques cheveux folâtrant hors de son chignon. La vieillarde abandonna la rubrique faits divers de *Sud-Ouest* pour lever les yeux vers Rosetta.

– Entre, je t'en prie…

Sous la lueur d'un abat-jour jaune d'or, sa robe foncée se confondait avec le velours du fauteuil où elle était rencognée, un châle en étamine de laine sur les épaules.

– Tu te rends compte ! Dans le village voisin, un couple de nonagénaires a été séquestré par des individus masqués, gantés et armés d'un pistolet. Les malfrats leur ont soutiré argent, bijoux et bibelots. Ça fait froid dans le dos, s'insurgea-t-elle dès que Rosetta l'eut bisée avant de s'installer sur le divan.

– Tu devrais redoubler de prudence et dire à Armelle de fermer ta grille à clé après son passage, conseilla sa cousine.

– Tu veux la suite ? Lors d'une garde à vue, un adolescent de quatorze ans au casier judiciaire chargé a reconnu sa participation à l'agression !

– Laurence… Tu m'as entendue ?

L'intéressée haussa les épaules. Sa grille n'était jamais fermée à clé, elle ne l'avait jamais été et ne le serait jamais, par principe. Bien qu'elle soutînt mordicus que ce « sel » de l'information distillé dans les faits divers stimulait ses capacités cognitives, Rosetta estimait plutôt que cela générait de l'anxiété. Elle qui avait envisagé d'aborder des sujets tels que sa nouvelle lettre anonyme ou la sortie d'Anaé dans cette rave party préféra s'abstenir, jugeant la concomitance des événements trop angoissante.

– Ce journal est un parfait champ d'analyse de la société, je t'assure. Les colonnes regorgent d'allusions aux vols, à la violence et à la misère ! D'ailleurs, il n'y a plus que ça ! Un jeune de quatorze ans a plus vite fait de sortir une kalachnikov qu'un porte-plume ! On en crève, à force de nourrir une patience et une compréhension sans limites dans tous les domaines ! explosa-t-elle.

– Du calme, Laurence ! Ta colère est disproportionnée, tu vas faire grimper ta tension, la réprimanda Rosetta d'une voix posée.

– T'inquiète, ma tension est sous contrôle. En revanche, si on pouvait me guérir de l'arthrite dans mes mains, ça m'arrangerait.

Sur la table basse, des plis s'amoncelaient. Rosetta devina que ce n'était pas en raison d'une phobie administrative mais à cause de sa déficience visuelle, autre handicap récurrent, que sa cousine avait renoncé à les traiter.

– Je peux ? questionna Rosetta en désignant le courrier du menton.

Laurence émit quelques protestations de pure forme, mais sa cousine insista. Le sourire chaleureux et la main tendue de l'ancienne attachée commerciale ne se refusaient pas. Rosetta se saisit du stylo-bille fantaisie posé sur la table et remplit les formulaires de ses abonnements à renouveler, textes écrits en pattes de mouche dont elle lui détailla le contenu à voix haute. Quand tout fut à jour, un soulagement véritable s'afficha sur les traits de Laurence.

– Tu es la fille que j'aurais rêvé d'avoir…, dit-elle en posant sa main fine sur l'épaule de sa cousine, tout en la scrutant avec une intensité douloureuse. Vieillir est une épreuve.

L'émotion monta dans les yeux de Rosetta. Une seule fois, Laurence avait abordé le sujet, lui avouant qu'elle n'avait pas réussi à avoir d'enfants. Avec les années, la vie était venue à bout de ce désir, comme s'il y avait eu une date de péremption. C'était exactement les mots que Laurence avait employés, mais il fallait reconnaître que maintenant la solitude lui pesait un peu, même si elle ne le disait pas. Rosetta sentit à quel point le fondement de son éducation reposait aussi sur la charité, le dévouement à la cause des plus âgés. Le dialogue se révélait d'autant plus important qu'il l'éclairait sur le réel besoin d'accompagnement de sa cousine, et lui apporter ce soutien les apaisait toutes les deux. Elle agissait comme elle l'aurait fait avec sa propre mère, ni plus ni moins, et elle eut à ses mots un sourire fragile.

– Tu sais, à propos des lettres et autres notes qui m'ont été dérobées, confia Laurence sur un ton plus bas en se rapprochant de son interlocutrice, leur contenu n'est pas si honorable, et j'irai même jusqu'à reconnaître qu'elles mettent en exergue la faiblesse, voire l'indignité de la nature humaine. Et un pressentiment me dit que cela pourrait bien intéresser quelqu'un.

Cette affirmation lui fit baisser les yeux.

– Je dois te mettre dans la confidence…, ajouta-t-elle en grimaçant.

La suite fut longue à venir. L'angoisse semblait s'agglutiner dans la gorge de Laurence, si bien que Rosetta craignit qu'elle ne s'arrête en cours de route. La nonagénaire se frotta les paupières en soupirant, comme si la perspective de parler était loin de l'enchanter. Elle arqua un sourcil, figée dans un étrange entre-deux, et leurs regards se croisèrent.

– Toi, tu sais mettre en confiance, tu ferais une bonne psy !

L'ambiance semblait presque solennelle, comme avant un lever de rideau.

– Tu sais bien que tu peux me parler sans crainte.

– M'dame Dampeyre ! interpella soudain la voix d'Amadeu qui les fit sursauter toutes les deux.

Il avait fait irruption comme dans un moulin, en bottes et canadienne, une cisaille à la main pour leur annoncer d'un ton amusé que le lilas n'allait pas tarder à fleurir.

Laurence se mordit la lèvre inférieure.

– Déjà ! Le *Syringa vulgaris* blanc et mauve ! Vous m'auriez dit le magnolia, oui, mais le lilas, j'en doute, ou bien vous exercez un drôle de pouvoir sur les plantes, Amadeu ! s'étonna-t-elle en jetant un œil par-dessus ses lunettes, tandis qu'une expression restait figée sur le visage de Rosetta, déçue que cette intrusion ait interrompu leur instant d'intimité.

Écouter les considérations du jardinier et peut-être quitter la demeure sans accéder aux confidences de Laurence, cette perspective l'exaspéra.

– La météo annonce un coup de vent pour ce soir, signala-t-il avec sa façon un peu gênante de regarder avec insistance.

Laurence n'était pas dupe de son manège, elle le soupçonnait d'écouter aux portes. L'indélicatesse lui déplaisait et elle moucha son insolence en l'expédiant aussi sec au traitement et à la taille des arbustes, ainsi qu'à la plantation des bulbes à floraison estivale.

Le visage d'Amadeu avait tourné au rouge vif, tel un valet naïf dans une pièce de Molière, et il enchaîna avec un petit rire nerveux.

L'avantage était à Laurence, et Rosetta comptait les points... Elle admirait sa cousine, capable de se montrer sévère, mais juste et fière de diriger en dépit de ses forces déclinantes. D'ailleurs, il lui était particulièrement détestable que l'on profite de son grand âge pour s'accorder des droits à se donner quelque familiarité. Au fond, Mme Dampeyre aurait été prête à parier que le charme de Rosetta opérait sur Amadeu, elle devinait ses pensées à la façon dont ses yeux suivaient les gestes de sa cousine, et combien la présence de cette femme inaccessible empêchait le jardinier d'avoir les idées claires. Sans doute tournerait-il autour sans jamais oser déclarer sa flamme. Il aurait visiblement aimé que Rosetta ne se contente pas de le solliciter pour de menus services, mais plutôt pour des conseils relatifs à sa fraisiculture, ainsi aurait-il pu jouer le rôle du mâle protecteur. Peut-être même avait-il secrètement caressé l'espoir d'un partenariat avec elle ? Mais il y avait belle lurette que Mme Martilière n'en était plus là. La vacancière inoffensive séjournant quelques semaines à l'année au village résidait ici désormais, en femme indépendante qu'elle comptait rester. À coup sûr, elle impressionnait Amadeu par sa capacité à vivre seule avec sa fille et son courage en dépit de son peu d'expérience dans le domaine de la fraisiculture, forte des obstacles qu'elle avait franchis seule. S'ajoutait un autre élément : sa posture financière nettement moins fâcheuse que celle des agriculteurs était un terreau ô combien propice à la jalousie des hommes…

Et si c'était lui, l'auteur de ces lettres anonymes ? ne put s'empêcher de penser Mme Dampeyre, alors qu'Amadeu prenait congé.

– Bien que tu n'aies pas un train de vie dispendieux, tu ne seras jamais du même monde que les gens d'ici, tu comprends, déclara tout bas Laurence dont l'expression laissait penser qu'elle s'était égarée dans sa songerie.

– Je sais bien que la flatterie est souvent perverse. J'avoue que celle de ton jardinier, parfois, je ne sais pas bien où la situer…

– Ma pauvre petite, je pense que je ne t'apprends rien en te disant que les paroles expriment souvent le contraire de ce que l'on pense !

22

À la nuit tombée, Rosetta, de retour chez elle, persistait à croire qu'Amadeu avait craint que Laurence ne lui fasse certaines confidences indésirables. D'un air déçu, elle s'en ouvrit à Anaé, ce qui fit naître un imperceptible sourire en coin chez l'adolescente alors qu'elle procédait à des essayages devant le miroir de sa chambre.

– Et si la maison de Laurence était un endroit idéal pour glaner de précieuses informations ? Attention, je n'accuse personne, mais je m'explique. Charlie m'a dit que son père, Jo Létince, Étienne Dubreuil et Amadeu organisent régulièrement des petites sauteries chez l'Étincelle, comme ils l'appellent. Charlie a également fait allusion à un certain David Sentier, ou Dada, un agriculteur qui s'est suicidé il y a deux ans je crois, avec qui ils étaient très liés. Tu le connaissais, toi, ce David Sentier ?

– Non, mais souviens-toi, on a entendu parler de sa mort à l'épicerie des Jeanfoutre. Tout le monde a imputé son suicide à ses difficultés économiques, mais on ne peut jamais vraiment savoir ce qui motive ce genre de passage à l'acte.

– C'est précisément ce que je me disais, et c'est aussi pourquoi je pense qu'il serait intéressant de fureter du côté de cette bande d'amis pour éclaircir cette histoire de lettres volées à Laurence, et peut-être même des billets anonymes que tu as reçus. Quelque chose me dit que tout est lié.

Dans l'immédiat, il était difficile de soutenir cette théorie qui relevait d'une intuition. Rosetta scruta sa fille comme si elle allait sortir une colombe de sa manche, et son attention se focalisa sur ses ballerines cloutées.

– D'où tu les sors ?

– J'ai prêté les cuirs rouges vernies à Charlie. Enfin, on a échangé…

– Quoi ? Les Repetto contre une paire à vingt-neuf euros quatre-vingt-dix ?

– On s'en fout de ça ! Laisse-moi m'arranger avec Charlie, s'te plaît, et donne-moi plutôt ton avis sur le style !

– Tout te va, si je peux me permettre le compliment…

Anaé l'épaterait toujours. Dans sa robe babydoll aux manches bouffantes en voile de satin rayé, elle ressemblait à une enfant. Mais les apparences étaient trompeuses. Elle semblait vouloir dire à sa mère : Ne t'inquiète pas, je sais tenir tête aux problèmes…

Bien plus tard, alors qu'elle entendait le vent souffler dehors et qu'elle peinait à s'endormir, Anaé repassa dans sa tête la discussion qu'elle avait eue avec Charlie, la veille, dans la chambre de cette dernière, après l'avoir aidée à boucler son devoir de français. L'air de rien, Anaé apprenait à mieux connaître l'environnement des Lavoix.

Des éclats de voix montaient souvent de la cour de la ferme envahie de matériel agricole où tournait fréquemment un moteur de tracteur. L'atmosphère électrique éclaboussait jusqu'aux fenêtres de la chambre de leur fille unique : ça bavassait, ça adhérait aux fariboles des uns et des autres venus s'entretenir ; la mère, d'ordinaire assombrie dans le silence, se désinhibait sous l'épaisseur des blagues scabreuses offertes en divertissement. Anaé décelait une violence dans l'intonation qui lui rappelait son agresseur. Des présages irritaient ses nerfs, mais devant Charlie elle feignait de ne pas s'en apercevoir, passant outre au nom de leur amitié.

– Quand ils sont avec leurs copains, ils s'emportent dans leurs délires ! expliquait Charlie en bonne connaisseuse de leurs agissements. J'aurais voulu naître dans un autre milieu pour m'épargner les lubies de mes parents qui me rendent la vie infernale.

Le regard d'Anaé la confortait dans son évaluation. Elle avait saisi combien sa solitude lui causait un malaise, appelant la caresse et la chaleur amoureuse partout où elle les trouvait en compensation.

Lovée sous sa couette, Anaé entendait les paroles de Charlie résonner encore dans son esprit :

– Mes parents me parasitent et j'ai honte, honte de leurs opinions politiques, de leurs réunions sectaires, de leurs limites, de leur entre-soi avec leurs copains. Tu veux que je te dise, ils souffrent de l'absence de reconnaissance, et moi, je ne veux pas suivre leur modèle. D'une certaine façon, ils me manipulent en me serinant des injonctions négatives, du genre : Tu n'arriveras à rien, tu rêves... et toutes ces conneries. On n'a pas le même sens de l'effort. Toi, tu m'as provoqué un véritable électrochoc !

– Tu n'y peux rien, chacun se concentre sur son propre intérêt, lui avait-elle répondu.

– Tu as tout le temps réponse à tout, lui avait dit Charlie avant d'ajouter : Tu vois, mes parents sont du genre à rêver qu'il n'y ait plus de pétrole, comme ça les produits ne pourront plus venir du bout du monde ! Cela les rend aigris de passer leur temps à dénoncer la concurrence déloyale. Et en même temps, ils me font de la peine, quand ils se débattent avec leurs dossiers PAC à remplir. S'ils commettent la moindre erreur, l'aide leur est retirée. Ils doivent aussi calculer l'impact carbone du lait qu'ils produisent, c'est à devenir chèvre, dit mon père. Ça me fait réagir... Avec toutes ces mobilisations, les agriculteurs n'ont gagné qu'une bataille médiatique, et malgré le fonds d'urgence débloqué par le gouvernement, l'indemnité par foyer d'élevage reste dérisoire.

Puis elle avait marqué une pause trahissant sa perplexité sur la misère agricole, avant d'avancer presque honteusement :

– Quand je suis née, mes parents espéraient un garçon, qu'ils comptaient baptiser Charles. Ils ont été très déçus. Finalement, ils se sont rabattus sur Charlie. Pas Charline ou Charlène, tu comprends, ça les aurait trop écorchés de féminiser mon prénom jusqu'au bout...

– Là-dessus tu n'as rien à regretter, Charlie, c'est de là que tu tires ta puissance et ton harmonie. Les choses se passent comme elles doivent se passer pour qu'on puisse apprendre et grandir.

– C'est curieux, j'ai déjà entendu ça, de la bouche d'un certain David Sentier, Dada, comme on l'appelait. Tu l'as connu ?

Anaé admit en avoir entendu parler.

– Tu es au courant qu'il s'est suicidé ? Mon père l'a retrouvé pendu dans sa grange. Ses bêtes avaient été frappées de maladie hémorragique épizootique. C'était le plus farouche militant de la confédération paysanne, avait-elle déclaré en apportant quelques précisions sur le combat qu'il menait en faveur de l'arrêt définitif des négociations de l'accord de libre-échange qui mettait en concurrence les paysans de tous les pays. Il était très engagé dans la lutte contre les OGM et pesticides, il passait son temps à dénoncer le carnage de la chimie phytosanitaire.

Les pensées sombres et mouvantes de Charlie s'étaient éparpillées comme de petits moutons tristes.

– David, moi je l'aimais bien. Je savais que le désespoir et le dégoût le consumaient. Je crois que je ne l'ai jamais vu sourire. Le malheur ne semblait plus le lâcher. Mon père répétait qu'il portait en lui les violences que sa mère avait endurées de la part d'une personne dont je tairai le nom pour l'instant.

Elle avait volontairement marqué un silence pour donner davantage de poids à ses mots.

– Oui, je comprends. On peut rentrer dans le cercle vicieux de la honte, avait rebondi Anaé en espérant bientôt recueillir d'autres confidences.

– La mère de Dada s'est tue pour éviter un scandale, à ce qu'il paraît, et elle a vécu avec ça le reste de ses jours ! Ici, tout le monde se connaît, avait soupiré Charlie. Le passé a plus d'importance que l'avenir, et les mentalités sont restées figées. J'aimerais tant conquérir ma liberté à n'importe quel prix…

Charlie savait de quoi elle parlait quand elle affirmait ne pas vouloir se résigner à vivre comme ses parents. Celle qui cumulait les flirts avec ce désir forcené d'échapper à toute soumission était stigmatisée au lycée où elle avait la réputation de n'en faire qu'à sa tête. Anaé ne cessait de l'encourager d'une voix chuchotée, elle évoluerait, elle sortirait de cette peau dont elle n'avait que faire.

– Quant à toi qui n'as pas grandi ici, tu as vécu une autre histoire, ça fait toute la différence, Anaé ! Je le vois bien au lycée, on ne se moque jamais de toi, tu en imposes. Parfois, même les garçons détournent le regard, bien que tu sois rudement jolie !

– Tu sais, les anciens élèves harcelés ne se remettent jamais vraiment. Je suis condamnée à vivre dans la méfiance, terrorisée à l'idée que ce dealer de Jordi revienne par surprise. En cours, les blagues stupides ne me font pas rire, il y a toujours quelqu'un qui en fait les frais. C'est comme ça que le harcèlement commence. Le soir, j'ai pris l'habitude de rentrer en longeant les murs…, avait-elle ajouté, les yeux perdus dans un songe où jaillissaient des scènes du retour de Jordi avec une netteté effrayante. Avec ma mère, je joue la décontraction parce qu'elle est encore plus stressée que moi, surtout avec les derniers événements en date…

– Tu es une perle rare, Anaé. Je l'ai compris à l'instant même où tu es entrée dans cette salle de classe. Pas de doute, nous ne sommes pas promises au même destin, rit Charlie qui avait souvent un train de retard dans toutes les matières.

– Alors là, tu n'en sais absolument rien, avait répondu Anaé, dont les pensées à présent se diluèrent avant de sombrer dans un profond sommeil.

23

Les adhérents de la Coordination rurale projetaient du foin contre la façade de la DDT[1], à Périgueux. Parmi eux, Étienne Dubreuil, excédé de ne pas avoir touché le solde de l'aide de la PAC promis pour la fin de l'hiver.

– M'en fous du projet de loi présenté en Conseil des ministres à la fin du mois ! On nous mène en bateau, qu'est-ce qu'ils croient, que la colère est retombée ? crachait-il, les yeux gonflés de pollen.

Les curieux se demandaient comment il avait réussi à manœuvrer son tracteur dans tous ces ronds-points, certains se montraient solidaires. Un automobiliste criait : « Bienvenue chez les dingues ! » Un autre les invectivait d'un index menaçant.

Pendant ce temps, Anaé ajustait la boutonnière de son trois-quarts en velours côtelé marine. Elle jeta son foulard en crochet écru sur les épaules de Charlie à son côté. Celle qui ne vivait que pour la séduction se réjouissait à la perspective

1. DDT : Direction départementale des territoires.

d'un rendez-vous amoureux en pleine journée de semaine, en raison de l'absence de leur prof de maths. Anaé, quant à elle, n'étant pas du genre à hanter les abords du lycée, où ses camarades se complaisaient dans les vrombissements de motos, à profiter d'un maximum de décibels, décida de réactiver ses réflexes de marche citadine. Elle contourna le musée gallo-romain Vesunna[1] et arpenta le boulevard embouteillé en direction de la Cité administrative, inhalant au passage les émanations des tuyaux d'échappement. Son casque sur les oreilles, la tête pleine de musique pour oublier la fatigue liée aux heures d'insomnie traitées à coups de tisanes à la camomille qui ne changeaient rien à l'affaire, elle dépassa une file de voitures à l'arrêt sous les klaxons intempestifs. Soudain, elle marqua une pause, face à une scène difficile à assimiler. Une odeur de foin répandu sur le sol et un amoncellement de pneus et de poussière sur la chaussée, un tracteur, puis deux, des remorques, elle se fit alors la réflexion qu'il y avait un paquet de désespérés ! Piquée par la curiosité, elle s'approcha et reconnut parmi le groupuscule d'agités Étienne Dubreuil, à demi recouvert de paille, le visage rougi, s'ingéniant à écarter les mèches qui lui obstruaient la vue. Elle ôta son casque, et les sons passèrent du grave au très aigu : l'exploitant crachait sa hargne sur un ton de sergent-chef. « Puisque les agriculteurs sont traités de pollueurs, ça tombe bien, en voilà, de la pollution ! »

1. Le nom de ce musée renvoie à une divinité gauloise rattachée à la ville de Périgueux.

Ses yeux charriaient de la violence, la même que celle qu'elle avait décelée dans le comportement de Jordi. Elle ne parvenait pas à se détacher de cette vision. Rien ne lui échappait, son inconscient avait enregistré des détails insoupçonnables dans les gestes du toxicomane et les lui restituait en pagaille. Une vague d'effroi la traversa. Désormais, le vacarme rendait ses phrases incompréhensibles. Son combat relevait des réalités pressantes de ce monde, même si elle suspecta Dubreuil de jouer un jeu malsain, car son attitude lui conférait une autorité déplaisante sur les autres. Elle pesait tout au trébuchet, décelant en lui une mécanique de domination équivalente à celle de son prédateur. De surcroît, la rancœur et les frustrations sociales transpiraient de tous ses pores. Quand le gyrophare des forces de l'ordre pointa son nez dans le secteur, l'instinct d'Anaé lui dicta de s'éloigner pour éviter les ennuis. Elle remit son casque sur ses oreilles et reprit la direction du lycée au pas de charge. Sa pensée vertigineuse suivit son cours pour en arriver soudain à sa conclusion : la posture d'Étienne Dubreuil constituait un véritable test de son leadership ; en même temps, son attitude envenimait la situation. Ce comportement correspondait au cas de quelqu'un habité par la colère et, étant donné qu'il participait à ces séances à huis clos avec le père de Charlie, Amadeu et Jo Létince, elle s'interrogea sur l'influence de l'homme qui faisait l'étalage de sa puissance ; d'ailleurs, ne dit-on pas que qui se ressemble s'assemble ?… L'opportunité d'assister à cette scène de manif déclenchait chez Anaé l'envie de savoir ce qui se tramait en coulisses, au cours de leurs petites réunions entre amis. Elle devait clarifier les choses.

À la descente du bus scolaire, elle s'arrêta à l'épicerie des Jeanfoutre pour acheter une boîte d'allumettes et surprit Grin-Grin en train de grignoter une tablette de Crunch déjà bien avancée.

– C'est du suicide de manger ça ! Tu t'englues dans une dépendance… Tu savais que, de nos jours, on meurt plus du sucre que de la criminalité ? le tança Anaé, qui le savait atteint de diabète de type 2.

Si quelqu'un d'autre qu'Anaé lui avait tenu ce discours, il l'aurait envoyé sur les roses. Mais, sous le charme du naturel délicieux et des pupilles abyssales de son amie, cette prévenance lui fit l'effet d'une alarme qui se déclenchait dans un coin de son esprit. Il demeura muet en s'étouffant à moitié avec le chocolat. Il y réfléchirait à deux fois avant de manger des cochonneries. Il croisa ses mains derrière sa nuque et fixa le plafond.

– Tu connais Étienne Dubreuil, toi ? reprit Anaé en chuchotant.

– Un peu. Il est antisystème et il adore l'affrontement, même que la violence est sa seconde nature. Une fois, il est arrivé de mauvaise humeur au magasin à propos de conserves périmées que mon père lui avait vendues, et ça s'est terminé qu'il lui a flanqué une droite dans les dents.

– Non !

Anaé imagina le père Jeanfoutre, la face ensanglantée pour une histoire de conserves ; la scène lui parut surréaliste.

– Je t'assure ! Et pour les manifs, il n'est jamais le dernier, toujours épaulé par ses potes, le père de Charlie et Amadeu, le faux cul de service. Ils sont tous pétris de convictions, mais je ne sais pas très bien lesquelles à vrai dire, remarqua-t-il en se grattant le crâne, avant d'ajouter : Faut les entendre parler changement climatique et qualité de l'air, alors qu'ils sont comme les autres, ils n'y comprennent rien… ou pas grand-chose.

– Des indignés tout-terrain ? Des types guidés par l'aigreur, c'est ça que tu veux dire ?

– Oui, et entre eux, ils se donnent des airs importants. Ils sont bizarres depuis le suicide de Dada ; ça a marqué les esprits, cette histoire, répliqua-t-il.

– Tu n'es pas le premier à m'en parler. Je suis sûre qu'ils sont du genre à canaliser leur violence sur un ou plusieurs boucs émissaires, lâcha Anaé qui n'était pas sans songer aux lettres volées et aux missives anonymes que sa mère continuait de recevoir.

La jeune fille n'en dit pas plus, d'autant qu'Albert Jeanfoutre venait de surgir de l'arrière-boutique, armé de son légendaire sens du relationnel. Il reprocha à Grin-Grin de gaspiller son temps dans des bavardages inutiles. C'est tout juste s'il ne somma pas Anaé de débarrasser le plancher avec sa boîte d'allumettes.

– Il faut sans cesse te mâcher le boulot ! reprocha-t-il à son fils en lui tendant la commande qu'il venait de prendre par téléphone.

– Vous devriez lui ficher la paix, intervint Anaé avec un sourire narquois.

– De quoi j'me mêle ! Je n'ai pas de leçons à recevoir d'une Parisienne ! glapit le commerçant en écarquillant les yeux.

Elle paya tranquillement son achat avec des pièces jaunes qu'elle prit un malin plaisir à recompter et échangea un clin d'œil complice avec Grin-Grin avant de quitter la boutique.

Dehors, la fraîcheur printanière mêlée à l'odeur des arbres marquait un virage, à l'image de ce jour qui avait apporté un début de piste. Le bourg était désert, elle remonta la rue principale, perdue dans le chaos des émotions de la journée.

24

– Ah la fraise, fraise, fraise !

Ce slogan lancé sur le marché de quartier déclenchait l'hilarité d'Anaé quand elle était gamine. Elle y repensait en calant les barquettes de fraises dans le panier d'une cliente de sa mère, sur la foire périgourdine. Les mains se frôlaient dans des nuages de parfum et une cacophonie de sons. Accablée par la chaleur et le manque de sommeil, la jeune fille lançait des œillades inquiètes vers ce défilé grandissant de gens plus ou moins jeunes, sémillants, décrépits ou édentés. Les regards se croisaient, se fuyaient, des bouches riaient, s'ouvraient sur des voix graves ou aiguës, flûtées où vulgaires. Fleurissaient plaisanteries, potins et considérations d'ordre météorologique au milieu du flot de touristes apportant une note d'exotisme. Bien qu'Anaé eût préféré être ailleurs, elle tenait bon ; il aurait été cruel de refuser d'aider sa mère, qui était épuisée et folle de rage que ses aides lui aient fait faux bond au dernier moment. Avec ses cernes sous les yeux, Rosetta clamait à l'envi que plus personne ne voulait travailler ! Anaé espérait que ce découragement l'amènerait à abandonner les marchés pour entreprendre la commercialisation des fraises sur Internet. La clientèle de restaurateurs et d'épiceries fines qu'elle s'était constituée à coups de bons arguments la préférait aux concurrents. Raison de plus pour aborder le virage à quatre-vingt-dix degrés. La qualité de ses produits et son talent de communicante serviraient les intérêts de ses nouveaux projets.

Vers treize heures trente, alors que la rue se dépouillait de ses commerces ambulants et des clients retardataires, elles allèrent déjeuner dans la salle de leur bistro PMU habituel, accessible par une porte à double battant. C'était le genre d'adresse qui ne payait pas de mine, mais dont les fumets longtemps tiédis promettaient toutes sortes de plats succulents, même si, cette fois, elles furent accueillies par un relent de vin rouge…

Le comptoir, essentiellement prisé de la gent masculine, tenait à l'écart quelques habitués que l'on aurait volontiers imaginés le mégot éteint au coin des lèvres, à l'époque où fumer dans les lieux publics était encore autorisé. Ils éclusaient des verres, affichant un sourire en direction des nouvelles venues. Anaé s'agaça d'être le point de mire d'œillades appuyées. Rosetta, affamée, n'y prêta pas attention, déjà invitée par le serveur à se glisser sur une banquette vintage. De là, elles tourneraient le dos aux piliers de bistro. D'un bon coup de fourchette, elles firent honneur au mijoté d'échine de porc aux mirabelles pendant qu'Anaé prêtait l'oreille aux voix sonores qui lui parvenaient.

« Du charabia, cette loi d'orientation agricole. Ça répond en rien aux sollicitations paysannes. – On n'y arrivera pas, j'te dis. Ça gronde, mais y a jamais de solution politique. » Entre deux répliques de ses clients, le patron glissa un mot puis quelqu'un reprit : « Tu vois bien les conteneurs entiers qui arrivent de Pétaouchnok et qui sont transformés avant d'atterrir dans nos assiettes ? J'en connais un qui s'est battu contre tout ça et qu'en est mort… – Tu n'en sais rien si c'est pour ça qu'il est mort, d'ailleurs personne ne le sait ! » Il y eut un blanc et l'on entendit : « La philosophie actuelle est de détruire pour produire. »

– Tu crois qu'ils font allusion à David Sentier ? chuchota Anaé à sa mère d'un air perplexe.

– C'est ridicule de tout ramener à ce garçon à la fin ! souffla Rosetta la bouche pleine, espérant avant tout déjeuner tranquillement, à l'abri des discussions alentour.

La jeune fille plissa les paupières, s'en voulant d'avoir perdu le fil de la conversation au comptoir. Tant pis, les verres claquaient déjà sur le zinc, les acolytes se séparaient, mais le cerveau d'Anaé carburait à plein régime. Repliée sur ses pensées, elle ressentit un léger vertige en raison de l'accord passé avec sa mère : son aide sur le marché contre une autorisation de sortie le samedi suivant. Elle y tenait ! D'autant qu'elle avait déjà planifié sa soirée, envisageant de se rendre du côté de chez Jo Létince, où la bande de copains devait se réunir. Le calme enfin revenu, Rosetta sembla redevenir elle-même, bien qu'à vouloir porter la terre sur ses épaules elle eût l'impression de tout faire de travers.

*
* *

Le samedi soir, l'inquiétude serrait le ventre de l'adolescente. Sa main légèrement moite errait dans la penderie à la recherche d'un tee-shirt noir, qu'elle extirpa et enfila nerveusement. Le reflet du miroir lui renvoya l'image de ses bras trop maigres qui en émergeaient. *On s'en fiche*, songea-t-elle en enfilant un pantacourt laissant entrevoir ses mollets minces. Elle rejeta en arrière la masse ondulante de ses cheveux, qu'elle finit par nouer avec un ruban. Bien que ce ne fût pas encore l'été, pas un souffle d'air ne circulait lorsqu'elle dévala l'escalier, emplie d'une forte détermination. Elle se sentit obligée d'adresser quelques paroles gentilles à sa mère, qui s'était efforcée d'esquisser un sourire placide.

Bien que l'angoisse remontât par pics à l'idée que sa fille finirait bien par retomber un jour sur Jordi, elle étouffait cette pensée, s'évertuant à faire prendre à Anaé ses responsabilités.

– Ne rentre pas trop tard, ma chérie, comme convenu, recommanda-t-elle en usant de son influence mais pas d'autorité.

L'adolescente acquiesça en attrapant sa veste en jean, adressa à sa mère deux ou trois mots affectueux et fila. Assaillie par les derniers rayons de soleil qui s'écrasaient sur la terrasse, elle enfourcha la vieille bicyclette de Laurence, véritable pièce de collection digne d'un musée, qu'elle avait sauvée de l'oubli. Quelques insectes vrombissaient, sa poitrine exaltée s'ouvrait sur l'aventure. Elle traversa le bourg figé dans une torpeur de chaleur sèche, longea son école fermée depuis trois ans, son monument aux morts, sa mairie aux volets clos. Elle emprunta un chemin communal et déboucha sur les poulaillers et remises qui précédaient les bâtisses recouvertes de guirlandes de lierre de chez Jo Létince. Après avoir bruyamment freiné, elle se faufila entre les autos stationnées, donnant des coups de guidon à droite et à gauche, ce qui, au milieu du charivari qui s'échappait par les fenêtres ouvertes, ne se remarqua pas. La vieille mobylette de Dubreuil était stationnée là, presque à l'agonie, le casque posé sur l'engin qui sentait encore l'huile chaude. Elle reconnut la voix d'Amadeu, celle de la mère de Charlie ainsi qu'une autre, plus fluette, qu'elle n'identifia pas. Anaé ne relâchait pas son attente. Rester plantée là à les écouter déblatérer contre les uns et les autres en ponctuant leurs saillies de rigolades… Essayer de comprendre ce qui ne le méritait peut-être pas… Elle ignorait ce monde qu'elle pénétrait un peu par effraction. Bien que son entreprise lui parût hasardeuse, elle retenait son souffle et tâchait de se concentrer dans l'espoir de surprendre des confidences susceptibles d'apporter des réponses.

– Qu'est-ce que tu fiches là ? lança dans son dos une voix courroucée.

Elle se retourna, reconnut le père de Charlie, le visage couperosé et menaçant. Apeurée par Max Lavoix, un homme notoirement colérique, Anaé déglutit, l'esprit confus. Elle sentait le désarroi monter, c'était comme si le ciel lui tombait sur la tête.

– Je cherche Charlie…, improvisa-t-elle.

– Tu te fous de moi ? Tu n'as rien à faire ici !

Il la regarda rebrousser chemin, telle une malheureuse ouaille égarée et vulnérable. L'envie de disparaître martela la poitrine d'Anaé, qui d'un coup de pédalier roula vers le chemin, sans pour autant s'avouer vaincue. Le soleil se couchait, elle se trouva une cachette dans les bosquets et ses yeux s'emplirent de larmes. Qu'espérait-elle ? Un heureux concours de circonstances ? Elle se sentait ridicule, assaillie de nausées. Charlie, probablement en train de se la couler douce auprès d'un nouvel amoureux, était loin de ses préoccupations…

Bientôt la pénombre fut rassurante. Anaé reprit son souffle et, une fois assurée que la voie était libre, regagna à pied les abords de la grange comme un serpent se glisse dans les ténèbres. Un écho lui renvoyait des bribes de conversation. Elle devinait les agriculteurs rassemblés autour d'une table, où les verres s'entrechoquaient. Des voix avinées s'élevaient dans le paysage nocturne, une ambiance malsaine transpirait du bavardage incessant entre ces murs, du remue-ménage de vaisselle cassée. Si l'espoir de trouver une quelconque vérité s'amenuisait, elle fut bien inspirée de s'accorder un délai supplémentaire, car peu après le père de Charlie aborda enfin le sujet.

– Le vieux, on dirait qu'il s'amuse à prendre des chemins détournés dans ses lettres, il raconte des saloperies avec une délectation visible ricana-t-il.

Des approbations fusèrent, montrant à quel point la meute était soudée. Anaé imagina leurs gestes et leurs regards de connivence. Elle avala sa salive et bascula tout entière vers cet univers intense des confidences qu'elle attendait :

« Les liaisons destructrices et le comportement de pervers du père Dampeyre n'expliquent pas le suicide de Dada. – Le vieux, il était fracassé pour écrire des choses pareilles ! – Il avait perdu tout contrôle de lui-même, miaula une voix féminine. – Être aussi riche et ne pas reconnaître son fils unique, c'est insensé, quoi qu'on en dise ! – Bravo, Amadeu, tu l'as jouée fine pour récupérer les écrits du vieux. »

Les phrases se heurtaient pêle-mêle, les voix étourdissaient la jeune fille. Outrée, cette dernière peinait à croire ce qu'elle entendait, guettant la suite le cœur battant. Cependant le vent s'était levé et le tonnerre résonna dans le ciel, suivi d'un éclair qui éclaira la nuit. Indistinctement, elle entendit de nouveau le mot « suicide », et : « On va te rendre justice, mon pauvre ! »

Un léger tressaillement parcourut les traits de la jeune fille. Elle se sentit comme un animal apeuré face à ces nuages noirs qui roulaient dans le ciel. La conversation était de plus en plus difficile à suivre. L'orage semblait curieusement adapté à cette haine qui mijotait dans une marmite. Les premières gouttes lourdes lui tombèrent sur le sommet du crâne. « *Ne jamais s'abriter sous les arbres en cas d'orage, si on ne veut pas être frappé par la foudre* », le conseil revenait en boucle. Elle courut jusqu'au bosquet et s'agrippa au guidon de la bicyclette qu'elle y avait laissée, en pestant contre elle-même. Elle sentit monter en elle une puissance stupéfiante. La vérité était encore plus troublante que la pluie qui commençait à tomber dru. Bientôt un rideau gris ricocha contre la terre, résonnant haut et fort. Elle fut vite trempée jusqu'aux os. « Au voleur ! » voulait-elle crier maintenant qu'elle avait résolu l'affaire, et savait que Laurence avait été trahie par son jardinier. Elle se sentait meurtrie de voir que l'on traînait la famille de Laurence dans la boue, qu'on lui faisait porter le chapeau de tout un tas d'horreurs. Ses pensées se superposaient, elle comprenait mieux les meurtrissures de Laurence liées à ces événements passés. Son refus de porter plainte pour le vol de ses lettres reposait sur la honte du retentissement de ces secrets éventés. Cela devait lui briser le cœur. Anaé brava la pluie.

*
* *

– Tu m'as fait une de ces peurs ! s'écria Rosetta qui se tenait au salon, un livre entre les mains, lorsque sa fille y entra, les jambes flageolantes, les mâchoires claquant de froid, une nuée de frisottis dégoulinant devant son visage. Ses vêtements plaqués contre son corps frêle, elle ne disait mot. Dans son regard brillait une étrange lueur.

– Tu savais pour le père de Laurence ? finit-elle par lâcher.

– Qu'est-ce que tu racontes et où étais-tu ? Je te croyais avec Charlie ! s'alarma sa mère.

– Réponds-moi, maman, s'il te plaît ! Tu me fais confiance, non ?

– Le père de Laurence… Que veux-tu que je te dise à son sujet ? soupira-t-elle. Cet homme souffrait d'une pathologie névrotique. Hélas, dans les familles, ce sont des choses qui arrivent… Notre cousine a été dépassée par la gravité de la situation, elle a tenté de le préserver et de l'aider à guérir. À sa mort, elle a découvert ses écrits et en a pleuré de dépit…

– Pourquoi tu ne m'as rien dit ? demanda-t-elle, les sourcils froncés.

– Qu'est-ce que ça aurait changé ? On ne va pas se mettre à ouvrir des boîtes de Pandore ! Et puis, le silence est parfois de rigueur. Tu l'apprendras. Allez, s'il te plaît, va te changer ou tu vas attraper la mort, poursuivit Rosetta qui semblait avoir retourné la situation familiale de Laurence dans tous les sens.

– En attendant, j'ai découvert le secret… Et je sais qui a volé les lettres !

– Quels risques as-tu encore été prendre ? fulmina Rosetta. Tu crois que nous n'avons pas assez de soucis comme ça ? Je ne sais pas si c'est l'influence de tes nouvelles fréquentations, Grin-Grin et la fille Lavoix, ou le besoin de te surpasser qui te poussent à faire ce genre de chose, mais franchement ça ne vole pas haut... Parfois je ne te reconnais plus, se récria-t-elle.

– Faut savoir ce que tu veux ! Moi, je défends nos intérêts, c'est tout. Tu veux la vérité ou pas ? Tes propos sont contradictoires, déclara Anaé d'un ton neutre, avant d'ajouter : Quant à mes amis, ce n'est pas à toi de juger !

– Va te changer, je ne vais pas te le dire dix fois, insista la mère excédée, qui, une fois n'est pas coutume, lui aurait bien flanqué une rouste.

Anaé grimpa l'escalier la mine dépitée, vexée par l'attitude de sa mère. Son discours à propos de ses amis la hérissait. Comment ne pas reconnaître qu'ils la stimulaient et l'aidaient à affronter le monde ? Chacun portait en soi sa blessure et ces trois-là se comprenaient. Il n'y avait rien de plus beau que la diversité. Rosetta, quant à elle, n'était plus capable de s'investir avec qui que ce soit. À ce rythme, elle finirait acariâtre. Il lui aurait vraiment fallu quelqu'un pour adoucir sa tristesse. Tout en mûrissant ses réflexions, la jeune fille enfila un jean sec, un pull destroy que Charlie lui avait prêté, et passa une serviette-éponge dans sa chevelure avant de la démêler. Quand elle se jugea présentable, elle redescendit auprès de sa mère. Cette dernière semblait apaisée, presque impatiente d'accueillir les confidences de sa fille. En réalité, la situation les rendait aussi ridicules l'une que l'autre.

– Raconte-moi, ma chérie, encouragea Rosetta d'une légère pression sur la main d'Anaé, comme si la tendresse passait avant tout le reste.

L'adolescente lui rapporta dans le détail la conversation qu'elle avait surprise. Bien que l'orage l'eût contrainte à rebrousser chemin avant la fin du conciliabule, elle avait acquis la certitude que, sous ses airs de bon Samaritain, Amadeu était un traître. Elle avait compris qu'il existait un contentieux que cette bande de copains réglait par des coups bas comme le vol des lettres et qu'ils se questionnaient sur les raisons du suicide de David. Elle ajouta :

– Les gens se détestent parce qu'ils ne se parlent pas.

– Tu sais ça, toi ? s'étonna sa mère. La maturité de ma fille m'épatera toujours ! Et tu as appris quelque chose sur le détraqué sexuel qui envoie les lettres anonymes ?

– Si c'était le cas, tu penses bien que je t'en aurais parlé.

– De ce que tu m'en dis, ce clan est soudé comme les doigts de la main et ce n'est pas l'intelligence qui les étouffe. Le père de Laurence a rejeté l'enfant de sa maîtresse, il n'est hélas pas le premier à avoir agi de la sorte sur cette terre, cela n'en fait pas pour autant le responsable du suicide de David, même si celui-ci a dû vivre dans la frustration. Aujourd'hui, que cherchent-ils à prouver en dérobant les lettres d'une vieille dame sans défense ? Quels bénéfices espèrent-ils en tirer ? Après ça, comment veux-tu croire en la nature humaine ? Bon, soupira-t-elle, tu as raison, seule une confrontation pourrait peut-être réconcilier les esprits.

Il était tard, mais afin de mettre de côté ces histoires sordides, elles firent dévier la conversation sur leur projet de site Internet. Anaé suivait l'actualité de l'e-commerce depuis plusieurs semaines, elle méritait une mention spéciale pour son implication. Rosetta était époustouflée par ce zèle incroyable, ce qui la galvanisa et balaya aussitôt son stress.

– Les conférences sur la transformation numérique des organisations et du management, j'en fais mon affaire, crâna-t-elle. Je te crée le concept, c'est facile. On peut trouver des montages en ligne, et toi, tu n'as qu'à préparer des formules adaptées, sans oublier une touche d'humour, avec un objectif clair. Si tu n'y arrives pas, on peut se servir de l'IA. Ça va générer des idées sur les confitures et le toutim, ça va le faire !

Rosetta secoua la tête sans répondre. Les compétences de sa fille n'empêchaient pas qu'au fond d'elle-même elle doutât. Elle se pensait incapable de captiver quiconque. Jamais elle ne se sentait aussi dépassée que lorsque Anaé évoquait les outils de montage vidéo. Elle regretta ce qu'elle avait dit un peu plus tôt à propos de ses amis, eut honte mais n'osa pas le lui dire. Anaé puisait auprès d'eux l'équilibre d'une vie adolescente, son unique façon d'avancer. Elle savait ce qu'elle faisait et sa mère était fière de son aptitude à se projeter et de ses analyses brillantes. Avec ses facultés et la somme de ses connaissances, tout portait à penser qu'elle aurait un grand avenir. Rosetta ne parvenait pas à lui avouer qu'elle n'avait plus le cœur à l'ouvrage. Non seulement elle ne se voyait pas mettre en pratique ce que sa fille lui expliquait, mais la fraisiculture en soi ne lui inspirait plus grand intérêt ; c'était même à se demander pourquoi elle s'était engagée sur cette voie ! Elle avait médité ce sujet une partie de la soirée pour en venir à la conclusion qu'elle n'était absolument pas attachée à cette activité. Dire qu'elle espérait donner du sens à sa vie au cœur de la ruralité… elle était pourtant loin du compte, confrontée à trop de contraintes cumulées à la fatigue. Un rêve de citadin transformé en désillusion. Elle repensa à la lueur taquine qu'elle avait souvent décelée dans les yeux d'Amadeu, sa façon de darder son regard sur sa production comme s'il devinait qu'un jour ou l'autre elle flancherait. Un sentiment de vide la parcourut, et toujours l'ombre des lettres anonymes qui planait sur sa vie…

– Maman, tu m'écoutes ?

– Oui… bien sûr.

Les inquiétudes de sa mère n'échappaient pas à Anaé. Leur vie au village démontrait que Rosetta peinait à sortir de son isolement. Propulsée dans la vie agreste tel un chien dans un jeu de quilles, elle n'y trouvait pas sa place. Peu désireuse de s'impliquer dans le tissu associatif de la commune, elle restait cette étrangère dépourvue de l'esprit de clocher. N'éprouvant aucune peine à satisfaire sa soif d'indépendance, elle aurait pourtant eu besoin que quelqu'un l'étonne, comme le disait la chanson

Étonnez-moi, Benoît! Un psy aurait pu estimer que, par cette attente inconsciente, elle ne se détachait pas de son *ego* et de la laideur de ses cicatrices…

– Je sais ce qui te manque… Et pour ça, il faudrait que tu sortes davantage, insinua Anaé qui décelait cette part de détresse dans le regard parfois perdu de sa mère.

– Qu'est-ce que tu racontes ? On reparlera de tout ça une autre fois, ma chérie, conclut Rosetta qui résistait en toutes circonstances comme un vaillant petit soldat, prête à poursuivre sa lecture devenue indispensable.

Après *Le Désespéré* de Léon Bloy, emprunté à Laurence, qu'elle avait abandonné en cours de lecture tant ce pamphlet d'indignation et de révolte la laissait indifférente, sans doute parce qu'elle n'en saisissait pas pleinement le sens, elle s'était plongée avec avidité dans le terroir du dix-neuvième siècle sous la plume accessible de Michel Jeury, qui honorait les manières rustiques d'antan, idéal pour chasser toute pensée indésirable de son esprit. Le snobisme dans la lecture lui provoquait des haut-le-cœur, car les bons livres étaient partout, les bons livres savaient se faire entendre !

25

– Tu tiens vraiment à assister à cette fête médiévale ? On va sans doute y croiser de la viande soûle, supposa Rosetta que l'ambiance de « ripailles » dans l'un des plus beaux villages du Périgord n'inspirait guère.

– Ça nous changera les idées ! répliqua Anaé, dont l'intention était de booster le moral en berne de sa mère, qui venait d'accompagner Laurence aux funérailles de sa dernière amie dans le village voisin.

Rosetta pesa un instant le pour et le contre avant d'accepter en traînant les pieds. Elle troqua rapidement sa robe à rayures contre un bermuda et une chemise en lin, assortis d'un cabas en cuir dont elle passa la bandoulière à l'épaule, et posa négligemment un chapeau de paille sur sa tête. Elles roulèrent sous un ciel de carte postale, bleu, morcelé de nuages. Une fois sur place, Anaé constata que le lieu offrait un décor propice à des prises de vue. Elle mitrailla à tout va, ravie du résultat sublimé par un filtre intégré à son application, tout en parcourant à pied les ruelles du village bâti selon un plan en damier. Son sourire s'élargissait à vue d'œil tant il était plaisant de se perdre dans les carreyrous[1]. Au cœur de la bastide dont la silhouette massive se reconnaissait entre toutes, Anaé cherchait le meilleur angle des maisons à arcades. Sur l'un des clichés, sa mère fixait l'objectif d'un air évaporé, comme dans une gravure de la Renaissance italienne, avec les reflets de sa chevelure d'ambre clair. À l'ombre des arbustes dépassant des murets de pierre, les camelots bricolaient des objets avec soin, des bouquinistes excitaient la convoitise des amateurs de belles reliures, certaines aux dorures intactes. Sur la place, elles serpentèrent entre les grandes tablées aux nappes blanches montées sur des tréteaux, garnies de corbeilles d'osier croulant sous le pain de campagne, de carafons, de salières, sous des fumets de cochon de lait rôti aux parfums épicés. L'espace d'un instant, Rosetta imagina les pauvres porcelets et s'en émut, bien consciente du ridicule de la chose. Les convives, quant à eux, s'égosillaient, riaient aux saillies d'un beau parleur narrant ses exploits, d'autres s'écoutaient à peine, happés par l'excitation permanente (ce qui faisait l'effet inverse à Rosetta, déjà agacée par ces jeux du cirque qui lui provoquaient un léger malaise, au point de lui couper l'appétit). Des odeurs se mêlaient, celles de la moiteur des corps, du vin et la senteur suave des plantes. Musiciens et baladins tressautaient en costume d'époque sous des flots de musique, inspirés de l'univers enchanteur des troubadours. La mère d'Anaé faillit chasser comme un intrus le serveur un peu

1. Rues étroites entre les demeures.

trop proche à son goût, mais un clin d'œil taquin les invita à prendre place sur le long banc entre des commensaux à la bonne humeur contagieuse. Les yeux s'arrêtaient sur l'allure fraîche et piquante de celles qui incarnaient avec grâce les tendances de la mode actuelle, et aussitôt leurs verres furent remplis d'un vin charpenté à la robe sombre, accompagné de quelques paroles d'adoubement venant du voisin au visage rubicond et enfantin dont les doigts fourrageaient dans la barbe frisée. Elles écoutaient çà et là des propos creux autour de l'état de faillite de notre pays, des opinions qui ne méritaient même pas de réponse. Sous l'effet du premier verre alcoolisé, Rosetta sembla soudain refaire surface :

– J'arrête la fraisiculture, déclara-t-elle, heureuse d'oser enfin se confier à sa fille. Tu avais raison depuis le début, ce n'est pas un métier pour moi.

– Non, mais tu rigoles là ? coupa Anaé frappée avec la force d'un coup de poing par l'annonce de sa mère.

– Pas du tout. La décision m'appartient, n'est-ce pas ? On peut changer d'avis, non ?

– À quoi tu t'attendais en te frottant aux aspérités du monde agricole ? À du réconfort peut-être ?

– Ce que tu peux être exaspérante parfois, avec tes réflexions de Mlle Je-sais-tout ! sourit Rosetta comme si elle venait de plaisanter. Il fallait que j'essaie pour savoir de quoi il s'agissait vraiment. Désormais, j'ai juste envie de prendre chaque instant de la vie et d'en profiter. Ça ne peut ni s'expliquer ni se justifier… Aspirer à plus peut rendre très malheureux, Bouddha y fait référence.

Elle secoua la tête pour signifier qu'elle ne dissimulait rien de ses pensées.

– Je ne te connaissais pas cet état d'esprit, la félicita Anaé, même si elle peinait à croire à ce revirement. Enfin une décision réaliste ! ajouta-t-elle en humant la soupe à la carcasse d'oie que l'on venait de leur servir. Tu te mets vraiment à la spiritualité, à ce que je vois.

Était-ce une boutade ? Toujours est-il que le voisin de table se mit à applaudir, l'air admiratif. L'attitude de cet inconnu fit sourire Rosetta, quand bien même il ne connaissait rien de sa situation. C'est alors que l'on entendit des éclats de voix s'élever en bout de table.

Les yeux se tournèrent vers deux types dans un état d'ébriété avancé, s'invectivant, les bras agités, les cheveux dressés sur le crâne. Un troisième aux épaules d'Atlante tenta d'intervenir pour calmer le jeu, mais cela eut l'effet inverse et la dispute s'envenima. Ils s'empoignèrent dans un violent corps à corps qui fit taire l'assemblée. Les visages des Martilière s'étaient durcis à l'instar de ceux de leurs proches voisins de table.

– C'est quoi, ce lynchage en place publique ? C'est une tradition ou quoi ? Il paraît qu'un tisserand a été écartelé sur cette place, il y a longtemps. Et Charlie m'a dit que cette bastide était la capitale des croquants en révolte contre les taxes. Il faut croire que les gens ne se sont pas calmés depuis, cingla Anaé.

– Vous avez raison, mais pas que ! C'était aussi la ligne de défense des rois d'Angleterre au sud du Périgord, glissa le rubicond sur sa droite, qui semblait bien décidé à leur faire la conversation.

– Ça, c'est le résultat de l'alcool qui fait parler vrai ! éructa la voisine dont l'haleine empestait le tabac.

– Bon, allez viens, on lève le camp, lança Rosetta, qui ne comptait pas exposer plus longtemps sa fille à une bagarre de pochetrons.

Au fond, Anaé n'en était pas fâchée. Elle se leva et suivit docilement sa mère et ses commentaires de dégoût face à la tournure que prenait la fête. Elles eurent vite rejoint la voiture, et leurs têtes pivotèrent de conserve vers l'enveloppe placée sous l'essuie-glace du pare-brise. Rosetta s'en empara et l'ouvrit.

– Ah non ! claqua sèchement sa voix en constatant qu'il s'agissait d'un énième billet anonyme.

– Quoi ?! encore une déclaration enflammée ?! se bidonna Anaé en se penchant sur son épaule pour en lire quelques mots :

Rosetta,

J'entends vos rêves et je voudrais vous faire écouter les miens.

À vous regarder, tout n'est qu'harmonie et douceur.

Je me prends à espérer qu'un jour proche, votre respiration se confondra avec la mienne.

– Il est rudement gonflé de t'appeler par ton prénom. Et puis ce billet manque cruellement d'imagination…

– Comment veux-tu qu'il m'appelle ? Barnabé ?

Avec un rire nerveux impossible à refréner, Rosetta démarra avant même qu'Anaé eût attaché sa ceinture. Elle s'engagea sur la route et accéléra. « Il est dans le coin ou a envoyé un émissaire », marmonna-t-elle en repassant les rares visages de sa connaissance présents à la fête médiévale, puis elle pesta dans un rond-point contre la supérette fermée et annonça qu'elle s'arrêterait à l'épicerie Jeanfoutre pour acheter du lait.

Albert déboula dans son magasin pieds nus, l'œil hostile, un tic nerveux au coin de la bouche en constatant la présence des Martilière.

– Ça faisait longtemps ! D'ailleurs, ce n'était pas la peine de revenir !

– Décidément, vous méritez la palme d'or du commerce ! rétorqua Rosetta.

La saillie d'Albert fleurait l'amertume d'un commerçant qui ne se sentait guère à la hauteur de son métier et, qui plus est, était rancunier. Anaé se demandait quel effet cela faisait d'être aussi désagréable avec les clients, elle le lui aurait volontiers demandé, mais à sa grande surprise elle vit apparaître Grin-Grin, l'expression triomphante. Le pauvre n'avait pas mérité un père pareil et elle ne voulut pas entacher sa bonne humeur.

– Salut ! Tu peux nous servir deux litres de lait, s'te plaît ? demanda Anaé en lui jetant un coup d'œil complice sous ses longs cils dont elle tirait une certaine fierté.

Le jeune homme s'exécuta aussi sec.

Elle faillit pousser le vice jusqu'à entonner une chansonnette, mais, le sens de l'humour d'Albert étant des plus limités, elle se contenta de siffloter en cherchant sa monnaie. C'en était trop pour Rosetta qui préféra l'attendre dehors.

– Eh bien, ce n'est pas demain la veille que je remettrai les pieds dans son épicerie, à ce malotru ! Un vrai pignouf, un guignol, pestait-elle tandis que sa fille grimpait sur le siège passager avec ses deux litres de lait.

À la maison, elles se laissèrent tomber dans un fauteuil avec un soupir de contentement. Rosetta observa sa fille avec tendresse. Sur son smartphone, en train de s'inscrire à une conférence en ligne, elle ressemblait à une petite femme d'affaires qui savait exactement ce qu'elle voulait obtenir. Elle la percevait de plus en plus mature, exigeante et enthousiaste dans cette façon d'apprendre seule tout en manipulant les nouvelles technologies. En toutes situations, elle gardait son sang-froid, cultivait une personnalité audacieuse et était toujours là pour aider ses amis.

– Et Jordi, tu n'en as plus du tout entendu parler ? osa-t-elle demander dans un filet de voix.

– Non, plus rien. C'est presque invraisemblable. Et je t'assure que je ne dis pas ça pour te rassurer.

Rosetta sortit de la poche de son bermuda le billet anonyme et partit d'un fou rire.

– Tous les fêlés sont dans la nature ! C'est absurde ! Je n'ai rien des qualités qu'il me prête, mais malgré tout je finis par considérer l'auteur de ces lettres sous un autre angle. J'imagine qu'il ne va pas se tenir éternellement à distance... De toute façon, je ne suis pas pressée.

– On dirait que tu ne crois plus à la thèse de l'imposteur qui se moque de toi, rebondit Anaé, trouvant sa mère attendrissante dans ses manières.

– Et selon toi, pourquoi voudrait-il me berner ?

Un coup de fil de Laurence coupa court à la conversation. Elle demandait à sa cousine de passer la voir au plus tôt.

– J'y vais ! Tu m'accompagnes ? Elle m'a dit qu'il n'y avait rien de grave, mais sait-on jamais ? Elle ferait un malaise qu'elle refuserait de l'admettre, conclut Rosetta.

Les ombres s'étiraient au pied des noyers alignés lorsque la façade pimpante de la chartreuse leur apparut. Rosetta et Anaé s'avancèrent jusqu'à la terrasse, où Laurence, en capeline de paille, un simple gilet jeté sur ses frêles épaules, lézardait sous un parasol. Des cernes creusaient ses joues, mais son œil vif contredisait l'hypothèse d'une défaillance de sa part. Après avoir salué ses cousines, elle commença volontairement par une banalité et se mordit les lèvres. Puis elle prit une profonde inspiration :

– Je voulais vous annoncer que l'on m'a restitué les lettres et autres écrits de mon père !

– Et ils ont retrouvé le chemin du coffre comme par enchantement ? s'étonna Rosetta, interloquée par cette déclaration qui dépassait l'entendement.

– Eh bien, ma cousine, tu ne crois pas si bien dire !

– Mais on te croit, Laurence, affirma Anaé, gênée en songeant au comportement d'Amadeu, qui, après avoir volé et décortiqué les lettres avec ses amis, les avait aussi sournoisement restituées à leur propriétaire.

– Et si ce n'était qu'une blague de mauvais goût ? suggéra la doyenne.

– Tu cherches à nous convaincre de l'innocence des voleurs, c'est ça ?

– « Innocence » n'est pas le mot que j'emploierais. La rancune vis-à-vis de mon père bouffe la rate à certains qui ont dû imaginer que ce coffre contenait des secrets ! Sans doute mon père a-t-il eu des manquements de son vivant, la maladie n'excuse pas tout, mais ses troubles du comportement altéraient ses facultés mentales. Cela l'avait éloigné de toutes ses relations. Les psychiatres ont rempli un classeur entier sur son cas sans réussir à définir sa pathologie. Pis, ils se contredisaient sur la nature de ses délires. On lui a fait tester quantité de substances chimiques, en vain. Je redoutais ses réactions, aucun conseil ne fonctionnait sur lui, malgré tout je l'ai soutenu dans sa souffrance psychique et me suis occupée de lui jusqu'au bout. Jamais je n'aurais accepté qu'on le place à l'asile, mais il ne faut pas me demander comment j'ai fait ; la douleur est humaine et proche de nous… l'humilité s'apprend.

D'autres questions émergeaient dans l'esprit de Rosetta, mais elle se retint de les poser, d'autant que la voix de Laurence se brisa en affirmant qu'elle refusait de s'éterniser sur cette période difficile et ne voulait surtout pas se faire plaindre. Visiblement remuée, elle ferma les paupières, puis jugea bon de préciser :

– Si les voleurs cherchaient des preuves de je ne sais quoi, ils ont fait chou blanc…

Rosetta soupçonnait sa cousine de savoir qui était à l'origine du vol de ses lettres. Et non sans un brin de provocation, elle lui demanda des nouvelles d'Amadeu.

– Il doit se mettre au travail dès aujourd'hui. Le lierre menace les toitures et la besogne ne manque pas avec cette pluie qui a fait pousser l'herbe dru. On ne voit même plus le chat là-dessous, souligna-t-elle, l'œil débordant de sous-entendus. Cela étant, je ne me fais pas trop de souci, le jardinier ne rechigne pas à la tâche, ajouta-t-elle, soulagée de changer de sujet de conversation.

Peut-être, mais je ne parviendrai plus à lui sourire, songea Anaé.

Contre toute attente, Laurence, emportée par la vérité, eut besoin de revenir sur le mépris avec lequel son père avait rejeté son fils illégitime, David, ainsi que la mère de ce dernier. Ses mots n'étaient guère agréables, ses traits s'étaient durcis et elle tressaillit avant de lancer que, dans ses écrits, son père qualifiait la rencontre avec la mère de David Sentier de grossière erreur, l'une des plus grosses qu'il ait commises dans sa vie. À aucun moment il ne s'était senti concerné par le choix de sa maîtresse de garder cet enfant.

– Et une telle différence d'âge entre un frère et une sœur, ce n'était pas concevable pour lui… Surtout à l'époque, vous pensez bien. Aucun des arguments de sa maîtresse n'a fonctionné. Au contraire, sa colère envers elle n'a fait que croître alors qu'elle voulait officialiser uniquement pour mettre son fils à l'abri du besoin. Il prétendait que c'était de la comédie… Il vivait en libertin depuis le décès de ma mère, ayant toujours refusé de refaire sa vie, pas plus avec la mère de David qu'avec une autre. Il n'y avait que ma présence qu'il tolérait, ajouta tout bas Laurence. Mon père m'a eue très jeune, notre relation a toujours été fusionnelle, plus encore après son veuvage. Plus tard, la situation a dégénéré quand il est tombé malade, il écrivait des insanités… Oui, on trouve tout ça dans ses lettres, et on ne peut pas dire qu'il avait un style éblouissant, conclut-elle, confuse.

L'émotion qui émanait des yeux de Laurence hypnotisait Rosetta. Insanités ou pas, elle estimait que la stratégie d'Amadeu d'exploiter la fragilité de sa cousine, en l'occurrence sa déficience visuelle, pour lui soutirer ces lettres était intolérable. À croire qu'il cherchait la reconnaissance de ceux de sa bande. Au fond, elle enrageait de voir Laurence poursuivre cette comédie des bons sentiments vis-à-vis de son jardinier, elle qui d'ordinaire jaugeait les gens pour ce qu'ils étaient. Quand bien même les hommes au dévouement exemplaire ne couraient plus les rues (Amadeu étant du genre à s'enquérir de ses maux, à rentrer chargé comme un baudet avec quatre packs d'eau à la fois, n'hésitant pas à repartir aussi sec en cas d'oubli d'une babiole insignifiante, et avec ça, aussi doux que le sable de la mer), cela ne lui octroyait pas tous les droits. *Dépendre oui, mais jusqu'à un certain point*, songea Rosetta.

– Trinquons au retour de mes lettres ! s'écria la nonagénaire en demandant à Anaé d'aller chercher du pinot sur la desserte.

Un peu plus tard, Rosetta fit tourner ses glaçons dans son verre, histoire d'attirer l'attention, tout en annonçant à Laurence qu'elle envisageait d'arrêter la fraise.

– Si tu veux tout savoir, je ne t'y voyais pas du tout, confia la cousine en étouffant un bâillement après deux lampées de pinot. Même si je n'ai pas osé te l'avouer, j'ai bien compris qu'au début de ton installation au village le vide t'effrayait, c'est pourtant dans le vide que s'opèrent les transformations qui te porteront vers l'élément dynamique, comme le disait Lao-tseu. À toi, il te fallait une activité transitoire et c'est tombé sur la fraisiculture. En même temps, tu as eu raison ! Explore la vie, profites-en avant que la vieillesse ne te vole tout et te contraigne à finir dans un aquarium, lâcha-t-elle en chaussant les immenses verres fumés que lui avait conseillés l'ophtalmo. C'est bien, tu es courageuse, poursuivit-elle en lui tapotant la main, et tu n'as plus peur désormais de te laisser porter par les courants. Ne perds pas de vue tes propres désirs, et c'est valable pour toutes les deux.

26

Le père de Charlie était apparu dans l'embrasure de la grange de chez Létince, les mains dans les poches de son jean, la cigarette roulée entre les lèvres. Il surprit son ami dans le fond de la pièce, accoudé à sa table où trônait un litron bien entamé, en pleine mastication d'un casse-croûte au jambon au parfum subtil, le visage un peu rougeaud, à demi caché sous la visière d'une casquette publicitaire. L'œil dans le vague, on le devinait absorbé par ses raisonnements qui laissaient à la traîne ceux de sa bande, surtout lorsqu'il enchaînait les verres. Il proposa à Max Lavoix de se désaltérer au rouge et, devant l'absence d'intérêt manifeste de son comparse, il fronça les sourcils :

– Fais pas le fier ! Ça se laisse boire, un pécharmant généreux en bouche, tu m'en diras des nouvelles !

Il le servit machinalement, un filament de jambon de pays collé aux commissures.

– On devrait présenter nos excuses à la vieille pour les lettres volées, jeta Létince avec sérieux, marquant une pause avant d'ajouter : On s'est plantés, dans cette histoire.

– Laisse Amadeu se dépatouiller avec ça. Après tout, c'est son affaire. C'est lui et personne d'autre qui a dérobé les papelards du vieux.

– Je ne suis pas d'accord avec toi. On est tous responsables, objecta Létince. Si on se dégonfle, on trahit Amadeu. C'est nous qui l'avons défié, tu t'en souviens, non ? On en tenait une sacrée couche, mais on voulait tous savoir si cette rumeur sur Dada et le père Dampeyre était vraie.

– C'est humain de vouloir percer les zones d'ombre, et on a tous pensé que les raisons du suicide de notre pote prenaient leur source dans son histoire familiale scabreuse, rebondit le père de Charlie.

– C'est vrai. Toutefois on s'est comportés de façon malhonnête, fit Létince dont le jugement comptait beaucoup pour ses amis, car il était considéré comme le plus raisonnable de la bande.

– Monsieur a des scrupules ! C'est ridicule, on ne va pas se pointer chez la vieille la bouche en cœur pour s'excuser. On ne sait même pas si elle s'est rendu compte de la disparition de ses lettres…

– Prends-la pour une demeurée pendant que tu y es ! lança l'autre d'un ton badin.

– Si tu veux mon avis, on devrait attendre que les choses se tassent d'elles-mêmes.

Létince eut un silence gêné. Il imagina l'intéressée, bouleversée à l'idée de savoir son intimité jetée en pâture. Sans doute était-elle pudique ? Quoi de pire que l'œil indiscret découvrant l'ampleur du déshonneur ? Mme Dampeyre n'était pas responsable de l'attitude ignoble de son père à l'égard de la mère de David, ni de l'amour immodéré qu'il vouait à sa fille. Elle méritait le respect, même s'il était un peu tard pour avancer cet argument, maintenant que le mal était fait, aussi dévia-t-il la conversation en libérant sa main de sa dernière bouchée de sandwich.

– Bon d'accord, pas de précipitation…, fit-il après avoir fait passer le sandwich à grandes lampées de pécharmant. Revenons à nos moutons… J'en ai un peu marre du boulot, ces temps-ci. On a semé, ça n'a pas pris avec ces satanées pluies, et puis il n'y a pas un jeune pour m'aider à la traite. Tu parles, aujourd'hui on se soucie plus du bien-être animal que de celui de l'éleveur.

– Le nouveau modèle agricole ne se fera pas tout seul, c'est sûr. Faut défendre notre vision du territoire, sinon on finit par s'exploser la tête comme Dada, rétorqua Max qui en savait quelque chose avec ses cent têtes de bétail, des prim'Holstein et des blondes d'Aquitaine. Enfin, tant qu'on n'a pas la tuberculose bovine…, ajouta-t-il en guise de consolation.

Du plus loin qu'il s'en souvînt, Létince, dont le chemin de vie ne s'était jamais écarté de celui de David Sentier, pouvait aligner leurs moments de complicité telles des perles sur un collier : le lycée, les bals, les filles, l'armée, ils avaient tout partagé, fait les quatre cents coups, s'étaient même taillé les cheveux courts pour s'essayer à la boxe. Dada était un fervent partisan de la Confédération paysanne, toujours le premier à vouloir se battre contre les OGM et pesticides, entre autres maux de l'agro-industrie. Quand il s'imaginait la figure emblématique de José Bové[1] faisant tomber des murs (toute une époque), il évoquait ses propres gants de boxe en rigolant. Les applaudissements, encouragements et haies d'honneur du public au bord des routes envers les cortèges d'agriculteurs en colère, sûr que cela aurait eu une résonance immédiate en lui. Il se serait montré prêt à défendre l'espèce en voie de disparition, à occuper des axes stratégiques, à prendre d'assaut Rungis et mettre la pression. On se demandait comment il aurait malaxé le gris de l'actualité récente pour tourner les choses à leur avantage, car il ne se départait jamais d'une touche d'optimisme réconfortante, ce qui leur rendait son suicide d'autant plus incompréhensible.

– Ah, ça! Il avait la foi dans son idéal, souvenez-vous quand on a fait un autodafé fraisicole! La nuit, devant les locaux d'un importateur de fraises, on avait intercepté un camion et jeté la marchandise venant de Hollande sur la place de Vergt[2], avant d'arroser de chaux ces fruits dégueulasses. Merde! nos fraises sur le marché du Cadran[3] ne trouvaient même plus acquéreur avec cette concurrence déloyale.

---

1. L'un des fondateurs de la Confédération paysanne, un syndicat paysan qui s'oppose à l'agriculture productiviste et l'industrie agro-alimentaire, au nom du respect de la santé environnementale et notamment humaine.

2. Capitale de la fraise en Périgord, réputée pour la qualité de son humus végétal.

3. Marché de la fraise créé dans les années soixante.

– Au moins, ça avait bardé pour quelque chose, et même le conseiller général et maire avait approuvé l'action… Ce serait bien d'en prendre de la graine pour la simplification claire et nette de la politique agricole commune, parce qu'on l'attend encore, rumina Létince, broyant du noir.

– On attend aussi le résultat de la mission d'évaluation des politiques agricoles régionales qu'on nous a promise et retardée maintes fois.

– Renouveler les générations d'agriculteurs avec deux cent mille départs en retraite par an, ils peuvent en créer des formations ! L'exploitation sera soumise à un stress climatique pour évaluer la viabilité économique, humaine et écologique. Merde alors, il y a un paquet de débats parlementaires autour de tout ça. Pareil pour le groupement foncier, je n'y ai rien compris, ils parlent d'investisseurs qui achèteraient des parcelles pour les louer aux agriculteurs.

– La souveraineté agricole et énergétique, c'est bien beau, mais on en fait quoi ? Produire pour nourrir les populations, on n'en parle même pas. Tout ça, c'est du brassage de vent, j'te dis, s'insurgea Max.

Le père de Charlie trempa ses lèvres dans le verre de vin.

– Qu'est-ce que t'étais venu me dire, au juste ? demanda Létince, sachant que ce genre de visite matinale n'était pas dans ses habitudes.

– J'suis trop seul avec mes questions. Tu ne m'enlèveras pas de la tête que David était plutôt du genre teigneux. Audacieux comme un Cyrano, il aimait la libre-pensée et l'impertinence. Qu'il ait pu ruminer des idioties, oui, mais une tendance suicidaire ? J'ai du mal à le croire, dit le père de Charlie que cette question continuait de turlupiner, d'autant qu'ils n'avaient rien découvert qui puisse l'expliquer dans les lettres.

– Sans vouloir jouer les psychologues de comptoir, on a beau retourner une histoire des tas de fois, poser les choses à plat de manière analytique, la vérité n'est jamais ce qu'on imagine. Et puis, « l'homme est tout entier dans son masque », écrivait Rousseau.

Il fallut un instant à Max pour que la citation fasse son chemin.

– P'tain, tu lis Rousseau, toi ?

– À mes heures perdues… En parlant de masque, va savoir, David était peut-être atteint de la même maladie neurologique que son père, celle dont les symptômes sont décrits dans les documents de Mme Dampeyre. Ça aurait pu l'inciter au suicide. On ne sait pas s'il a voulu échapper à une pathologie héréditaire…

– C'est un peu trop tordu pour moi tout ça, je retourne à mon métier en sursis, rétorqua Max qui ne se souvenait même pas de la raison pour laquelle il était venu rendre visite à son ami.

Ce genre de considérations les perturbait au plus haut point. Ils ne pouvaient s'empêcher de revisiter ce long couloir de souvenirs, dans l'espoir d'y découvrir un semblant d'explication.

*
* *

Au milieu des exclamations de la cour de récréation, Charlie s'avança vers Anaé, l'allure fracassante dans son perfecto noir râpé, le visage encadré par ses cheveux blonds.

– On dirait une véritable icône de magazine, quoique le blouson soit un peu grand pour toi. Attends, laisse-moi deviner, c'est celui de ton dernier flirt en date ? questionna Anaé qui peinait à suivre les frasques amoureuses de Charlie.

– Samuel ! souffla-t-elle, le regard transcendé, émergeant à peine de sa nuit sans sommeil.

Dans sa tête, Anaé faisait secrètement des pronostics sur la durée de l'idylle, la plupart de ses flirts ne dépassant pas la quinzaine. La facilité de Charlie à naviguer au gré des amours était troublante, un vrai cœur d'artichaut…

– Ce n'est pas quand tu auras quarante ans que tu en profiteras !

– Qu'est-ce que tu en sais ? Quand tu prends le temps, tu peux réfléchir au profil d'homme qui te correspond vraiment.

– Arrête tes conneries, c'est de la morale à deux balles. Moi je te parle de l'insouciance de la jeunesse. Le monde est plein de tentations, et je ne compte pas m'en priver et encore moins me poser de questions.

– Je ne veux pas t'embêter, Charlie, juste t'empêcher de faire des erreurs.

– Je croirais entendre ma mère, rétorqua-t-elle en la contemplant entre amusement et dédain. Toi, tu te caches derrière ton petit doigt et je suis la seule à te le faire remarquer.

L'espace d'un instant, Anaé eut le sentiment que Charlie venait de toucher un point sensible. Elle enviait son aisance à prendre la vie à la légère, alors qu'elle-même ne pensait qu'à sa sauvegarde psychologique, tiraillée entre des logiques contradictoires. Malgré tout, la nature profonde des deux adolescentes s'accordait et le climat entre elles demeurait délicieux. Tandis qu'elles se dirigeaient vers la salle de cours, un groupe de garçons les suivit du regard. Parmi eux, d'anciennes conquêtes de Charlie portaient sur Anaé un œil admiratif. Ils lancèrent des plaisanteries que la principale concernée prit pour des piques, si bien qu'elle leur tourna le dos avec détermination en tirant sa copine par le bras.

– On y va ! articula-t-elle, pantelante, avant de relancer la discussion sur les contrôles et épreuves anticipées du bac.

– Mais on est en avance ! protesta Charlie en traînant les pieds… Tu es toujours aussi farouche, c'est incroyable, lança-t-elle à la figure de sa copine que la même épine rongeait depuis son harcèlement. Ces gars-là ne vont pas te manger, tu t'enterres vivante !

– À Paris, ça avait commencé exactement pareil, dit Anaé, submergée de souvenirs indésirables. À l'époque, je m'étais mêlée de la conversation du copain de Jordi parce qu'il tenait des propos hilarants. Le mec avait de l'esprit, j'avais répliqué, et on est devenus copains comme ça. Puis, un jour, il m'a filmée en cours à mon insu, sous un angle dégueulasse. Voilà où ça peut mener, d'échanger quelques paroles anodines. Depuis, je me suis juré de ne pas reproduire les mêmes erreurs.

De l'avis de Charlie, les pervers ne couraient pas les rues, mais sans doute était-ce lié au fait qu'elle n'avait pas vécu dans la peur d'y être confrontée. Bien qu'Anaé fût seule à se débattre avec son tumulte intérieur, sa copine s'efforçait de lui transmettre un peu de sa force pour la soutenir, une méthode censée l'aider à guérir de sa timidité. La sonnerie du téléphone fit tressauter la poche du blouson de Charlie. En constatant qu'il s'agissait du fameux Samuel, elle afficha un sourire béat. Son cœur dansait, les mots enjoués s'envolaient de ses lèvres tandis qu'ils se fixaient rendez-vous pour le soir même. Tout le plaisir de l'amour était contenu sur ce visage rayonnant, Anaé le voyait bien, même si elle n'en avait jamais fait l'expérience. Cela ne la dérangeait pas, car, au fond, elle pressentait que l'amour n'était pas sans lutte.

Elle sentit une présence se matérialiser derrière elle et se retourna. Un garçon de sa classe la regardait avec intensité. Profitant de l'effet de surprise, il amorça d'une voix douce et assurée :

– C'est quoi ton secret ? Ça fait des mois que je t'observe… enfin, c'est pas que je sois intéressé, hein, mais tu m'impressionnes par tes résultats dans toutes les matières, s'extasia le jeune homme aux traits harmonieux à qui elle n'avait jamais prêté la moindre attention… Tu as bien un truc, non ?

– Que veux-tu que je te réponde ?

Elle se mura alors dans le silence, en portant sur lui un regard fixe et interrogateur, à la limite du haussement d'épaules. Puis elle se gratta la joue en s'interrogeant sur les intentions de ce type. Sa présence la remplissait d'effroi. Le seul à pouvoir l'approcher, c'était Grin-Grin pour la bonne raison qu'il l'avait sauvée des griffes de Jordi. Sinon, c'est à peine si elle avait échangé trois mots avec ses camarades de classe. Elle essaya de se calmer et sentit un grand vide se creuser autour d'elle.

– Salut, Martin ! lança Charlie, le sourire aux lèvres, dès qu'elle en eut fini avec son correspondant.

Anaé se retira sans une attention pour le garçon.

– Apparemment, tu vas devoir persévérer ! ironisa Charlie avec une moue amusée.

– Bof, je ne m'attendais pas à mieux, mais je n'hésiterai pas à retenter, avoua-t-il dans un haussement de sourcil.

Charlie se retint de rire. Après tout, c'étaient leurs affaires, pas les siennes.

27

Comme chaque soir, Grin-Grin referma la porte de sa chambre et tira les rideaux. Il alluma une faible lampe coiffée d'un abat-jour beige, couleur de la paix et du repos, et s'allongea sur son lit, flapi, armé de sa télécommande. Quel que soit le programme, il ne le suivait pas ; la télé jouait ni plus ni moins un rôle d'animal de compagnie. Pourtant, Grin-Grin ne laissait aucun répit à son esprit. Il lui arrivait d'être assailli de colère contre lui-même, précisément à propos de son manque de détermination. Il avait le sens du bien, du mal, du courage (on ne pouvait pas le lui enlever), se montrait charitable et honnête envers ses clients, aidait les vieillards à compter leur monnaie, s'acquittait de tâches de manutentionnaire sans broncher, tout en faisant fi des commérages. Ses bonnes actions ne lui épargnaient pas les réflexions sur ses gâteaux en miettes parce que trop secoués dans le camion, ou son fromage à l'odeur de détergent parce que transporté en même temps que des produits d'entretien. Sur le coup, il ne leur prêtait qu'une oreille distraite, mais le soir venu, il remâchait les réflexions acerbes jusqu'à s'en rendre malade. Parfois, son métier prenait une tournure insolite, comme lorsqu'un spécimen rare parmi ses clients, qu'il avait déjà rembarré plusieurs fois, avait poussé le vice jusqu'à le confondre avec une agence matrimoniale. Il l'appelait tardivement sur son portable en insinuant sur un ton enthousiaste que le jeune homme, qui passait la majeure partie de son temps à desservir les villages, devait bien connaître une célibataire en quête de mari, pas sérieuse s'abstenir, précisait-il tout en exprimant ses préférences en matière de femmes, douce, pas trop dominatrice, capable de tenir un foyer, vous voyez le profil ? Et s'il y avait plusieurs candidates, c'était encore mieux. Grin-Grin se démenait pour lui faire comprendre qu'il n'était peut-être pas le mieux placé pour l'aider.

Le fils Jeanfoutre enviait ceux qui avaient le cran de tout envoyer valser, quitte à aller se noyer quelque part dans la multitude anonyme, mais lui en était dépourvu. Il trouvait cela profondément injuste de devoir de surcroît supporter les sautes d'humeur de son paternel, avec qui par la force des choses il partageait un patronyme qui le plongeait dans la perplexité. Jeanfoutre ? Un nom adéquat pour Albert, mais Grin-Grin, quant à lui, le vivait comme un affront. Il était transi de gêne dès que son père mentait comme un arracheur de dents sur la provenance des produits de l'épicerie, issus d'une enseigne discount alors qu'il rabâchait des histoires à dormir debout comme quoi il s'approvisionnait à la ferme. Lui, le mensonge ne le dérangeait pas. Qui était dupe, de toute façon ? Personne. Ses bobards étaient de notoriété publique. Honte à ce père qui lui compliquait sacrément la vie. Pourtant, faute de diplômes, il s'accommodait de son rôle de livreur pour l'épicerie d'Albert, même si cela le détruisait à petit feu. Quand son optimisme reprenait le dessus, il s'attachait aux bons aspects du métier : sa fonction de camionneur colportant les nouvelles dans les hameaux isolés ne lui déplaisait pas, il mettait les clients en confiance, cela lui venait naturellement. Il s'épandait en une mer de gentillesse pour eux, faisant preuve de toute la solidarité dont il était capable. On le lui rendait bien, comme cette fois où sa camionnette embourbée n'avait dû son salut qu'à l'intervention d'un tracteur. Après ça, on avait bu la gnôle dans la joie du partage.

À bien y réfléchir, ce métier-là n'était pas pire que celui d'agriculteur. Il comparait, se rassurait, éprouvait un certain soulagement de ne pas en être, car faire tourner une ferme, confrontée, entre autres, aux problèmes de ressource en eau liés au réchauffement climatique, n'était pas une mince affaire. Les cultivateurs d'aujourd'hui essuyaient de drôles de revers et il fallait être de plus en plus calé sur les nouvelles techniques d'irrigation et la rotation des cultures. « Tout ça pour maintenir le niveau des cours d'eau », lui avait expliqué Létince, un jour où il avait eu envie de causer, ce qui s'avérait peu fréquent. En général, ils jabotaient en coup de vent, car Létince affirmait qu'il n'avait pas le temps de partager ses expériences, une façon d'insinuer que Grin-Grin, n'ayant pas de famille à charge, se contentait de baguenauder en camionnette le cœur léger, aux quatre coins du département. Bref, il le laissait dire sans répliquer, le plus grand mépris étant le silence. C'était pareil avec Amadeu qui l'observait tel un spécimen en voie d'extinction. Ce n'était pas que le jardinier aux mains rugueuses voyait son travail en lui-même d'un mauvais œil, mais, forcément, les fruits et légumes de l'épicerie l'indignaient. Il veillait tout de même à lui manifester un minimum de politesse, sait-on jamais, les costauds dans son genre, on les ménageait. Grin-Grin s'endormit sur ce genre de considérations, une pensée amusée pour la voleuse d'avocat qu'il avait su moucher ce matin-là. « Je compte aussi celui que vous avez glissé dans votre cabas, madame ? » avait-il balancé en savourant la mine déconfite de la cliente, dont il riait encore.

Le lendemain matin, Grin-Grin fut un peu troublé de se faire surprendre par Anaé au saut du lit. Encore dans le potage, affublé d'un peignoir étriqué, il clignait des yeux en lui ouvrant, ébloui par le soleil déjà haut, à moins que ce ne fût par son amie qui avait noué ses cheveux avec une barrette en velours rouge assortie à son pull en maille. Dans le calme de la rue déserte, elle s'excusa de le déranger de si bonne heure, mais il lui assura, en dépit d'un bâillement à se décrocher la mâchoire, que des amis devaient se soutenir à tout moment. Elle pénétra dans la cuisine, constata en un regard son talent de fée du logis et se dépêcha de le rassurer sur la raison de sa visite.

– Cela concerne ma cousine Laurence Dampeyre, dit-elle, la tête appuyée contre le mur, après s'être installée sur un tabouret de bar et avoir demandé à Grin-Grin s'il avait du café.

Grin-Grin se gratta le crâne en hochant la tête. Même s'il respectait Mme Dampeyre, il ne la fréquentait pas. Son aide à domicile, qui ne pouvait pas voir Albert en peinture, boycottait l'épicerie, ce qui était compréhensible. Il réfléchit à la date de sa dernière rencontre avec la cousine d'Anaé : elle remontait au jour des obsèques de son père, sur le parvis de l'église, autant dire que de l'eau avait coulé sous les ponts. Par politesse, ce jour-là, il avait assisté à la cérémonie en s'adressant à un Dieu auquel il ne croyait pas.

– Ma cousine m'a demandé de convoquer Jo Létince, le père de Charlie, Amadeu et Étienne Dubreuil, car elle voudrait leur faire des révélations à propos de David Sentier. Elle compte sur moi, mais je t'avoue que ça m'angoisse un peu, souligna-t-elle en songeant à son algarade avec Max. Ils m'ont cataloguée comme une jeune écervelée sans me connaître. Du coup, j'ai peur qu'ils me demandent de déguerpir ou quelque chose dans le genre. Mais d'un autre côté, je n'ai pas envie de décevoir Laurence. C'est important pour elle. Elle a besoin de refermer une porte restée entrouverte depuis trop longtemps sur ses histoires de famille… Tu comprends ?

Grin-Grin était loin de tout comprendre, mais il se réjouissait que son amie lui demande conseil, bien décidé à rester dans ses bonnes grâces.

– À ta place, j'irais franco, assura-t-il à grand renfort de gestes. Il faut agir avec aplomb et détachement, c'est ce que j'essaie de faire quand les réflexions débiles de mon père me tapent un peu trop sur le système.

– Et ça fonctionne ?

En guise de réponse, il tapota nerveusement ses doigts sur la table avec une moue désabusée.

– Globalement, oui.

Anaé s'étonnait toujours de sa finesse d'esprit digne de captiver l'attention. D'ailleurs, elle comptait bien suivre son conseil. Le simple fait de discuter avec Grin-Grin l'apaisait, mais, si elle l'avait informé de sa démarche, c'était avant tout au cas où quelque chose de fâcheux surviendrait. Incapable de se comporter autrement qu'en froussarde depuis son harcèlement, elle restait sans cesse sur ses gardes.

– Tu les connais bien ?

– Sans plus. Les types que tu cites sont toujours fourrés ensemble. Ils se réconfortent au travers de jugements à l'emporte-pièce sur les autres, assortis d'un brin d'autosatisfaction. Moi, je n'ai jamais eu besoin d'appartenir à un clan.

Là aussi, l'analyse de Grin-Grin lui semblait juste. À mesure qu'elle portait sur lui un regard neuf, elle commençait à apprécier sa personnalité. Comme quoi, il ne fallait vraiment pas se fier aux apparences. Sans médisance aucune, son ami venait de lui donner son avis sur cette petite coterie, et ils partageaient la même opinion. Elle lui sourit légèrement, trouvant son confident touchant, au milieu des objets qui constituaient son quotidien.

– J'ai arrêté la bière, lui annonça-t-il, fier de lui, en apportant sur un plateau des pancakes fraîchement éjectés du grille-pain.

Anaé en grignota un du bout des lèvres pour lui faire plaisir, et le complimenta sur l'abandon de sa mauvaise habitude. Il s'en sentit ragaillardi, comme si une tempête venait de balayer ses zones obscures. Tous deux étaient un peu « spéciaux » et réservés, dotés d'une sensibilité hors du commun et d'un profond manque de confiance. Malgré leur rapprochement, Grin-Grin ne se départait pas d'une certaine gravité, afin de ne pas passer pour un amoureux transi, ce qu'au fond il était. De l'amitié, c'était déjà plus qu'il n'avait espéré !

Tout en misant sur son inépuisable réserve de bienveillance, Anaé s'achemina d'un pas vif et régulier jusqu'à la ferme des Lavoix, s'étant assurée par texto de la présence de Charlie, afin qu'elle l'accompagne à la grange où se trouvait Max, dans une odeur aigre de bottes de paille.

– Et pourquoi j'irais chez Mme Dampeyre samedi en fin d'après-midi ? demanda le père, le rotofile en mains, alors qu'il l'observait avec une attention soutenue, émergeant à peine des brouettes à fumier, enrouleurs, tuyaux, bonbonnes de gaz et autres objets à l'utilité discutable.

– Parce qu'elle a certaines révélations à vous faire. Du genre qui devrait vous intéresser, si vous me suivez ?

Le front de l'agriculteur se plissa. Sa tête avait changé d'expression. On aurait dit qu'il ruminait l'impression désagréable que lui causaient les mots d'Anaé. Il l'aurait volontiers traitée d'arrogante, mais la présence de sa fille restée en retrait le gênait. Il cogita encore, comme pris au piège dans une toile d'araignée.

– À un moment donné, il faut clouer le bec aux vieux démons…, intervint à son tour Charlie.

– Ça me regarde ! rétorqua Max avec autorité, pour bien montrer qu'il n'acceptait d'ordres de personne.

Et comme il trouvait qu'il en avait assez dit, il se mit à fourrager dans sa caisse à outils avec un bruit de quincaillerie. Ayant accompli sa mission, Anaé quitta les lieux avec soulagement, empreinte d'une lueur d'espoir, non sans un clin d'œil complice à Charlie. Quant aux autres membres du cercle qu'elle ne manqua pas de visiter, leur réponse à l'invitation de Laurence fut immédiatement positive.

28

La coiffeuse de Laurence avait longtemps alterné brosse et doigts pour fixer un postiche afin d'embellir le chignon bas sur la nuque de la vieille dame. Les mèches grises, semblables à des fils d'acier un peu « olé olé », comme disait la professionnelle, la rajeunissaient. « Ce n'est pas parce que l'on a trois fois trente ans que l'on doit capituler ! » avait conclu l'intéressée.

– Le vent ne m'a pas trop décoiffée ? s'inquiéta-t-elle auprès d'Anaé, venue la soutenir ce fameux samedi. Et cette robe en drap violine, n'est-elle pas un peu trop guindée ?

– Pas du tout ! Et c'est très à la mode, observa Anaé tout en songeant à la tête qu'allaient faire les quatre larrons face à la pimpante nonagénaire, loin de l'image du dinosaure rescapé !

Laurence tenait à les recevoir dans sa bibliothèque, où elle pressa la jeune fille de la rejoindre afin de s'assurer que tout était en place. La femme de ménage avait disposé des chaises comme pour une conférence. Les guéridons chargés de petits fours, feuilletés, meringues, macarons, muffins, baklavas et boissons promettaient un voyage gastronomique des plus réussis ; Anaé n'était pas certaine qu'ils en méritaient autant, quoique Laurence, qui avait plus d'un tour dans son sac, envisageât sans doute de leur électriser l'esprit tout autant que les papilles.

– J'ai prévu pour une bonne quinzaine de personnes, je refuse de donner l'image d'une vieille pingre. Tu comprends, il faut mettre les moyens pour éradiquer les conflits, s'exclama-t-elle, jubilatoire, en choisissant la place qu'elle allait occuper pour sa causerie avant que les invités ne débarquent.

Anaé l'observa avec tendresse tandis qu'elle optait pour la bergère, où, adossée à des coussins, les jambes surélevées sur un repose-pieds rembourré, elle serait à son aise. À son âge, Laurence pouvait tout se permettre, comme céder de but en blanc à la faiblesse de l'émotion ou de la colère, tout en se prélassant dans un extrême confort. Pour l'heure, ce face-à-face requerrait plutôt du courage, et elle n'en manquait pas. Anaé admirait son insouciance apparente, sa classe lorsqu'elle braquait sur le quidam son regard encore vif. La jeune fille était tout à la fois heureuse et impatiente d'être témoin de la scène à venir. Elle n'eut guère le temps de se demander si l'invitation serait honorée, que des claquements de portières retentirent à l'heure précise de la convocation. Une fossette malicieuse se creusa sur la joue de Laurence.

– Je crois que nous avons de la visite, Anaé ! glissa-t-elle à la jeune fille qui lui répondit par un sourire espiègle.

Quatre hommes sortirent du quatre-quatre de Dubreuil, donnant l'impression de débarquer en force. Ils se dirigèrent vers la demeure. *La fine équipe au complet*, jubila intérieurement Anaé qui alla les accueillir pour les conduire jusqu'à la bibliothèque où les attendait Laurence. Les compères la saluèrent avec respect. Mis à part Amadeu, Mme Dampeyre ne les avait pas vus depuis longtemps, mais elle les reconnut à l'inflexion de leur voix, puis, de plus près, à leurs traits restés gravés dans sa mémoire. Elle porta une œillade affûtée sur chacun. Quoique déjà éprouvés par les aléas de la vie, pour elle, ils demeuraient des enfants, approximativement du même âge que son demi-frère David Sentier. Elle les pria de s'asseoir en les remerciant de s'être déplacés.

– Est-ce que vous me croyez folle ? ou sénile ? commença-t-elle gentiment, un brin moqueuse… Qu'est-ce que vous vous êtes imaginé ? Que j'ai donné à Dada la corde pour se pendre ?

Son franc-parler leur cloua le bec, ce qui l'incita à poursuivre :

– Je sais tout des réunions de votre petite bande. Mon âge ne me dispense pas de me tenir informée de la vie du village. Bien que j'aie vécu à l'abri des soucis financiers, je comprends vos difficultés économiques, l'humiliation que vous ressentez, mais votre aigreur n'excuse pas certains comportements… Méfiez-vous de ce que vous croyez savoir. J'espère au moins que ces lettres et autres écrits dérobés dans mon coffre vous auront fait réfléchir sur le fait que l'on ne choisit pas sa famille. Je ne suis pas responsable des agissements de mon père, dont les médecins ont eu tant de mal à diagnostiquer la pathologie à l'époque. Je n'ai à m'excuser de rien. J'ai refusé qu'il soit interné, je l'ai porté à bout de bras jusqu'à sa mort… Je l'ai fait en mon âme et conscience, et je reste convaincue d'avoir eu raison. Cela étant, il y a des secrets que j'aurais bien aimé garder pour moi, déclara-t-elle en leur jetant un regard accusateur qui leur fit baisser les yeux.

Laurence soupira, étonnée de se retrouver face à quatre grands gaillards aussi penauds que des chiens pris en faute.

– Qu'est-ce que ça vous a fait de vivre par procuration mes expériences horribles ? s'enquit-elle.

D'ordinaire si belliqueux, Dubreuil tripotait un trou dans son jean, impassible, tel un cancre évitant de croiser l'œil du prof ; le père de Charlie, pris d'une crise de sinusite, reniflait sans arrêt ; Létince avait les yeux rivés au sol, passant en revue les chevilles et les chaussures de chacun ; et Amadeu, le visage fermé, mais la chemise repassée, fixait un point sans broncher.

– Nous aurions dû avoir une vraie conversation au sujet de David depuis longtemps, déclara-t-elle sans colère ni haine. Quant à toi, Amadeu, soit dit en passant, te sens-tu digne d'entrer de nouveau dans cette maison ? digne de la mémoire de Dada ? C'est à croire qu'aucun de vous ne le connaissait vraiment !

– Si on a accepté cette confrontation, intervint Amadeu, sorti de sa coquille, c'est qu'on est prêts à présenter des excuses.

– Tiens donc ! laissa échapper la nonagénaire.

– On s'est noyés dans une mer d'absurdités à partir d'un pari stupide, c'est comme ça qu'on a perverti Amadeu. On se demandait ce que pouvaient bien contenir ces documents que vous décortiquiez l'après-midi dans votre bibliothèque, dit Létince à la rescousse de son ami. Avoir toute sa raison et se montrer aussi déraisonnable, faut vraiment être idiot, je suis d'accord.

– Tu as de l'esprit, Létince, releva Laurence, dommage que tu ne t'en serves pas toujours à bon escient... Maintenant, je m'adresse à vous tous : cela ne vous a jamais traversé l'esprit que j'aie pu avoir un lien particulier avec David ? Sans qu'on aille le crier sur les toits ?

Les sourcils froncés, les quatre zigs reniflaient l'odeur du secret. Laurence se tut un moment ; on ne savait pas si elle réfléchissait ou si elle rêvait.

– Longtemps, j'ai estimé que vous n'aviez pas besoin d'en savoir davantage, affirma-t-elle, mais maintenant que vous connaissez mon histoire, autant aller jusqu'au bout. Même s'il n'a pas eu l'existence facile et a fini par tomber dans une situation financière délicate, David n'était pas du genre à verser dans la dépression. C'est un autre événement resté confidentiel qui explique son geste malheureux.

Elle s'interrompit brutalement pour décupler l'effet théâtral.

– Quelle heure est-il ? Anaé, peux-tu me verser un petit remontant, ma chérie ?

La jeune fille s'exécuta de bonne grâce et lui tendit un doigt de cognac dans un verre à digestif. Laurence en dégusta lentement une lampée. Puis la mélancolie s'empara de ses traits dès lors qu'elle fût prête à entamer le récit des souvenirs douloureux.

– La mort soudaine de David nous a tous affectés. Depuis longtemps, je l'avais encouragé à venir me voir et le fait qu'il accepte m'emplissait de joie. Je jugeais légitime sa présence sous mon toit, quand bien même il souhaitait que ses visites restent secrètes. Ce n'est pas parce que notre père avait refusé de le reconnaître que nous devions rejeter notre lien ! Un soir, il m'a fait part de la maladie qui l'avait frappé : Charcot ! Je repense souvent à cet instant où, sous le choc du diagnostic, il est venu se confier, les yeux rouges et gonflés, évoquant ses symptômes, ses crises de plus en plus fréquentes dont il connaissait l'issue fatale. Bien que jeune, il paraissait las, à bout de résistance, la vie ne l'avait pas épargné, et la maladie menaçait de lui prendre jusqu'à sa dignité. Ce fut en quelque sorte la goutte de trop…

Laurence s'interrompit, très émue. Elle jeta un coup d'œil sur les trois compères d'Amadeu tandis qu'un silence oppressant enveloppait la pièce. Visiblement, cette annonce les laissa incrédules. Personne n'imaginait que David fût atteint d'une aussi terrible pathologie. Tous savaient ce que la maladie de Charcot engendre de dégénérescence, de paralysie et de douleurs abominables. David n'en avait rien laissé paraître, attribuant devant les autres ses soucis de santé à des crises de sciatique. Létince écarquillait les yeux, un pli lui barrait le front. Le père de Charlie répétait la nouvelle comme pour la graver dans son esprit. Dubreuil, quant à lui, demeurait dans son attitude fermée, et, enfin, Amadeu le premier évoqua la pudeur de David : « Je regrette son silence », déclara-t-il d'une voix basse en pleurant.

– « Une pudeur sacrée me fit rester muet », énonça Laurence qui ne put s'empêcher de citer *Sodome et Gomorrhe* de Marcel Proust pour appuyer les mots d'Amadeu. David n'était pas du genre à exhiber ses émotions, et en cela, nous étions proches. Pour lui comme pour tant d'autres de sa génération, un homme n'avait pas le droit de pleurer. Il n'aurait jamais accepté d'être un objet de pitié. Pensez-y. La pitié fait autant souffrir celui qui la manifeste que celui qui la reçoit. Dada vous a épargnés.

Le dire lui faisait plus mal qu'elle ne l'aurait cru. Une larme coula sur son visage impassible.

– Vous saviez qu'il allait commettre ce geste ? osa Létince.

– Non, je n'ai pas dû comprendre les signaux. Jamais je n'aurais imaginé qu'il en viendrait à une telle extrémité, surtout sans laisser la moindre explication, ajouta la doyenne. Étant donné son choix de se taire sur le mobile de son geste, j'ai respecté sa décision. Mais en constatant combien les raisons de son suicide vous préoccupaient, j'ai finalement tenu à ce que vous sachiez la vérité.

Elle jeta un coup d'œil à sa montre, stupéfaite de découvrir qu'elle avait parlé aussi longtemps.

Les quatre hommes cogitaient en silence. Comment réagiraient-ils si un drame de ce genre les frappait ? Laisseraient-ils transparaître leur désarroi ?

Jo Létince le premier s'approcha de Laurence et lui serra la main avec effusion. Tous l'imitèrent. L'émotion palpable balayait l'amertume. Cette nouvelle relation de confiance avec la nonagénaire légitimait les excuses sincères de chacun. L'instant de grâce allait bien au-delà de leur amitié pour David, ils saluaient la noblesse de cœur de Laurence.

Mme Dampeyre avait souvent songé que la vie ne s'était pas montrée tendre avec son demi-frère, pourtant si courageux dans son combat d'agriculteur en difficulté. Si la citation de Nietzsche, « Pour le fort, rien n'est plus dangereux que la pitié », lui traversa l'esprit parce qu'elle correspondait en tout point au tempérament de David, elle n'avait pas le cœur à la formuler. Laurence se leva, vacillante, et un soupir de soulagement gonfla sa poitrine.

– Décidément, il aurait été cruel de vous cacher la vérité. C'est ce que je me suis dit quand vous m'avez restitué mes lettres. J'ai compris la force de l'amitié qui vous unissait, ou bien est-ce David qui m'en a avertie de là-haut ? Votre curiosité maladroite aura eu le mérite de me faire entrevoir combien vous l'aimiez. Si je n'avais pas engagé la démarche de vous recevoir, une tristesse plus grande encore m'aurait hantée.

Après toutes ces émotions, Anaé servit à boire à tout le monde, même si son opinion personnelle sur les quatre larrons ne changeait pas beaucoup : lâche pour Amadeu, misogyne et violent pour le père de Charlie ; quant à Létince et Étienne Dubreuil, ils ne lui inspiraient guère plus de sympathie. Il semblait malgré tout que chacun se réveillait d'un cauchemar. Laurence suggéra d'échanger des souvenirs à propos de l'absent, et la situation aplanie permit aux hommes de mettre de côté leur réserve, et ils burent autour de la mémoire de David, qui n'avait pas eu de bol…

– Pensez à la joie qu'il éprouverait de nous savoir réunis. Après tout, nous étions sa famille ! dit Laurence avant de les inviter à se servir au buffet.

29

Anaé avait glissé un mini-éclair au chocolat dans sa bouche, par gourmandise, en attendant que la rencontre se termine. Laurence n'avait certes pas la faiblesse de croire qu'elle s'adressait à des gens à la moralité exemplaire, mais pour la mémoire de David, elle s'efforçait de leur trouver des circonstances atténuantes et de pardonner. Belle leçon de vie !

– Il fallait le faire, balayer aussi facilement la grossièreté et l'arrogance ! conclut la jeune fille après avoir rapporté à sa mère le déroulement de la confrontation dès qu'elle fut rentrée.

Rosetta était dans sa chambre, vêtue d'un jogging en velours vert. Elle écoutait sa fille rendre compte de cette démonstration de compassion.

– Des défauts, même grossiers, qui n'en a pas ? murmura-t-elle. Toutefois, tu ne m'enlèveras pas de l'idée que l'histoire de David ressemble à une malédiction.

– Une malédiction, je ne sais pas, mais une tragédie c'est certain.

Rosetta se remémora les histoires de Laurence, ces vies si différentes des leurs, qui s'enchevêtraient telles des lianes végétales dans une énergie incroyable autour d'un pré carré. Des secrets d'alcôve par lesquels elle se sentait peu concernée. Elle, qui demeurait un électron libre, relevait à quel point son existence était autocentrée…

– Vous avez donc enterré la hache de guerre, c'est l'essentiel, assura-t-elle. Avec l'âge, les secrets devaient peser plus lourd dans la vie de Laurence.

Une drôle d'expression se peignit sur le visage d'Anaé qui, au sortir de cette confrontation, en avait presque oublié le grand âge de sa cousine. C'était comme si son esprit n'avait jamais vieilli. Dérision et lucidité l'aidaient à triompher des obstacles avec une dignité qui la rendait si attachante. Quant à Rosetta, elle semblait peu désireuse de s'entretenir davantage sur le sujet, son esprit avait d'autres préoccupations qu'elle finit par exprimer :

– Figure-toi que j'ai reçu une nouvelle lettre anonyme, révéla-t-elle, emportée par l'émotion en dégageant le billet, qu'elle avait placé dans l'exemplaire des *Dames galantes* en guise de marque-page. Il me donne rendez-vous à Brantôme…

– Qu'il se dévoile, à la fin !

Le silence se fit, aussi épais qu'un brouillard qui ne laissait filtrer aucune lumière.

– Et qu'est-ce que tu vas faire ? reprit Anaé, regardant sa mère les yeux dans les yeux.

– Je vais y aller.

– Et c'est prévu pour quand ?

– Mercredi prochain !

Cette lettre, de la même veine que les précédentes, emplie d'admiration et de compliments envers Rosetta, irrita Anaé. Elle poussa un soupir éloquent tant elle souhaitait le dénouement rapide de cette affaire. Pour finir, elle se contenta de croiser les doigts pour que cet admirateur secret ne soit pas assez stupide pour lui poser un second lapin. Elle devinait l'espoir flou et informulé que sa mère projetait dans ce rendez-vous. Cet inconnu la stimulait par son empressement. Sournoisement, la solitude et la morosité avaient tant oppressé sa vie que ces mots-là, malgré leur maladresse, recélaient un important pouvoir de séduction.

– Tu as raison de prendre ce risque, maman. Et puis, on ne sait jamais, s'il a un peu du raffinement qu'il cherche à mettre dans ces billets, il gagne peut-être à être connu ?

Rosetta acquiesça avec un franc sourire. Anaé était devenue une vraie jeune femme, délicate et intuitive, remarquée par ses professeurs. Après le bac (elle y pensait déjà beaucoup), elle envisageait d'intégrer une prépa HEC, où elle aurait toutes les chances de s'épanouir. Si son dossier était accepté, elle quitterait le nid. Son père avait promis, le cas échéant, de lui louer un studio à Paris, proche du lieu où il vivait désormais avec sa nouvelle compagne. Enfin il se décidait à la soutenir financièrement

La jeune fille tourna vers Rosetta son regard clair.

– En tout cas, je n'imagine aucun de ces quatre larrons t'adresser ces billets anonymes. Ils sont dans le combat, focalisés sur les priorités agricoles. Ils se sentent responsables de l'avenir du monde rural et personne n'entend leurs maux. Crois-moi, l'énergie qui leur reste, ils la déploient dans la survie du quotidien, pas dans des lettres d'amour.

– Tu les connais mieux que moi !

– Je laisse surtout traîner mes oreilles, sourit-elle.

*
* *

Par l'une de ces journées de grand soleil où l'herbe mouillée embaumait le renouveau, Grin-Grin, Anaé et Charlie s'étaient retrouvés en contrebas de falaises vertigineuses, aux abords d'une rivière aux accents sauvages, pour un pique-nique en l'honneur de l'anniversaire du fils de l'épicier. Cette attention à l'initiative de ses amies le bouleversait, d'autant que personne dans sa vie ne le lui avait jamais fêté. Pour l'occasion, il était passé chez le coiffeur, avait troqué son habituel tee-shirt informe contre une chemise en popeline à col évasé, bref, il ressemblait à un homme au cœur allégé de la peine qui l'avait longtemps oppressé.

Il était tout juste midi. Sous une bouffée d'air frais, Anaé, pressée d'immortaliser l'instant avec son smartphone, avait passé les doigts dans sa crinière ébouriffée aux boucles frivoles et s'était rapprochée de Charlie, tandis que Grin-Grin, posté derrière elles, faisait le pitre, fier comme un coq. Anaé posta la photo sur son compte Insta, aussitôt partagée par Charlie.

– Ah, ça va jaser ! On fait des envieux, déclara Charlie, consciente de ce qu'Anaé inspirait de convoitises.

Elle coinça une mèche rebelle derrière son oreille et jeta son sac à dos en toile sur l'épaule de sa veste en jean. La brunette afficha une moue désabusée. Elle eut un claquement de langue significatif et se cramponna aussi sec au bras de Grin-Grin comme à sa garde rapprochée.

– Je te signale que les épreuves anticipées du bac sont dans huit jours, alors les histoires de drague, très peu pour moi…, glissa Anaé à l'intention de Charlie en levant les yeux au ciel.

– Bac ou pas, on s'en fiche ! Toi, personne n'a besoin de te rappeler à l'ordre, tu ne reçois que des éloges. Le diplôme ne sera qu'une formalité l'an prochain, avant le grand plongeon dans les études supérieures. Pour moi, en revanche, le chemin risque d'être un peu plus chaotique…

– Par pitié, Charlie, tu m'as prouvé que tu es très capable si tu t'en donnes la peine, répliqua Anaé sans lâcher le bras de Grin-Grin, déjà engourdi par le lourd panier de pique-nique en osier. Mais pour l'instant, profitons ! suggéra celle qui ne songeait qu'à admirer le paysage rehaussé par son fier donjon au-dessus de la vallée et l'allégresse de ses fleurs printanières, tout en jouissant de la compagnie de ses amis dont la présence comptait plus que tout au monde.

À l'ombre d'un chêne centenaire, ils déroulèrent un grand plaid sur l'herbe douce constellée de pâquerettes.

Les filles s'installèrent en tailleur comme des princesses gâtées, le visage offert au soleil, laissant Grin-Grin déballer le contenu du panier.

– J'aimerais que notre amitié ne faiblisse jamais, confia Anaé, un brin de solennité dans la voix, en joignant les mains sur son cœur. Auprès de vous deux, je me sens en sécurité. Quand je suis arrivée en Périgord, je sombrais et vous m'avez rattrapée à temps.

Elle pensa aussi que leur spontanéité un peu primitive la rapprochait de l'insouciance salvatrice de l'enfance, mais elle ne le leur avoua pas. Anaé lut l'approbation dans leur regard. De la même manière, elle avait contribué à les extirper de leur malaise respectif pour qu'ils puissent enfin percevoir la vie sous un nouveau jour. Charlie étudiait mieux. La fac à Bordeaux serait envisageable si elle obtenait une bourse pour couvrir une partie de ses frais de scolarité. Bien qu'indolent, Grin-Grin, sorti de sa déprime et de son addiction à la bière, était également bien décidé à ne plus se laisser dicter sa vie. Il déballa les tomates, la mortadelle, le pain, la mayonnaise et les bouteilles de soda citron, ravi de se montrer utile, tout en sifflotant la chanson de Nino Ferrer *Les Cornichons*. Il avait même prévu la salade iceberg pour mettre dans les sandwichs ainsi que des amandines à la poire achetées dans la meilleure pâtisserie de Périgueux.

– Nous nous sommes construits ensemble, s'attendrit Charlie. Car je ne veux pas dire, mais nous devons tous les trois faire avec les défaillances de nos pères respectifs, qu'ils soient toxiques ou absents, c'est selon, dit-elle en consultant tour à tour Anaé et Grin-Grin.

Les images se succédèrent dans leur esprit tels des instantanés ; Charlie venait de toucher un point sensible.

– Certains paient des psys pour ça ! acquiesça Anaé qui, bien qu'elle eût récemment renoué une relation plus sereine avec son père, ne savait pas à quoi s'attendre malgré les promesses.

– C'est vrai en plus ! s'esclaffa nerveusement le fils de l'épicier, qui se reconnaissait lui aussi dans sa relation catastrophique avec le père.

Grâce à ses amies, il ne ressentait plus de honte mais le privilège inouï d'être compris et apprécié pour ses qualités.

– En amitié, les choses vont de soi quand on marche ensemble avec un plaisir partagé. On s'écoute, on ne se juge pas, ajouta Charlie en remplissant les gobelets de soda, avec lesquels ils trinquèrent à l'anniversaire de Grin-Grin.

– J'ai une annonce à vous faire, murmura le jeune homme d'un ton solennel. J'ai pris une décision, je refuse de continuer comme ça. Si je ne fais rien, mon père va bousiller ma santé mentale, assura-t-il tout en tranchant la baguette de pain aux graines. Quand je suis utile, on me traite avec considération et je me sens mieux. J'ai constaté au fil de mes tournées à quel point la population vieillissante, en situation de handicap ou de dépendance, souffre de l'isolement et du manque d'écoute. Ça m'a fait ouvrir les yeux sur ce que je veux au fond de moi, ajouta-t-il en guettant l'approbation de ses interlocutrices. J'ai redéfini mes choix de vie et j'entame une formation d'aide-soignant... De toute façon, mon père ferme boutique.

Anaé applaudit, aussitôt imitée par Charlie.

– Tu as raison de faire confiance à la vie. L'espoir, c'est du sérieux ! le félicita Anaé, emplie d'admiration.

Grin-Grin en perdit le fil de ses explications. Il n'avait encore jamais vu un sourire pareil, ce qui ne l'empêchait pas de rester lucide sur les efforts nécessaires à sa reconversion. Heureusement que Charlie combla le blanc qui venait de s'installer :

– C'est tellement beau de rendre un peu de dignité à ceux qui en ont besoin. Être capable d'une communion aussi forte avec les gens, moi je dis chapeau.

– Les filles, vous m'avez sauvé de ma léthargie, conclut-il, visiblement ému.

– On se sauve avant tout soi-même, j'en suis convaincue, certifia Anaé en jonglant avec une tomate et une feuille de salade qu'elle tentait de caler sur son pain.

Quelques cumulus s'effilochèrent dans le ciel bleu. Les trois amis se lancèrent dans une bruyante discussion, gaie et légère, tout en appréciant le pique-nique. Ils voulaient simplement vivre leur vie sans un nuage toxique au-dessus de leurs têtes, se laisser emporter dans le tourbillon de l'existence.

Charlie reçut un texto trouble-fête et Anaé comprit, à la façon dont elle croisa les mains derrière sa tête et ferma les yeux après en avoir pris connaissance, que son estomac venait de se nouer.

– Que se passe-t-il ? s'inquiéta-t-elle.

– C'est mon père… Il entre de nouveau dans la contestation agricole avec Jo Létince et Étienne Dubreuil. Ils préparent un barrage pour lutter contre les accords de libre-échange. Je dois aider à rentrer les bêtes, ma mère est toute seule, elle ne s'en sort pas… Moi aussi, il faut que je l'obtienne, ce fichu bac. Ce sera ma meilleure chance de me barrer de ce trou. Je n'en peux plus.

Solidaires, ils se dépêchèrent de finir leur repas. Au fond, tout le monde était d'accord pour soutenir la Coordination rurale, née du refus de la politique agricole commune. Autour de l'amandine à la poire, on reparla du travail à la ferme si mal rétribué, de ces réformes nécessaires à propos des normes imposées par ceux de Bruxelles, que Charlie n'hésitait pas à qualifier de fossoyeurs de la paysannerie. Sur ce sujet, elle était intarissable, à tel point qu'Anaé dut l'interrompre pour tendre à Grin-Grin un paquet-cadeau dont il mit un petit moment à dénouer le ruban.

Il fit bruire le papier de soie écrue. « L'ouvrir, c'est déjà un grand plaisir », déclara-t-il. À l'intérieur, il découvrit un porte-clés porte-bonheur composé d'un trèfle à quatre feuilles qu'elles avaient choisi dans une boutique de Périgueux. Il en aurait pleuré d'émotion…

30

Rosetta avait revêtu une robe en crêpe mirabelle aux imprimés minimalistes, encolure en V et ceinture drapée. La saison permettait des sandales tressées. Elle laissa libre cours à son inspiration pour le maquillage, appliqua le fard à joues sur l'os zygomatique, un dégradé irisé de brun autour des cils rehaussés de mascara, ourla sa bouche d'un coup de crayon, ajouta un soupçon de gloss sur les lèvres, qu'elle estompa du doigt pour ne pas trop en faire. « La totale », aurait dit sa fille. Elle grimpa dans sa voiture en riant d'elle-même, habitée d'une sorte d'intuition que cette fois-ci serait la bonne. Ponctuelle comme un horloger suisse, elle atteignit les bords de la Dronne, abandonna la Toyota sur un parking et longea à pied la courte distance qui la séparait du lieu de rendez-vous. Elle ne se lassait pas de contempler ce panorama qui changeait au gré des nuages et des saisons : d'un côté, la falaise troglodytique; de l'autre, les demeures anciennes ayant échappé à la course à la modernité. Elle avança, hésitante, parmi les senteurs capiteuses de la végétation, jeta un coup d'œil oblique en direction du parvis de l'abbaye chère au mémorialiste Pierre de Bourdeilles. À part une dame qui s'escrimait à mettre la laisse à son teckel, elle ne remarqua rien de particulier. Placide, elle se contenta de s'asseoir sur l'une des bornes décoratives, aux premières loges pour attendre l'amoureux putatif. À peine s'était-elle mise à fredonner une chanson qu'un léger tapotement sur son épaule, semblable à une caresse affectueuse, la fit tressaillir. La terre chancela. Elle se redressa en se retournant, et se retrouva face à un grand type dégarni au parfum suave, qu'elle n'avait pas vu venir. Un visage glabre au regard myosotis, empreint de hardiesse. Au-delà du rictus sur ses lèvres fines et pâles qu'elle remarqua tout de suite, elle eut du mal à lui donner un âge ; d'ailleurs, elle n'y pensa même pas. Tous deux sous le choc, ils eurent un instant le souffle coupé, surtout Rosetta.

– Il fallait que cela finisse par arriver, non ? balbutia-t-il en s'inclinant avec un sourire de soulagement.

– Vous aviez un net avantage sur moi : celui de savoir ce à quoi je ressemblais !

– Je vous l'accorde... Merci de votre confiance, déclara-t-il alors que le grand saut semblait vertigineux autant pour l'un que pour l'autre.

Il déclina son identité : Alain Sebag, et lui proposa de grignoter un morceau. Rosetta enchaîna quelques regards à la dérobée, dévorée de curiosité à son endroit et paradoxalement peu encline à le questionner tandis qu'ils s'avançaient vers une enseigne avec pignon sur rue pour s'installer en terrasse.

– Laissez-moi vous dire, Rosetta, que vous risquez d'être sacrément surprise, prévint-il en inclinant la tête pour mieux l'admirer. Tout est parti de votre action méritoire, cette lettre que vous avez adressée au rectorat, à propos de la souffrance d'Anaé, du harcèlement de Jordi… Eh bien, figurez-vous qu'elle est tombée entre mes mains.

Rosetta réfléchit aux questions insolubles qui l'avaient assaillie au sujet de cette lettre restée sans réponse. Les mots se dérobaient.

– En tant que conseiller du recteur de l'académie, cette situation délicate sur laquelle vous nous sensibilisiez m'a donné envie de mener ma petite enquête afin de savoir qui se cachait derrière cette requête, fit-il en savourant son étonnement.

Une vague lueur amusée traversa le regard de Rosetta, loin de s'attendre à pareille révélation.

– Et… il s'agit d'une procédure habituelle ?

– Non, répliqua-t-il sans détour en passant une main nerveuse sur son visage. Je préfère me montrer honnête. J'ai senti à quel point vous affrontiez une tempête à ce moment-là. Pardonnez ma franchise, vous m'êtes apparue un peu dépassée par l'éducation de votre fille Anaé, une élève brillante avec ses deux longueurs d'avance. Plutôt douce, certes, mais un caractère affirmé et un comportement de jeune adulte qui laisse entendre qu'elle peut en revendiquer les droits.

Méfiante, Rosetta fronça les sourcils sans l'interrompre, se doutant qu'il avait mûri son approche. Elle analysait ses mots en se pinçant le menton, intriguée.

– Dites quelque chose, l'implora-t-il.

– Si vous saviez avec quelle impatience j'attends la suite !

Une sensation un peu inconfortable le gagna, et il reprit d'une voix mal assurée :

– Je ne vais pas prolonger la torture. À l'époque, vous étiez fraîchement licenciée de cette compagnie aérienne, j'ai compris votre cri d'alerte pour dénoncer la souffrance de toutes les jeunes filles victimes de harceleurs, bien que vous ne soyez pas du genre à militer dans les associations féministes, n'est-ce pas ?

– En effet, je n'ai pas l'âme d'une militante ni aucune appétence pour la chose publique, même si je pense qu'il faut revoir les bases de notre société dans le respect et l'harmonie.

– Je sais que vous prêchez pour la paix émotionnelle, et nous nous rejoignons sur ce point. J'ai également appris que, côté sentiment, vous aviez été pas mal refroidie, si je puis dire…

Elle sourit en constatant combien il l'avait passée au crible, mais elle ne s'offusqua pas de ses derniers propos, tout du moins pas en apparence. Il lui fallait pourtant admettre qu'ils avaient remué le couteau dans la plaie.

– Vous étiez sur le point de déménager pour le Périgord au moment où j'ai voulu vous connaître, et curieusement, c'est aussi ma patrie. Des racines peuvent être une main tendue ou tout le contraire, cela dépend ce que l'on en fait. Pour moi, pas question de renier mon héritage. Cela étant, Périgord ou pas, mon attention s'était déjà focalisée sur vous.

Il s'interrompit, sonda sa mine en s'interdisant le moindre dérapage, craignant de passer pour un beau parleur. Elle se gratta le cou et remballa ses mots. Après tout, c'était à Alain de s'expliquer !

– Et mon cœur me clamait haut et fort que je devais insister. J'avais peur de me montrer balourd en me rapprochant de vous à ce moment-là, et j'ai voulu casser les codes au travers de ces billets un peu directs. Je ne voulais pas non plus vous assommer avec des figures de rhétorique. J'avais compris que pour vous, la solitude est un Graal. Je vous trouvais… (il s'interrompit, hésitant et troublé)… courageuse, entreprenante, conclut-il d'une voix douce en posant sur elle son regard admiratif.

– Pourquoi pas m'attribuer la médaille du Mérite pendant qu'on y est ! En même temps, vos propos sont un peu intrusifs, non ?

– Ne le prenez pas comme ça, Rosetta. Je voulais en venir au fait que j'ai pointé tellement de qualités chez vous, alors que de mon côté je n'avais aucune solution concrète à vous apporter, à part un peu de gentillesse qui n'aurait servi à rien.

– Vous croyez ? On a toujours besoin d'empathie dans les moments difficiles, soutint-elle tandis que s'imposait à son esprit cette période compliquée où elle ruminait, pétrie de doutes.

Il poussa un profond soupir, jeta un coup d'œil vers le serveur occupé avec des touristes et poursuivit :

– Ce n'est pas aussi simple que vous le dites, vous le savez bien… et je n'étais pas sûr que vous puissiez compter sur moi.

Elle riva sur lui un regard interrogatif. Les phrases d'Alain sonnaient juste comme les notes d'un piano bien accordé. Elle sentit qu'il aimait les secrets et elle s'en amusa intérieurement.

– Dès réception de votre lettre à l'académie, j'ai établi un rapport détaillé, mais vu la lenteur de l'administration et la fragilité de l'exécution des sentences… je vous laisse imaginer la suite, d'autant que votre situation n'est pas un cas isolé. Je ne vous apprendrai rien en affirmant que les harcèlements en tous genres sont légion.

Il baissa les yeux et marqua un silence. Rosetta ne fit aucun commentaire, elle attendit en décelant chez Alain une trace de timidité, ce qu'elle avait toujours aimé chez les hommes.

– Si vous prenez des décisions pour faire appliquer des mesures punitives strictes, vous vous confrontez à d'autres délégués académiques en désaccord avec vos méthodes. Ils n'hésitent pas à s'opposer à vos choix… Les difficultés relationnelles s'accumulent, les conflits s'enveniment, mais le problème, lui, est toujours là.

Elle acquiesça discrètement. *Quel sac de nœuds.* La tête lui tournait un peu. Tandis qu'elle détaillait son visage doux où elle lisait une gêne enfouie, elle ne pouvait s'empêcher de penser qu'il était du genre à équilibrer le cœur et la raison. D'ailleurs, elle devina qu'il n'aimait pas tant parler de lui, loin de cette impudence du bateleur, ou peut-être n'était-ce qu'une parade ? Pendant ce temps, lui guettait les changements d'état émotionnel de Rosetta, qui après avoir digéré tout ce qu'il venait de lui raconter, demanda :

– Comment ne vous est-il pas venu à l'esprit que vos lettres anonymes risquaient de m'angoisser ?

– Je vous testais, Rosetta, tout en gardant mes distances, et j'espérais que vous n'étiez pas du genre à abdiquer à la première incompréhension…

Elle le dévisagea en comprenant qu'il aimait le défi et ne put retenir un petit rire de dérision.

– Votre humour m'enchante autant que votre aplomb et vos bonnes dispositions naturelles. Votre énergie vient de loin, Rosetta. Si je puis me permettre, je ne vous imagine pas parier sur ces nouveaux gourous de l'épanouissement avec leurs méthodes de coaching ou de développement personnel dont on nous abreuve à tour de bras. Vous vous êtes sauvée vous-même !

Sans doute la flattait-il un brin, mais, même si elle se reconnaissait dans ce portrait, elle n'en tirait aucun sentiment d'exultation.

– Et puis, admettez-le, mes lettres ne vous ont pas tant rebutée puisque vous êtes venue jusqu'ici. Il ne vous aura pas échappé que je suis sensible à la littérature en général, et celle du Périgord en particulier. J'ai d'ailleurs été heureux de constater combien vous vous intéressez aux œuvres contenues dans la riche bibliothèque de Laurence, votre cousine. Je me rappelle combien j'aimais flâner dans les rayonnages de la librairie qu'elle tenait à Périgueux. Étant donné que vous détestez l'affaissement du langage d'aujourd'hui, j'ai choisi de m'inspirer de célèbres auteurs classiques pour vous écrire, certain que vous y seriez sensible et en extrapoleriez l'honnêteté de mes intentions.

– Comment vouliez-vous que j'analyse la morale qui se cachait derrière vos actes ? L'adage dit bien que l'enfer est pavé de bonnes intentions ! sourit-elle. Dans ces billets, je voyais une manière de revendiquer votre côté fantasque.

– Un point pour vous. J'aime que vous réagissiez ainsi. Vous vous êtes montrée patiente et indulgente. Vous ne vous imaginez pas combien j'ai paniqué le jour de notre rendez-vous manqué à Bergerac.

– Je suis tout de même entrée dans une colère noire. Je me demandais si j'avais affaire à un cinglé ou si on me prenait pour une imbécile !

– C'est bien légitime… Plus sérieusement, des grèves ont contrarié mes plans ce jour-là. Je n'ai pas pu me déplacer et je l'ai regretté sur le coup, mais à bien y réfléchir, je n'étais pas tout à fait prêt à vous rencontrer.

– Pourquoi donc ? s'enquit-elle en déchiffrant une forme d'hésitation sur ses traits, un brin de scrupule comme si l'avis qu'elle se ferait de lui dépendait de ce qu'il allait annoncer.

– Je ne me sentais pas encore capable de dépasser ce malaise inavouable, ce vertige, cette peur de vous décevoir…

– Ce qui n'est plus le cas aujourd'hui ?

– J'ai senti que le moment était venu, comme un vide qui invite à vous lancer.

– Je pars du principe que l'univers nous envoie des signes qu'il convient de saisir, statua-t-elle en lissant ses cheveux entre ses doigts. J'ai décelé dans vos lettres une lumière qui a su percer ma coquille.

Il fixa sur elle un regard bienveillant.

– Désormais, j'ai fini ma carrière et j'ai depuis longtemps perdu mes illusions. Les préconisations hors sol, les réformes successives de l'Éducation nationale, les valeurs de la République qui ne sont plus défendues comme elles le devraient… La société diffère de ce que j'ai connu au début de ma vie professionnelle, vous vous en doutez. Croyez-moi, on ne tape pas aussi facilement dans la fourmilière, même si, et nous sommes d'accord dans le cas de votre fille, tout a débuté par du cyberharcèlement qui aurait dû être pénalisé.

En dépit du renoncement, le feu perçait dans sa voix, un mélange de ténacité et de détermination. Sa façon d'être correspondait au ton de ses billets laconiques et elle en était d'autant plus troublée. Un sourire se dessina sur les lèvres de Rosetta tandis qu'elle se remémorait le petit mot déposé sur son pare-brise le jour de la fête médiévale où ils s'étaient peut-être croisés.

Elle l'observa intensément en repensant que la calligraphie penchée et régulière de ses missives ressemblait à un corps incliné au-dessus d'une rambarde qui meurt d'envie d'aller voir plus loin, jusqu'où ce fracas amoureux pourrait l'entraîner. Mais elle avait bien l'intention de garder cette réflexion pour elle. En dernier ressort, elle changea de sujet pour dissiper l'embarras qui l'avait gagnée.

– Tout à l'heure, vous me parliez de Jordi, où en est cette histoire ?

– Il a été blessé dans un accident de la route. Il conduisait sous l'emprise de stupéfiants.

– Grave, cet accident ? l'interrompit-elle.

– Suffisamment pour le tenir hors d'état de nuire pendant un bon bout de temps. Malheureusement, son irresponsabilité a causé la mort de plusieurs personnes, lâcha-t-il gravement.

Elle en resta bouche bée. Elle parvenait à peine à y croire.

– Je l'avais rencontré avant cet accident. Je n'irais pas jusqu'à dire que j'ai fait tomber le masque, mais j'avais compris qu'il agissait avec votre fille selon son *modus operandi* habituel, qu'il se considérait comme une victime et ne vivait qu'à travers ses trafics. Un manipulateur du genre à faire porter la responsabilité de ses émotions sur autrui, qui recourt au chantage affectif avec ceux de sa bande, des drogués comme lui…

– Ce portrait confirme ce que j'avais en tête, quant aux conséquences de son comportement envers ma fille, elles ne se comptent plus. Anaé a beaucoup de mal à s'en remettre, elle vit dans le rejet du sexe opposé, même si, à la voir, rien n'y paraît. Cette situation a sans doute renforcé la complicité qui nous unit, d'autant que ses rapports avec son père ont longtemps été détestables. Il semblerait qu'ils s'améliorent. Richard cherche à rétablir leur relation, mais… vous savez, on ne sait jamais vraiment avec les hommes comme lui…

Alain l'observa sans formuler de remarque. Des pensées inavouables surgissaient dans son imagination, redoublant la nécessité de se confier à son tour.

– De mon côté, je suis veuf depuis bientôt dix ans et fraîchement de retour en Périgord. Ici, nous sommes vus comme des citadins exilés dans une campagne de faible densité, n'est-ce pas ? Mais on s'en fiche, la nature vient à nous et nous comble de bonheur !

Elle acquiesça avec une amorce de sourire, et une pluie d'été se mit à tomber. Ils étaient au sec sous les grands parasols de la terrasse. L'eau ricochait sur la toile, imitant le bruit des coups de bec d'un oiseau dans un tronc, de plus en plus rapproché. Dans la rue déjà désertée s'étaient formées de petites rigoles. La soudaine baisse de température incita Alain à lui proposer sa veste, elle refusa et resserra ses bras croisés sur sa poitrine. Cet instant la précipita dans un vertige. Son silence disait à Alain qu'il fallait la laisser aller à son rythme, lui donner l'envie de le connaître mieux, sans prétendre lui imposer quoi que ce soit. Elle s'en livra avec tact et pertinence :

– J'aimerais vous découvrir tel que vous êtes et non tel que j'aimerais que vous soyez. Je refuse de m'aveugler, vous comprenez ?

La logique de Rosetta se décryptait aisément, car seul le temps brosserait le vrai portrait de chacun. Néanmoins, cette soif d'amour à étancher existait bel et bien. *Faites-vous apprécier*, semblait-elle lui glisser tout bas alors que ses yeux à lui riaient, laissant entendre combien la vie était douce à ses heures.

Rosetta se trouvait déjà face à suffisamment d'évidences pour y croire encore, et la sensation persista bien après qu'elle fut rentrée chez elle, épuisée mais satisfaite et pressée de revoir Alain.

Anaé fut soulagée d'apercevoir la Toyota s'immobiliser dans le parc. Elle discerna à l'expression de sa mère que l'anxiété s'était évaporée. Le son apaisé de sa voix la rassura au fur et à mesure qu'elle lui révélait l'essentiel de sa rencontre avec Alain et des raisons qui l'avaient retenu de se dévoiler plus tôt. Anaé répondit par un sourire, emportée dans le même flux de joie que Rosetta qui clignait les paupières, plongée dans un abîme de lumière. Dans ce sillage de promesses et cette sauvage détermination de renaître à l'amour, le ressac de la vie semblait telle une main tendue vers l'avenir.

Postface

Ce roman est l'histoire d'un temps qui a permis à mes personnages de sonder les replis mystérieux de leur conscience, de trouver l'élan vers leur vérité. La voie de chacun s'est dessinée, forte et résolue. J'aimerais que l'imagination du lecteur achève le voyage et pressente les trésors inconnus que le destin leur réserve, avec cette étincelle increvable, l'espoir !

Parmi les documents consultés

Le Quartier des « Rues Neuves ». Périgueux, Michel Dupuy, Feuille à Feuille Édition, 2023.

Patrimoine de pays en Périgord, C.A.U.E. (Conseil d'architecture, d'urbanisme et d'environnement) de la Dordogne, C.A.U.E. Dordogne, 2000.

Être femme en Périgord au XIXe siècle, Miton Gossare, l'Hydre, 2001.

L'Agriculteur et le peuple, Jean-Claude Deltreuil, Sydney Laurent Éditions, 2020.

Les Maisons périgourdines, Christian Pénicaud, CPE, 2010.

Paroles et recettes de ma grand-mère périgourdine, Christiane Daussy, Cheminements, 2007.

Périgueux de a à z, Alberte Sadouillet-Perrin, Jean Secret, P. Fanlac, 1978.

Petite histoire de Périgueux avec l'origine de ses places et de ses rues, Robert Benoît, Pyrémonde, 2006.

Brantôme à jamais, Mariane Duché, Virmouneix-Thiviers, 1982.

Les Dames galantes, Brantôme, Folio classique, 1981.

Les Essais, Michel de Montaigne, Gallimard, 2009.

Cyrano de Bergerac, Edmond Rostand, Librio Théâtre, 2024.

Le Moulin du Frau, Eugène Leroy, Sud-Ouest Littérature, 2007.

Angéline, Michel Jeury, Robert Laffont, 2004.

« En Périgord, la fraise dans tous ses états », Hervé Chassain, *Sud-Ouest*, 29/06/22.

Le Guide Dordogne-Périgord, collectif, Fanlac, 1993.

« La goûteuse fraise du Périgord », Christiane Wanaverbecq, *Les Échos*, 2/08/11.

« La fraise en Périgord – Les chiffres clés », espritdepays.com

Le site de la chambre d'agriculture de Dordogne.

Collection
TERRITOIRES

Jean ANGLADE
Une vie en rouge et bleu
Le Dernier de la paroisse
Le Choix d'Auguste
Le Sculpteur de nuages
Les Cousins Belloc
Le Grand Dérangement

Sylvie ANNE
Le Gantier de Jourgnac
La Maison du feuillardier

Sylvie BARON
Un été à Rochegonde
Les Ruchers de la colère
L'Auberge du pont de Tréboul
L'Héritière des Fajoux
Rendez-vous à Belinay
Terminus Garabit
Un coin de parapluie
Une Miss pas comme les autres
Des noces en or

Jean-François BAZIN
Les Raisins bleus
Le Clos des Monts-Luisants
Le Vin de Bonne-Espérance
Les Compagnons du grand flot
Le Maître de la lumière
Le Dernier Tonnelier

Sarah BELL
Le Chant des reines

Henriette BERNIER
Le Baron des champs

Jean-Baptiste BESTER
L'Homme de la Clarée
Plus près des anges
Les Amants de Sainte-Catherine
Meurtre au pont du Diable

Françoise BOURDON
Le Moulin des Sources
Le Mas des Tilleuls
La Grange de Rochebrune
Retour au pays bleu
Le Fils maudit
Les Sentiers de l'exil
Les roses sont éternelles
Le Maître du Castellar
Le Secret de Belle Épine
Pour oublier la nuit

Édouard BRASEY
Les Lavandières de Brocéliande
Les Pardons de Locronan
La Sirène d'Ouessant
L'Affaire Cabre d'or
Le Domaine des oliviers
Les Fils du patriarche

Patrick BREUZÉ
Les Remèdes de nos campagnes
La Valse des nuages
L'Étoile immobile
Mon fils va venir me chercher
La Montagne pour refuge
Versant secret
Les Buveurs de ciel

Nathalie de BROC
La Vallée des ambitions
La Robe pourpre

Michel CAFFIER
Corne de brume
La Paille et l'osier
Les Étincelles de l'espoir

Anne Courtillé
La Tentation d'Isabeau
Le Gaucher du diable
Les Damoiselles de Clermont

Annie Degroote
Les Racines du temps
D'infinies promesses

Jérôme Deliry
Une rivière trop tranquille
L'Héritage de Terrefondrée
La Maraude

Raphaël Delpard
L'Enfant sans étoile
Pour l'amour de ma terre
L'Enfant qui parlait avec les nuages
Le Courage de Louise

Alain Dubos
La Mémoire du vent
La Corne de Dieu
Le Dernier Combat du Dr Cassagne

Élise Fischer
Les Noces de Marie-Victoire
Je jouerai encore pour nous
Villa Sourire
L'Étrange Destin de Marie
Le Jardin de Pétronille
Aux Deux Hirondelles
Les Femmes des terres salées
La Promesse du sel
Le Vin de Pâques
Marionnettes d'amour
Là où renaît l'espoir
Tous au théâtre
Les Silences de Jeannette

Emmanuelle Friedmann
Le Rêveur des Halles
La Dynastie des Chevallier
L'Orphelinat
La Faute des autres

Alain Gandy
Les Cousins de Saintonge

Gérard Georges
Une terre pour demain
Le Destin des Renardias
Le Bal des conscrits
Mademoiselle Clarisse
Anatole, fils de personne
La Mésangère

Georges-Patrick Gleize
La Fille de la fabrique
Pas plus tard que l'aurore
Le Serment des oliviers
Le Vent de la jeunesse
Quelques pas dans la neige
Les Noisetiers du bout du monde
Le Crépuscule des Justes
Même les pierres ont une histoire
La Montagne des autres
Coupe rase
La Dernière Traque
Comme une odeur de gentiane

Yves Hughes
Et meurent les marionnettes

Yves Jacob
Sous l'ombre des pommiers
Le Silence de Justine

Corinne Javelaud
L'Ombre de Rose-May
Les Petits Papiers de Marie-Lou
L'Odyssée de Clarence
Les Fantômes de Marianne
Les Carnets de Laurel

Guillemette de LA BORIE
La Dernière Héritière
Le Portrait disparu

Hélène Legrais
L'Ermitage du soleil
Les Héros perdus de Gabrielle

Les Ailes de la tramontane
La Guerre des cousins Buscail
Les montagnes chantaient la liberté
Ceux du Château, ceux du Moulin
Trois gouttes de sang grenat
Les Anges de Beau-Rivage
Le Bal des poupées
Le Front dans l'azur
Nous étions trois
Le Cabanon à l'étoile
L'Alchimiste de Sant-Vicens
La Ballade d'Amélie
D'une rive à l'autre

Philippe LEMAIRE
Rue de la Côte-Chaude
L'Enfant des silences
L'Oiseau de passage
La Mélancolie du renard

Éric LE NABOUR
Retour à Tinténiac
La Louve de Lorient
À l'ombre de nos larmes
La Frondeuse
Cécile et les Beaujour
Comme une aube fragile
La Ferveur

Alfred LENGLET
Du poison dans les veines
Jeux mortels en hiver
Temps de haine
Cœurs de glace

Jean-Paul MALAVAL
L'Or des Borderies
Soleil d'octobre
Les Noces de soie
La Villa des térébinthes
Rendez-vous à Fontbelair
La Folie des Bassompierre
Chronique des Strenquel
La Bastide aux chagrins
Les Sœurs Querelle
Les Larmes de la pinède
La Belle Étrangère
Adélaïde au bord de la falaise
Les Gens de Combeval
La Souveraine en son domaine
Un si joli mariage
Rue de la Fontaine-Bleue
Un cœur solitaire dans une maison trop grande
Un été sous les tilleuls
La Vallée des eaux amères
L'Héritière des sables fauves
Par un étrange été à Marteline
Sous une mauvaise étoile

Antonin MALROUX
La Promesse des lilas
La Cascade des loups
La Pierre marquée
L'Homme aux ciseaux d'argent
Les prés refleuriront
Fenêtre sur village
Marie des Adrets
L'Espoir de belles aurores
Le Pain de paille
Le Cœur de mon père
Le Charpentier du paradis
Un soleil pour chaque jour
L'Académicien de juillet
Juste en dessous du ciel

Charlotte MONÉGIER
Ne t'inquiète pas des tempêtes

Jean-Luc MOUSSET
L'Enfant des labours
Le Secret de Neige

Sophie MUFFAT-MÉRIDOL
L'Homme au bouquet
La Vérité qu'elle mérite

Sylvie PÉRENNE
Âge d'orage

Michel PEYRAMAURE
La Terrasse

Brigite PIEDFERT
Deux Grains de sucre, un soupçon de secret
Tu seras princesse de Tarragone
La Dame d'Alvimare

Frédéric PONS
Les Pèlerins du diable

Agathe PORTAIL
L'Année du gel
Piqûres de rappel
De la même veine

Nicole PROVENCE
Le Secret d'Aiglantine

Joël RAGUÉNÈS
La Maîtresse de Ker-Huella
La Dame de Roz Avel
La Sirène du port
Les Trois Saisons de la vie
L'Or du lin
Les Vies de Jeanne
Pêcheurs du bout du monde
Les Derniers Seigneurs de la mer
La Salamandre de Trévarez
Yann, saint-bernard de la mer
Lady Mond

Florence ROCHE
La Terre des Falgères
L'École du lac
La Réfugiée du domaine

Élisabeth SEGARD
Une certaine idée du paradis
Un futur presque parfait
Chou fatal

Geneviève SENGER
La Maison Vogel
L'Enfant de la Cerisaie
La Dynastie des Weber
Les Jumeaux du val d'amour
La Promesse de Rose
Les Bellanger
La Dame des Genêts
L'Or de Salomé
La Terre originelle
Le bonheur est au fond des vallées
La terre était si bleue
Une maison à elles

Jean SICCARDI
La Source de saint Germain
Le Maître du diamant noir
L'Ivresse des anges
L'Auberge du gué
Gaston des vignes
La Chapelle des Templiers
Le Dernier Faiseur d'or
Le Carnet Gris

Bernard SIMONAY
L'Or du Solognot
Le Marais des ombres
Meurtres d'outre-tombe

Valériane TARONT
Fenêtre sur jardin
L'Arbre aux chiffons

Jean-Michel THIBAUX
L'Olivier du diable
Le Maître des bastides
Le Rappel du tambour

Katia VALÈRE
Après la nuit vient l'aube

Brigitte VAREL
Le Secret des pierres

Louis-Olivier VITTÉ
La Guérisseuse de Peyreforte
Là où coule une rivière

Le Secret de Tire-Lune
La Statue engloutie
La Dame des vignes hautes
La Femme qui voulait voir la mer
Petit Jean

Colette VLÉRICK
L'Enfant sur le pont
Un air de liberté
La Nacre des abers
Dans la lumière de Pont-Aven
Rêve d'indiennes

Composé et mis en page par Belle Page

Achevé d'imprimer en avril 2025
par CPI BUSSIÈRE (18200 Saint-Amand-Montrond)
pour le compte des Éditions Calmann-Lévy
21, rue du Montparnasse, 75006 Paris
commercial@calmann-levy.fr

PAPIER CERTIFIÉ

CALMANN LÉVY s'engage
pour l'environnement en réduisant
l'empreinte carbone de ses livres.
Celle de cet exemplaire est de :
700 g éq. CO_2
Rendez-vous sur
www.calmann-levy-durable.fr

N° d'éditeur : 1521127/01
N° d'imprimeur : 2082982
Dépôt légal : avril 2025
Imprimé en France.

TABLE

FIN

Mise en pages:
Sylvie Denis